U0865355

大周互娱
DA ZHOU HU YU

宠物很霸道

CHONG WU HEN BA DAO

风魂 著

长江出版社

图书在版编目（CIP）数据

宠物很霸道 / 风魂著. —武汉：长江出版社，2018.8

ISBN 978-7-5492-5872-7

Ⅰ. ①宠… Ⅱ. ①风… Ⅲ. ①言情小说—中国—当代

Ⅳ. ①I247.5

中国版本图书馆CIP数据核字（2018）第182180号

宠物很霸道 / 风魂 著

出　　版	长江出版社 （武汉市解放大道1863号 邮政编码：430010）
项目策划	大周互娱·图书
市场发行	长江出版社发行部
网　　址	http://www.cjpress.com.cn
责任编辑	陈　辉
封面设计	小　鱼
印　　刷	湖南凌宇纸品有限公司
版　　次	2018年9月第1版
印　　次	2018年9月第1次印刷
开　　本	880mm×1230mm　1/32
印　　张	9.5
字　　数	233千字
书　　号	ISBN 978-7-5492-5872-7
定　　价	34.80元

电话：027-82926557（总编室）027-82926806（市场营销部）

第一章 / 001 / {我家宠物是个蛋}

宠物蛋安静地躺在她手心里，一动不动。

蛋里的仁兄表示并不想跟她说话，如果可能的话，还想向她扔一只怪兽呢。

第二章 / 023 / {我家宠物要灭口}

她刷地把窗帘拉上，连手指都开始发抖。

怎么办？他真的跟来了！不会是真的想杀她灭口吧？

第三章 / 041 / {我家宠物有嫌疑}

门外站着两个男人，其中一个向童向南出示了证件，道："童向南先生对吧？我是J市刑警队的。有个案子想请你回去协助调查。"

第四章 / 061 / {我家宠物破了洞}

这细细的、糯糯的，带着软萌的稚嫩奶音……明明是呵斥，听起来却好像撒娇一样。

童向南只差没一头在蛋壳上撞死。

第五章 / 080 / {我的宠物做教练}

他那软包子一样的软萌童音，使他一点平日的威严都没有，唐甜根本不怕他，反而抱着宠物蛋，在蛋壳上响亮地亲了一口，道："宝贝儿你醒啦？"

第六章 / 104 / {我的宠物在查案}

警察们正在加班看监控，因为不但要找邻居说的那个"同事"，还要找出周志诚最后出现的时间，工作量巨大。这是个枯燥又辛苦的工作，也就是童向南这个挂名顾问还能稍微打个盹。

可是……他这才一闭眼，就听到别人说他假公济私打击报复算怎么回事？

第七章 / 132 / {我的宠物有点凶}

他软萌的声音骤然拔高的时候，竟然有几分尖厉，葬夜瞳被吼得蓦然一愣，后面的话就咽了回去。她左右看了看，才确定是唐甜背在背上那个蛋在说话，不由得睁大了眼，吃惊道："蛋……说话了？"

Pets are bossy

目录

第八章 / 151 / {我的宠物被孵了}

破洞被挡得严严实实，蛋里一片黑暗。童向南：……
所以……他这是……真的被孵了吗？

第九章 / 182 / {我的宠物斗恶龙}

见到唐甜，黑龙简直连眼睛都要冒火，张嘴就是一团火焰喷出来。

唐甜惊叫着，就地一滚，堪堪避开。但自己也被几条树根绊住，下一次攻击绝对不可能再躲得过。

“用我砸它，引开它的注意力，你趁机下水。”童向南大叫。

第十章 / 210 / {我的宠物扮男友}

“所以，我也知道有点幼稚，有点唐突……”唐甜抬头看着童向南，“等下见面的时候，能不能请童警官假装是我男朋友？案子结束你就回去了，我也绝对不会乱说的，没有人会知道这事，应该不会影响童警官……”

第十一章 / 236 / {我的宠物是英雄}

童向南中了枪，这时衣服已经被染红了一大片，但那似乎丝毫没影响到他的行动。瘦高个直接被撞倒在地，童向南抓着他持枪的手，用力砸向地面。

第十二章 / 255 / {我的宠物告白了}

“别怕。”他一面靠近她的脸，轻吻了一下说，“有我在。我陪着你。”

第十三章 / 281 / {我家宠物归我啦}

“相信我，我们一起努力，会找到第三种爱情，叫作相濡以沫，白头偕老。”

唐甜静默了半晌，然后就抬起手抱住了他。

Pets are bossy 目录

第一章

我家宠物是个蛋

宠物蛋安静地躺在她手心里，一动不动。

蛋里的仁兄表示并不想跟她说话，如果可能的话，还想向她扔一只怪兽呢。

1

周围一片黑暗。

童向南的身体蜷成一团，就像是一个在母亲腹中的胎儿。

又来了。

他默默地想。

他没有睁眼，也没动，反正早知道怎么都没用。

半年前，他在一次虚拟演习中出了点事故，设备爆炸了，他直接失去了意识，醒来之后已经在医院里。

身体倒没什么大碍，但他却开始做一个怪梦。只要一睡着，他就会梦到自己被困在一个狭小黑暗的地方。夜夜如此。

空间是密封的，一丝光也不透，包围他的这片黑暗就像能吞噬一切。

光线、声音、气味、温度，甚至包括他自身的力量……所有的所有，都消失得一干二净。

只剩一片虚无。

不管他做什么都没用。

出不去，也没有别人进来。

没有动静，也没有变化。

长期在这种环境里，简直要把人逼疯。

童向南又去医院做了个全面的精密检查，但所有的检查都证明他的身体非常健康，完全没有问题。医生们对这种情况，也是一筹莫展。

他的队长就安排他去看心理医生。

但看了几个疗程，童向南这种一睡着就做怪梦的情况丝毫没有好转。

最终心理医生也只能用一种完全不确定也不抱任何希望的语气说：“要不你休个假，放松一下，换个环境试试看？”

童向南听从了这个建议。

虽然他的身体状态良好，怪梦暂时也还没有影响到他白天的精力，但这种诡异的精神状态，就像一个悬在他头顶的不定时炸弹，谁也不知道会在什么时候造成什么后果。

他休了个长假。

四处旅游，走走看看，日子平和悠闲。

但还是每天晚上都做这个梦。

心理学这玩意，果然就是用来哄人的，一点屁用没有。

童向南自嘲地轻喟，还是睡觉吧。

他清醒地知道自己是在做梦，然而在梦里却只能继续睡觉。

这算什么事啊。

也不知过了多久，他感觉自己所在的空间似乎摇晃了一下。

童向南唰地坐了起来。

没错，的确是动了，又动了一下。

这还是他开始做这个怪梦以来，第一次出现了变化。

不管怎么样，能有变化就是好事。

童向南连忙用力拍着墙壁，大喊：“外面有没有人？”

还是跟以前一样，他的拍击和声音都被这团黑暗吞噬得一干二净，他甚至不知道自己到底有没有发出声音。

但是，外面的声音却很清晰地传了进来。

那是一个年轻女孩的声音，在这时的童向南听起来，简直有如天籁。

她说：“未知的蛋是个什么玩意儿？这一排的问号又是个什么意思？”

2

唐甜看着手里的宠物蛋，一脸蒙。

那颗蛋跟成年男子的拳头差不多大，乳白色，仔细看似乎还有点淡淡的莹光，十分漂亮。

旁边的虚拟光屏里显示着它的信息。

【名称：未知的蛋

类别：宠物

种族：？

资质：？

成长性：？

生命值：？

攻击：？

防御：？

智力：？

敏捷：？】

除了类别确定是宠物之外，其他所有都是“？”，唐甜很纠结地给游戏管理员也发了个“？”。

但对方回答说：“游戏数据一切正常，有不解之处，还请玩家自行探索发现。”

唐甜：……

她就知道，向来免费没好货。

这个蛋，是个赠品。

她之前有一阵子没上游戏，回来时就发现自己的账号被盗了。

《第五维度》作为时下最先进的网游，有专门的游戏接入装置，游戏账号被盗这种事，其实并不常见，唐甜也是流年不利，偏偏就让她给碰上了。

她申诉了很久都没能找回，最终游戏公司只答应她重新注册的时候，多给她一个礼包。

礼包里就出现了这个全是问号的蛋。

好吧，唐甜想，反正她现在一穷二白，有个蛋总比什么也没有的好。

唐甜把新人物建好，就给自己的闺密于霏霏发了个消息。

然后她一边坐在中央广场的喷泉边等于霏霏过来，一边玩着自己新入手的宠物蛋。

摸一摸，蹭一蹭，敲一敲，又放在地上转了转，只差没敲开来看一看了。

为了表达自己对宠物蛋那满身的“？”的美好期待，唐甜甚至给它改了个名字，叫“迟早会进化成狂傲酷跩霸道总裁的宝贝蛋”。

对此，刚刚赶到的于霏霏同学表示，她真是后悔这么急跑来，正看到这么辣眼睛的名字。

“做人要有追求！”唐甜握紧拳头，用力一挥，“做蛋，也要有成为霸道总裁的野望！”

于霏霏：……

她错了。

她错的不是这么急跑来，而是根本不该认识这位满脑子霸道总裁的无知少女！

唐甜拿着于霏霏的金币给自己买好一套新手装备之后，依然站在系统商店的柜台前翻商品目录。

“找什么？”于霏霏问。

“看有没有孵蛋器之类的东西。”唐甜把一直抱在手里的那颗蛋举了举，“它好像没办法收到宠物空间里，总不能一直这么抱着它吧？”

“你不会放在包里吗？”刚刚明明都买了个挺大的背包。

“那不行，包里那么多杂七杂八的东西，万一把我的宝贝蛋磕破了怎么办？毕竟是个蛋呢。”

刚刚你拿它当陀螺玩的时候怎么没想到这点？

于霏霏默默闭上嘴，帮她找孵蛋器。

但两人找了一圈，根本没有这种东西。

“只能想想别的办法了。”

“你说，找只母鸡……能孵吗？”

“你还是自己孵得了。”于霏霏没好气地道。

结果唐甜竟然就点点头，把那颗蛋揣到衣服里面，开始扮孕妇。

于霏霏简直不忍直视。

但下一秒，唐甜就惊叫了一声，又把蛋拿了出来，道：“它刚刚动了一下。”

于霏霏翻了个白眼，说：“是你太入戏了吧。一只游戏里的宠物蛋而已，难道还会胎动吗？”

“真的动了。”唐甜把蛋举到眼前，仔细地端详着，“我觉得……它……好像……有点不高兴。”

“一只宠物蛋而已，还能不高兴？”于霏霏很不以为然。

如果是人的话……被她这样那样玩了这么久……就绝对不只是“不高兴”这种程度了吧。

唐甜掏出刚买的记号笔，在蛋壳上画了一张横眉怒目的脸，“大概就这样”。

唐甜的画功很好，寥寥几笔，就已神形兼备，活灵活现，似乎真的能让人感觉到蛋兄那无处发泄的憋闷怒火。

于霏霏：……

唐·神经少女·甜显然又解锁了这个蛋的新玩法。

她拿着那颗蛋，呀呀哇哇地配着音，然后又擦掉生气的脸，改画成一张要哭没哭半含眼泪委屈兮兮的脸，再来是眉眼弯弯还带两团腮红的羞涩笑脸……

于霏霏在旁边看着她用一颗蛋玩出整场独角戏来……露出“我真是完全不认识这个人”的嫌弃表情。

但她嘴角却还是忍不住微微扬起。

这才是她家小甜甜。

哪怕是天塌下来，她都能在废墟里找到自己的小乐子，并带着周围的人一起欢笑。

就算是个傻子，那也是最美好甜蜜的傻子。

3

唐甜跟于霏霏赶到副本传送门前，那里已经排起了长队，只等副本开启。

两人过去排在队尾。

于霏霏突然拉了拉唐甜。

“怎么？”唐甜刚问出口，就知道了于霏霏的意思。

孟行舸正排在她们前面不远的地方。

他的游戏人物叫兰舟醉解，是天榜前十的大神，相貌英俊，身材高大，一身银色软甲，看起来威风凛凛。

他这时正侧脸跟旁边一个女孩子说话，一只手横在那女孩身后，并没有搂着她，而是虚挡着，不让后面的人挤到她。

嗯，孟行舸一向都是温柔细致体贴入微的。

唐甜笑了笑。

这一点她真是再清楚不过。

她曾经以为那会是她一辈子最甜蜜的待遇，结果却发现他其实对每个女孩子都一样。

她也并没有什么特殊。

“那个女的就是葬夜瞳。”于霏霏在唐甜耳边道。

唐甜在国外时没怎么上网，回来之后就发现自己QQ微信邮箱都被各种消息塞满了，其中一大半是有关游戏的，而有关游戏的消息，又有一大半都提到了这位葬夜瞳。

她完全能从这些留言里拼凑出一个葬夜瞳倒追孟行舸，而孟行舸从婉拒到半推半就再到欣然接受的故事。

现在明显已经公然出双入对了。

也不过就是短短两个多月。

不过其实跟唐甜也没关系了，更早的时候，她就已经跟孟行舸分手了。

只是这位葬夜瞳姑娘追孟行舸追得高调，大家出于各种心态都想告诉她而已。

“你不要理会他们，一对贱人。”于霏霏说，“回头我给你介绍更好的帅哥啊。”

“好啊。”唐甜随口应了声。

两人正说着话，前面孟行舸也看到了她们，主要是看到了于霏霏。

唐甜和于霏霏关系那么好，作为唐甜的前男友，孟行舸当然认识于霏霏。

但他的目光只在两个咬耳朵说悄悄话的女孩身上停留了一瞬，便若无其事地转了回去。

倒是旁边葬夜瞳注意到他的动作，跟着看过来。

唐甜这个号是刚注册的新人，普通新手装，身材外貌也没有搞什么扫描微调，就是系统提供的人物模板，看起来就是个十七八岁眉目清秀身材娇小的少女，夹在一群漂亮的游戏人物之中，毫不起眼。

但是她跟于霏霏那么亲密，倒也不难猜。

葬夜瞳向她们露了一个笑容，还抛了个媚眼，充满胜利者的轻蔑。

她是个很漂亮的姑娘——至少这个游戏人物很漂亮，就像一朵明艳奔放的玫瑰，即使是这样嚣张，都有一种张扬绚丽的魅力。

于霏霏差点没跳起来，道："我刚说什么来着？你看她是不是贱？一个撬别人老公的小三，还这么扬扬得意！"

"注意你的用词。"唐甜说，"我跟兰舟先分手的，原则上来，她并不是小三，也没有撬别人老公。"

她跟孟行舸在游戏里见面的时间比现实还多，更习惯用游戏的昵称来指代他。

于霏霏瞪着她，道："你还帮她讲话！"

"我说的是事实啊，都是不相干的人了，何必为她生气？"唐甜这么说着，把那颗宠物蛋转过来对着她，这时蛋上画的是一张元气满满神采飞扬牙齿还闪着星星的标准少女漫画男主脸，却说着老港剧的台词："做人嘛，最重要的是开心啦。"

于霏霏真是被她闹得没脾气。

传送门就在这时亮了起来，等候着的玩家们欢呼着，一拥而入。

《第五维度》这个游戏，最让唐甜着迷的地方，就是它的副本。

与其说是进入游戏的副本，还不如说是穿越到另一个世界。

每个副本的背景设定都不一样，有武侠，有仙侠，有科幻，有奇幻，也有跟现实世界别无二致的平行空间。五花八门，多姿多彩。游戏里绝大部分的技能、装备、材料，都只能在副本里获得。每次玩副本，都是一场惊险刺激的冒险，令人肾上腺素飙升，欲罢不能。

副本入口每周开启一次，每次开放的副本都是随机的，在进入之前，没有人知道会是怎样的世界，也没有人知道会被传送到这个世界的什么地方。总之充满了挑战和机遇，一切都有可能。

一阵失重般的晕眩之后，唐甜出现在一座大楼的楼顶。

周围并没有其他人。

进副本之后，大家的传送点都是随机的，唐甜和于霏霏并没有在一起。

这幢大楼已经塌了一小半，残垣断壁间，露在外面的钢筋都已锈迹斑斑，显然废弃已久。

不单是这幢楼，整座城市都已经荒废。

楼宇坍塌，道路开裂，路边横七竖八地停着报废的各式车辆。

唐甜极目远望，丝毫找不到有人类活动的迹象。

这里看起来就像是末日之后的一座废墟，在天边一抹残霞的映照下，满目苍凉。

唐甜先找了个隐蔽的地方坐下来，给于霏霏发了个信息告诉她自己这边的情况。

于霏霏似乎也是在一座类似的城市，但是不知道是不是同一座，在搜集到进一步的信息前，只能先各自行动了。

唐甜整理了一下自己的背包，离开楼顶。

这地方看起来不太安全。以她的经验，在落单的时候，最妥当的做法，是小心谨慎地保持一定频率的移动。

果然，唐甜才离开楼顶没几分钟，就听到身后传来一声怪叫。

她闪身躲在阴影里，悄悄回头去看。

一只巨大的怪鸟正收拢翅膀落在那塌了一半的天台上。它足有一人来高，外形很像秃鹫，却长了两颗脑袋，这时两张尖嘴不知在争抢什么，一来一往互不相让，最终将那东西撕成了两半，各自一仰脖吞了下去。

看起来这个副本，似乎……不那么友好啊。

唐甜深吸了一口气，缩回头去躲好。

人要倒霉的时候，简直整个世界都不友好。

她垂眸看着自己怀里抱着的宠物蛋。

蛋壳上还是那张漫画男主脸，爽朗的笑容，牙还闪着星星。

唐甜摸摸它，又给它画上了一个加油的手势。

还加了句对白：

“唐甜，你行的！”

不过是一切从头再来！

唐甜，你行的！

4

唐甜洗了澡出来，一边吹着头发一边用手机刷微信。

于霏霏给她发了个视频。“小甜甜快看这个。太帅了。”

视频的标题是《跑酷？功夫？特种兵？神秘帅哥见义勇为擒歹徒》。

时间很短，也就是一分多钟。

跑在前面的歹徒手里挥舞着一把匕首，头发染成金黄，肩颈手臂露着大片花花绿绿的刺青，看起来凶神恶煞。

后面追来的男人戴了顶棒球帽，身材高挑挺拔，宽阔的肩膀和紧致的肌肉完美地撑起了男性的硬朗线条，结实匀称的长腿在奔跑间散发着一种狂放不羁的野性魅力，有如一只正在猎食的黑豹。

他敏捷地跃起，脚尖在墙壁上一点，凌空越过慌乱的人群，跟着手掌在车顶一撑，一个侧翻穿过车流，飞快地追上了歹徒，三拳两脚就把他按在地上制服了。

整个过程行云流水干净利落，简直比动作电影还要精彩。

于霏霏在那打鸡血似的追问："帅不帅？就问你帅不帅？"

"动作是很漂亮啦，但连个脸都看不清，谁知道帅不帅。"唐甜说。这视频显然是"吃瓜群众"用手机拍摄的，画质一般，那男人戴着帽子，动作又快，从头到尾也没露个正脸。

但……就算这么说，她自己还是忍不住重播了一遍。

又一遍。

这动作真是太漂亮了！

她简直都想一帧帧收起来当画画时的素材。

"会不会看男人啊？"于霏霏直接给她发了语音过来狮子吼，"你看这肩这腰这臀这腿……这肌肉，这速度，这爆发力……太加分了好吗？五官只要稍微端正一点，妥妥就能奔八十分往上了。"

"万一脸丑得跟鬼似的怎么办？"

"不至于吧？怎么会那么巧？"于霏霏像是真的考虑了一下这个组合，过了好一会才发了下一条来，"我有一计。"

"什么？"

"你仔细看一下视频里的环境，是不是有点像你们家附近？"

唐甜把视频又看了一遍。

"欸，不是有点像，这就是我们这片。桑园路那边。左上角不是有家螺蛳粉吗，之前我们还一起去吃过。"

“那就对了。时间也应该就是今天，才刚发生的事情，大家肯定印象深刻，你找个借口去路边的店铺打听一下，不就知道到底长什么样了？”

唐甜有点无言，说：“至于吗，网上看看就得啦，还特意去打听。”

“至于啊，当然至于了。你以为你这辈子能在生活中看到真正的帅哥的概率是多少啊？”于霏霏给她发来一个握拳的表情，“再说了，咱们不是要找个比兰舟更帅的吗？”

唐甜的动作微微一顿。

一时间房间里安静得只能听到吹风机“嗡嗡”的声音。

过了好半晌，唐甜才缓缓回复：“我不是已经有了我家宝贝儿了吗？”

于霏霏直接给她发了条语音：“那只是个游戏里的宠物蛋啊，我的妹妹！咱们不能奔点更好的去吗？”

唐甜回复：“今天看不起一颗蛋的人，明天肯定会为了一颗蛋哭泣。”

于霏霏都懒得跟她胡扯，只问：“你到底去不去？”

听她语气里有了几分火气，又知道她是一心为自己好，唐甜连忙投降，说：“去，去，我明天就去还不行吗？”

但第二天唐甜还是食言了。

于霏霏晚上上游戏，发现她在线，就发了个信息去问：“打听清楚了吗？那个人帅不帅？”

唐甜打着哈哈回复：“今天没空，去面试了，游戏副本这边还有在线时间要求，下次再说吧。”

于霏霏叹了口气，好一会才问：“你给我句实话，是不是还想着兰舟呢？”

唐甜很久没回。

于霏霏就道：“要真是放不下，就去抢回来啊。”

唐甜还是没有回话。

副本里隔得远，又危险重重，于霏霏一时也不可能去她身边，不知道她那边什么情况，只能继续发信息问：“你在干吗呢？”

唐甜这时才终于回了话：“孵蛋。”

于霏霏：……

唐甜当然不是真的在孵蛋，她没去打听那个人，当然不是为了孟行舸，只是觉得太丢脸了。

她是“中二”了一点，但平常大家一起在网上看看帅哥也就算了，真要去实地打听……她还没花痴到那个地步。

不过提起孟行舸，她的心情也的确有点复杂，不知要从何说起。

她跟孟行舸……就算不温不火，好歹也有两三年的感情，要说真的一点都不介意，她自认也不可能做得到。

毕竟，当初也是她先喜欢孟行舸的。

说起来其实也挺讽刺的。刚喜欢他的时候，觉得他照顾别的女生是教养好，是绅士风度。真做了他女朋友，再看他继续无差别体贴所有人，早先的优点，就变成了黏黏糊糊优柔寡断，完全接受不了。当初有多喜欢，现在就有多反感。

他们……到底，还是不合适做情侣吧。

她想了想，还是又正经给于霏霏回了个消息：“我跟兰舟结束了，没有再复合的可能。我想，大概我们还是更适合做朋友吧。”

不带占有欲的，大家互相欣赏喜欢的普通朋友关系就好。

于霏霏过了好一会，才说：“好吧，不管你决定怎么样，我都会站在你这边的。”

唐甜回复："那不是天经地义的吗？我还欠你钱呢，你不站我这边，怎么收得回去？"

于霏霏：……

好吧，反正她也算是习惯了，这女人就不可能正经超过十秒钟。她索性撇开了这个问题，问她今天面试的情况怎么样。

唐甜这时躲在一个废弃的超市里，正跟于霏霏聊着天呢，怀里的宠物蛋突然跳了跳。

"怎么了？"她摸着蛋壳问。

宠物蛋又跳了跳。

"你倒是想跟我说什么呢？还是早点孵出来吧，蛋的肢体语言什么的，真心不好懂啊。"

宠物蛋往右边又是一跳，动作之大，差点要从唐甜手里跳出去。唐甜怕它摔了，连忙也向右边侧了侧身子去接。

就在那一瞬间，只见一道黑影擦着她的肩膀，从她头顶掠过，飞扑在对面的货架上。

货架轰然倒塌，激起一片灰尘。

唐甜一愣。

她刚刚要是没动，那东西大概就会直接扑上她的头吧。

手里的宠物蛋又开始跳。

这回唐甜知道它是什么意思了，不用多问，爬起来就跑。

那黑影怪模怪样，也不知是什么野兽，但看那长着尖牙利齿还不停滴着黄绿色的唾液的血盆大口，也知道肯定不是吃素的。

好在它一扑落空，又被货架砸了一下，拖延了一点时间，唐甜连滚带爬地跑进了旁边的房间，"砰"地关上门。

下一秒，怪兽的咆哮就已经近在咫尺，就算隔着门，都似乎能闻到它那腥臭的呼吸。

唐甜几乎要吓得腿软，连忙把房间里所有能拖动的东西都拉过来堵住门口。

那怪兽在外面跳起来撞门，又抓又挠，但一时间并不能突破。

唐甜确定它进不来，这才略松了口气，抱着宠物蛋吧唧亲了一口，小声说："宝贝儿，你可真是我的救星。"

要不然，刚刚那一下她就得完蛋。她可不想新注册的第一次副本就这么草草结束。

"但你一个蛋……到底是怎么发现它的？是有超能力吗？哎哟，我真是越来越期待了。你到底会孵出个什么？咸蛋超人吗？"

宠物蛋安静地躺在她手心里，一动不动。

蛋里的仁兄表示并不想跟她说话，如果可能的话，还想向她扔一只怪兽呢。

5

进副本的第三天，唐甜终于见到人了。

一个面黄肌瘦的小个子，穿了件非常不合身的脏兮兮大衣，头发乱糟糟的，像个乞丐一样在一片废墟里翻垃圾。

唐甜没有贸然上前。

这游戏里，人物头上并不会顶着名字什么的，玩家和原住民NPC也没有明显区分，完全要靠自己判断。有些副本里的NPC只会比怪物更危险。玩家之间，也不见得会有多和睦友爱，如果有利益之争，更是什么都可能做得出来。

至于说玩家会不会这样蓬头垢面……实在也说不准，这年头在游戏里"释放自我"的人太多了，谁知道会不会有什么人就是有这样的怪癖。

唐甜抱着她的宠物蛋，躲在一个墙壁倒了一半的破房子里，小心翼翼地观察了一会。

“宝贝儿，你说我要不要去跟他接触一下？”

在眼下的环境里，绕开这个人看起来虽然更安全一点，但是单纯只在副本里生存五天，那是效率最低的玩法。必须要积极地去探索和开发这个世界，才能得到更多的副本奖励，而这其中，又有很多任务是必须跟原住民打交道才可能会触发的。

唐甜所顾虑的，不过是她现在作为一个纯新人，并没有什么足以自保的手段。

宠物蛋安静地躺在她手心里，一动不动。

唐甜叹了口气。

她这几天也总结出来了，她家这颗宝贝蛋，似乎也有活跃期和休眠期，基本上白天都不会有动静，到了晚上，才会晃一晃跳一跳。

并不是每次都靠得住。

“算了，还是让老天来决定吧。”唐甜摸出一个硬币，“数字就去，花纹就走。”

她屈指一弹，硬币“叮”地飞上半空。

唐甜的视线跟着看过去。

还没看到硬币落下，就已经在对面的破镜子里看到个人影。

唐甜大惊。

大意了。

她对自己原来的号还留有一些惯性记忆，没想到这新人的感知竟然低了那么多，只这么一分神，竟然就被人摸到了身后。

唐甜跳起来要跑，却已经来不及了。

视野里最后的影像是一个蓬头垢面的瘦小男人手里抡起的乌黑木棒。

这下好了，连选都不用选了。她想。

唐甜重新清醒之后，发现自己还没有被踢出副本，而是被绑在一个阴暗的地下室里。

后脑还在一阵阵发疼，唐甜忍不住呻吟了一声。

“醒得挺快嘛。”有个男人的声音。

唐甜这才注意到之前那个好像乞丐的男人也在这里，就坐在离她不远的地方，前面生着一堆火。她的背包就放在旁边，而他手里拿着她的宠物蛋，正准备要放到火上去烤。

“住手！我的蛋！”

唐甜一时情急，大叫着就要扑过去，却不料自己不但双手双脚都被绑着，绳子的另一头还系在墙边一根水管上，她往前一扑，直接就摔在了地上。

不过，好在她这一摔，那边的男人动作也就停了停，看了看手里的蛋又看看唐甜，道：“你都自身难保了，还想着一个蛋？”

唐甜挣扎着从地上爬起来，道：“大哥您行行好，我包里有吃的，有面包有饼干，还有火腿肠巧克力，您吃那些，放过这个蛋吧，好吗？”

“那些我当然也会吃。我刚刚已经看了，包装完好，可以放很久，留着以后吃。今天还是先吃这个蛋吧，不然说不定过两天就坏了。”男人显然是过了挺久饥饿的日子，对食物的分配很有计划。

“不会的不会的。”唐甜连忙道，“大哥，您要想，您把这蛋留下，它就可以孵出小鸡来，小鸡长大了又可以生蛋，您不就一直都有蛋吃了吗？”

男人歪了歪头，像是在考虑这件事的可行性。

唐甜才稍稍松了口气，就听他冷笑了一声：“你当我傻吗？你家鸡蛋长这样啊？”

的确，谁家也没这么大的鸡蛋。

“谁知道这是个什么蛋！等它孵出来？指不定就轮到它吃我了。”男人哼了一声，“就算真是只鸡，谁还有吃的养活它？等它能生蛋老子早就饿死了，还是趁早先烤熟吃了。”

“等一下！”唐甜连忙又叫，“大哥您真是明智，老实说我也不知道这是个什么蛋。它万一有毒呢？您就这么吃了，不是害了您吗？”

游戏里的宠物死了之后，在宠物中心花点钱还是能复活的。但从来也没人养过蛋啊，她真不知道还在蛋的阶段被人吃了……还能不能活。

虽然她拿到这只宠物蛋的时间也不久，但是她在一无所有的时候得到它，它还算救过她，这一路说是相依为命也不为过。何况她真能感受到这颗蛋的情绪，就像它真的有灵性有生命一样……唐甜完全不能把它只当成一组普通的游戏数据，只想极力保全它才好。

那男人这次好像真的被唐甜说服了，把蛋放下，从旁边拿起唐甜那把小匕首来。“你说得没错，万一真有毒就不好了。还是先吃你吧。”

天呐！

她这是碰上了什么变态，不但吃蛋，还要吃人！

她惊恐地睁大眼，开始死命挣扎。

绑她的绳子还特别结实，她越是挣扎，勒得越紧。

眼看着那男人握着匕首向她走过来，唐甜一面努力去解着绳子，一面哀求道：“大哥您行行好，大家都是人类，何必互相伤害呢？而且人肉也不好吃啊，您这么聪明理智的人，怎么会做这种疯狂恶心的事呢对不对？”

“你们这些从外面来的人知道个屁！你要是饿上三年，也会什么肉都吃得下去。”男人说着还伸出舌头来舔了舔匕首，露出那口发黑的烂牙根，就像是“什么都吃”最好的佐证。

唐甜看着他越来越近，心脏都要跳出嗓子眼了。一面跟他七拉八扯试图拖延时间，一面赶紧给于霏霏发信息求救。

“大姐，我被个变态食人狂抓住了，快来救我！”

于霏霏：“你在哪？”

唐甜……不知道。

何况就算是知道坐标，等于霏霏赶到这地下室，大概也来不及了。

男人在唐甜面前蹲下来，离得近了，唐甜才意识到他到底有多脏多臭，他一开口，更是恶臭扑鼻。

“如今很难抓得到什么人了，还是省着点吃吧。今天就先吃一只脚好了。”他这么说着，就伸手抓住了唐甜的小腿。

他的手同样很脏，乌黑油腻，尖锐的指甲掐进唐甜的肉里。

唐甜战栗着，尖叫起来。

痛只占小半因素，更多是从心底泛上来那种控制不住的深深恐惧。

只是个游戏……只是个游戏……她不停默念着，试图让自己冷静下来。

大不了就下线啊，唐甜颤抖着调出系统面板，结果系统跳出一条提示：“人物正处于特殊环境中，不可直接下线。强行退出将带来不可挽回的损失。您确定要退出游戏吗？”

唐甜忍不住又骂了一声。

以往她觉得游戏逼真才好玩，但……逼真到要眼睁睁看着自己被个食人变态吃掉……也真是太可怕了！

她犹豫着是不是真的要付出“不可挽回的损失”直接下线时，那男人已把匕首压在了她的脚踝上。

就在这个时候，被男人放在火堆边的蛋突然动了。

它滚到了更靠近火堆的地方，然后一跳。

正撞在一根翘起的木柴上，木柴受力弹起，直接就把火堆挑开了。

烧到一半的柴四散开来，其中有一根刚好就砸在那男人背上。

他背上的衣服和他那乱糟糟的头发立时着了火。

男人惊叫一声，跳起来去拍打自己的后背。

唐甜趁机一个翻身，压住了男人慌乱中扔下的匕首，努力割断了绑住她的绳子。

男人也算是反应迅速，一阵拍打，又在地上打了个滚，好不容易把身上的火扑灭了，一回头就看见唐甜拿着匕首向他刺过来。

他当然不会束手待毙，又打了个滚避开唐甜刺来的一刀，顺手就摸到一根木柴向唐甜扔过去。

唐甜一时不防，被砸中肩膀，整个人被带得向后踉跄了几步。

男人也就趁机站了起来，又抓起一根木柴，向唐甜扑过去。

要论格斗，唐甜真是个“战五渣”。

她现实中也不怎么喜欢运动，以前每天最大的运动量不过是上下班挤公交和地铁。游戏么，她上一个账号是个医生，纯技能流。这一个……更是什么都不会。

所以，一击不中，又看到对方气势汹汹地反攻过来，她就被吓住了，虽然握紧了手里的匕首，但手和脚都在发抖，完全不知道要怎么做。

万万没想到，那男人眼看着就要冲到她身边了，脚下突然一绊，整个人“啪”地摔在了地上。

唐甜再不济，总不至于连这种机会都不知道利用，大喝一声，扑过去按住他，手里的匕首就一顿乱捅。

那男人一开始还试图挣扎反抗，后来，他头一歪就没了声息。

系统也在这个时候跳出了悦耳的提示："恭喜您完成第一次击杀！"

唐甜松了口气，瘫坐在地上。

这时才发现，自己的宠物蛋就躺在那男人的脚边。

显然刚刚他就是被这个蛋绊了一跤。

唐甜赶紧把宠物蛋抱起来，道："宝贝儿，你太棒了！谢谢你，又救我一命！"

她正抱着宠物蛋又亲又蹭，就听到细微而清晰的一声"咔嚓"。

——宠物蛋的蛋壳裂开了一条小缝。

第二章

我家宠物要灭口

她刷地把窗帘拉上，连手指都开始发抖。

怎么办？他真的跟来了！不会是真的想杀她灭口吧？

1

“所以，你之前一直梦到的地方，其实是个蛋？还是一个年轻女孩子在一个游戏里的宠物蛋？”

视频那端，江映楼一如既往西装革履温文尔雅，头发梳得一丝不乱，声音带着一种能抚慰人心的平和温柔。

但紧跟着说出来的话就开始跟人设完全不符了。

他用修长的手指扶了一下自己的眼镜，温和有礼地说：“我能先去旁边笑三分钟吗？”

童向南面无表情地看着他。

“真小气。”江映楼依然用着一副完美无缺的温和表情这么说，然后轻咳了一声，回到了之前的话题，“然后呢？蛋裂开之后，你孵出来了吗？”

童向南的脸色就更难看了。

这都是什么鬼问题！

江映楼是他们组里的侧写顾问，留美博士，Z大最年轻的心理学教授，也是建议他休假被他吐槽说没点屁用的那个心理医生。

但是不管怎么说，江医生的态度还是非常认真的，即使童向南在外面休假，也会定期跟他视频通话，跟进他的“病情”。

当然，也不能排除可能只是他自己觉得这件事很有趣而已。

童向南刚刚跟他说了这几天“梦境”的变化。

——那真是一段奇妙的感受。

他还是被困在那个小空间——现在已经可以确定是个蛋了——里面，看不到外面，自己的声音也传不出去，只能凭着声音、温度、震动来感知外面的世界。

一开始那些颠来倒去的摇晃旋转差点没要了他的老命，接下来倒没有太多实质上的折腾，但从他听到的话……童向南恨不得继续回到那一片无声无息的黑暗里去。

他从小到大，都还没有被人这么玩弄过。

是的，玩弄！只能用这个充满了屈辱感的词。

偏偏他还无可奈何。

他只是一颗蛋，能做什么？

有那么一瞬间，他觉得外面那个女孩似乎能够感应到他的情绪。

但……那显然也一点屁用没有，她甚至还因此而拿他玩了一出独角戏。

童向南憋屈得简直想杀人。

一直到进了“副本”——那两个女孩是这么说的——之后，情况才有所好转。

女孩一个人的时候，要安静得多，偶尔冒出一两句不合时宜的话，有之前的对比，也勉强还在他能忍受的范围内。

但那个世界危机四伏，那个女孩偏偏又无比孱弱。观察力低下，警觉性薄弱，跑得又慢，体力还差——他从她的呼吸心跳就能听得出来——简直随时都是在生死边缘挣扎。

而他依然什么也做不了。

他每天跳那么几下，就能把自己的力量耗尽了。

昨天好不容易拼了一把，结果就体验了一把鸡蛋碰石头的滋味，连蛋壳都磕破了。

最惨的是，就算是蛋壳裂开了，他也还是没能出去。只是勉强能透过蛋壳的那道裂缝，看到一点外面的景象。

然后……他就看到……那个女孩……拿了个透明胶带，沿着裂痕，小心翼翼地，给他缠了一圈又一圈。

好不容易能看到的画面，立刻又被封了起来，只有一片朦朦胧胧的光影。

偏偏那个女孩还小心翼翼地关切地摸着蛋壳，柔声轻哄："宝贝儿，咱们先做一下应急包扎，等出去了我再送你去宠物中心治疗。呼呼，不疼不疼。你最乖了。不用担心，就算有条疤你也是最帅的！伤疤是男子汉的勋章嘛。"

童向南：……

之前要是不救她，这个噩梦是不是就能结束了？

他为什么要手欠？

"抱歉。"听他说完之后，视频那边的江映楼站起来，整理了一下衣服，彬彬有礼地向他微微颔首，"我真的要去旁边笑一下，你等我两分钟啊。"

然后他就离开了镜头。

再跟着童向南就听到一阵完全不可抑制的狂笑。

等个屁啊！

童向南愤愤地把视频关掉了。

2

副本世界里，唐甜一身狼狈。

她好不容易才从那个地下室逃出来，一身血污，脏乱不堪，看起来和她之前干掉的食人族也没多大区别了。

好在离副本结束的时间，也就剩下一天了。

哪怕知道是个虚拟形象，但这游戏体验实在太逼真了，唐甜完全受不了自己这一身肮脏，只想找个地方洗一洗。

她回想着这几天来自己跑过的地方，试图找一个可能有水源的地方。

就在她躲躲藏藏地往自己预定的目的地前进的时候，突然听到一声“救命”。

唐甜停下来，微微侧过耳朵。

果然不多时又叫了一声。

是个女人的声音，很轻，不知道是虚弱到没力气叫，还是有意压低的。

唐甜看了看手里的宠物蛋问：“要不要去看看？”

缠着几圈胶带的宠物蛋已经被她很应景地画了个伤兵脸，胶带就正好修饰成绷带。现在时间还早，不到宠物蛋活跃的时候，自然也就没有得到回应。

唐甜也就是习惯性地问一问。

一开始，她是觉得这样有商有量，能假装她并不是只有一个人。但自从这个蛋在关键时刻救过她几次之后，她就隐隐真的有了几分依赖。

虽然才刚碰上过食人族，但听到有人求救，唐甜还是决定去看看。

她多留了个心眼，先在附近观察了一阵，确定没有其他人，也没有其他怪物，才走近了求救的人。

声音是从一个下水道口下面传来的。

井盖是那种铁栅栏式的，那人的手能从里面伸出来，但井盖上着锁，里面的人打不开，只能吊在那里叫救命。

唐甜走近了，才发现这个人她认识。

竟然就是在进副本之前有过一面之缘的葬夜瞳。

原来她跟兰舟醉解也被分散了。

“是你？”葬夜瞳显然也认出了她，只惊异地说了这么一句，就把嘴闭上了，连救命也不再叫。

唐甜蹲下来，看了看井盖上的锁，是一把老式挂锁，有点锈，但大概也不是一时半会能弄开的，除非有特殊工具或者技能。

“锁上了。”唐甜道，“你看能不能从下水道下面走，去找个别的出口。”

“要是可以我还会挂在这里吗？”葬夜瞳没好气地说，“下面有条大蛇。”

唐甜探头从她身边往下看了一眼，果然见下面有条黑乎乎的长影游过。这个下水道口的竖井还挺深的，那条蛇一时够不到她，但也没有走远，一直在下面等着她掉下去。

葬夜瞳双手吊在井盖上，虽然井壁也能借下力，但看她已经有气没力的样子，还能坚持多久真是说不准。

唐甜想了想，就把匕首掏了出来。

锁是不好撬，但底座同样生了锈，她想试试看能不能弄断那个接口。

葬夜瞳看着她的动作，意外地挑了一下眉，但并没有多说什么。

唐甜把匕首磕出一个缺口来，才勉强把底座撬松，跟葬夜瞳道：“你先别用力拉，我试试看能不能打开。”

她抓着井盖，用力一掀，井盖发出一阵刺耳的摩擦声，向旁边抬起了一点。

唐甜的力气实在不大，连忙道：“松了，你自己再撞一下。”

葬夜瞳完全没想到唐甜真的会救她，迟疑着，不知道该不该信。

“快！快！快！”唐甜紧张地环视四周，一面催促葬夜瞳。

这时下水道里的大蛇又游了回来，容不得葬夜瞳考虑太多，用双脚撑住井壁，肩膀朝井盖用力一撞。井盖是被撞到了一边，但她自己也因为反作用力，差点要掉下去。

唐甜一把抓住她。

葬夜瞳怔了一下，睁大眼看着她。

“你自己也用点力……快点往上爬。”唐甜是个新手，力气真不大，这么一会，脸都涨红了。

葬夜瞳这才回过神，借力攀住井沿，努力向上爬。

唐甜好不容易把她拉到了地面，累得几乎要脱力，跌坐在地上喘气。

葬夜瞳也喘了一会，就听到下面那条蛇咝咝的声音。显然到口的美食飞走了让那条蛇气得不轻，很快就开始撞击井壁。一下又一下，撞得整个地面都像地震似的晃动。

葬夜瞳吓得气也不喘了，刷地爬起来就跑。跑出两步看唐甜还在捡她刚刚放在旁边的宠物蛋，她连忙叫道：“什么时候了，你还捡颗蛋？快扔了赶紧跑。”

唐甜把蛋抱在怀里跟上她，一面道：“呸，这可是我家宝贝，我扔了你都不可能扔它。”

竟然敢这么跟她说话！葬夜瞳柳眉一竖，但回眸看着她，想想她的身份，想想她刚刚的举动，到底也没有发火，犹豫了一会，问：“你为什么要救我？”

论体质，新人唐甜反而不如强化过几次的葬夜瞳，这会已经跑得上气不接下气，根本顾不上说话了，只摆了摆手。

葬夜瞳跟她根本没有不说话就能沟通的默契，但现在也的确不是说话的时候，先找个安全的地方再说吧。

两人脱离了那个危险范围，找了个相对完好的房子，把门窗都关好，各自休息。

唐甜才刚刚平过气来，葬夜瞳就道：“不要以为你救了我，我就会对你心软把兰舟让给你！门都没有！”

唐甜笑起来。

葬夜瞳瞪她道：“笑什么笑！”

唐甜道：“没什么，你想多了。碰上认识的人处于那种境地，我一般都会顺手救一救的。我也没想要你怎么样，一会休息好，咱们就各走各路。”

“我不习惯欠别人的。”葬夜瞳挑高了下巴，冷冷说道，跟着给唐甜发来一个交易请求，放上了一万金币。

唐甜眉头一挑，这还真是个有钱大小姐啊。

这个游戏赚钱不太容易，金币价格一直居高不下，这一万金币，就算氪金，也不老少钱呢。

她本来想拒绝的，但想想人家那么说了，她再清高也没什么意思，指不定反而会被认为真的另有居心。

她就点了接受。

葬夜瞳这才松了口气的样子，道：“这样我们就两讫了。你可不要再拿这个当借口做什么奇怪的事。”

唐甜又笑起来道：“我能做什么奇怪的事啊？”

葬夜瞳哼了一声：“谁知道你是不是对兰舟余情未了，企图曲线救国啊？别做梦了！我跟你说，我们好着呢，就算你回来求他，他也不可能吃回头草的。你别装白莲花受害者，根本没谁欠你的。又不是我拆散你们，我追他的时候，你都不在了。是你自己说走就走，说回来就回来，别想人家能像猴一样被你耍着玩！”

唐甜愣了一下。

这可真是……大概在每个人的立场，看到的“事实”都不一样吧。

不过对她来说，也无所谓了。

唐甜摸着怀里的宠物蛋，轻轻道：“放心，我们的确早就分手了。希望你们能幸福。”

“兰舟他已经把你忘掉了，你看在副本门口他都没认出你，你别想……呃？”葬夜瞳说得起劲，又接了一句，才意识到唐甜说了什么，一双漂亮的大眼睛看向她，眨了又眨。

唐甜跟她对眨。

比眨眼的话，她可是从小到大没输过呢。

葬夜瞳刷地红了脸，拉开门就跑了。

唐甜把门重新关上，靠在门上，长长吁了口气。

这位葬夜瞳姑娘……出人意料地有几分耿直啊。

于霏霏说她是小人得志的嚣张，唐甜这时却觉得，这倒怎么看都像是心里没底的虚张声势呢。

3

到副本结束的时候，唐甜是和葬夜瞳一起传送出来的。

没办法，之前葬夜瞳从她们藏身的小屋出去没两分钟就跑回来了，气喘吁吁地说：“外面有群野狗。”

唐甜一头黑线，姑娘你是吸怪器吗？

而且你吸着一群怪，还跑回来……这是想跟她死在一起的节奏吗？

画风有点不对啊，妹子。

但吸都吸了，回都回了，面对着已经逼近的那一大群疯狂的野狗，也只能两人一起再次夺命狂奔。

一直就奔到了副本时间结束。

先她们一步出副本的于霏霏吓了一跳，也顾不得葬夜瞳在场，拖着唐甜就问：“你怎么跟她在一起？她没有把你怎么样吧？”

唐甜这个号是什么都没有的新人，葬夜瞳就算再差，怎么说也强化过有装备有技能，真要在副本里对唐甜做什么，简直易如反掌。

“什么叫我把她怎么样啊？你有没有长眼睛？她看起来像是有事的样子吗？”葬夜瞳哼了一声，抬高了下巴扭头先走了。

于霏霏气得跳脚，唐甜倒无所谓，还向她张开双臂，表示自己毫发无伤。“没有啊。这不好好的吗？”

于霏霏捏住了鼻子，道：“臭死了。我们是去的同一个副本吧？你到底做了些什么啊？好像从垃圾堆里滚出来的一样。”

她……真是一言难尽。

“我先带宝贝儿去看伤，完了再慢慢跟你讲吧。”

唐甜托了托手里的宠物蛋，于霏霏才注意到那颗蛋上贴的胶带……不由抚额：“你还能再把它弄邋遢点吗？好好的一个蛋被弄成这样……好歹你也叫它宝贝儿呢。”

“我这不正要带它去治疗吗？”

唐甜打了个哈哈，脚下却没停，直接就奔着宠物中心去了。

于霏霏反正也没别的事，就跟她一起去。

路上唐甜就把副本里的事都跟她说了。

于霏霏听得一惊一乍。她这次运气不错，进去就碰上了熟人，接下来无非就是大家组队打怪，她是女孩子，大家多少也会照应她一点，基本没什么危险，没想到唐甜过得那么惊险。但最让她吃惊的还是葬夜瞳的事。“你怎么还去救她？管她去死啊。”

“别这样，只碰上了就顺便伸个手而已。何况她还给我钱了呢。而且我觉得她虽然有点大小姐脾气，但人好像还不坏的样子……”

“你要不要这么天真？那只是收买你，好让你不要回头去跟她抢兰舟。”于霏霏恨铁不成钢地瞪她一眼，“哪怕她不是要收买你，也是在向你炫耀她财大气粗，总之肯定另有居心。你能不能多长个心眼？免得什么时候被人卖了还帮忙数钱！”

唐甜看了她一会，突然伸手抱住她。“霏霏你对我真好。”

只有最亲密的人，才会这样毫无原则地偏心护短，不管什么情况，都只先担心她会不会吃亏被欺负。

于霏霏还想继续数落呢，被她突然这一抱，后面的话都被打断了，道：“你今天才知道啊？”

“嗯，你最好了。”唐甜只是抱紧她不松手。

这丫头一向无厘头惯了，很少有这种时候，于霏霏一时都不太习惯，连忙转移了话题叫：“哎哎，你的蛋要被挤破啦。”

唐甜：……

这话听着怎么这么别扭！

于霏霏自己也意识到了，忍不住扑哧笑出声来。

唐甜也就跟着笑了，然后看了看自己的宠物蛋，一面道：“霏霏你这么好，应该要过得更好，开开心心的。别再为不相干的人和事生气啦，我不在意了，你也别管了，就让这事翻页吧。”

于霏霏瞪着她，毕竟是她自己的事，她们再亲密，也不能越过她去做主。她说算就算了吧，但到底还是有些气不平，咬着牙抱怨：“一万金就把前缘买断，兰舟也真是便宜。”

“不便宜了呢，你看你玩了两三年，有没有攒下一万金币？”

“这能比吗？不一样的好吗……”于霏霏本来正高声反驳，突然间就顿下来。

唐甜觉出异样，顺着她的目光一看，孟行舸就站在不远的地方。

那张她再熟悉不过的俊脸这时根本没有平日的温和明朗，反而布满了阴郁。

大概是听到她们刚刚说的话了。

唐甜满心窘迫，悄悄看了于霏霏一眼。

不管怎么说，背后讲人便不便宜的，实在不是什么好话。还被人听到了，这尴尬……

唐甜干咳了一声，先赔了个笑脸，道：“抱歉，我们……”

但孟行舸根本没理她，都没等她说完，直接转身走了。

于霏霏嗤笑了一声，道：“什么人，他反倒觉得全世界都欠他的一样。”

唐甜没有接话，正好也快到宠物中心了，抱着宠物蛋先进去了。

宠物中心的医生表示他们也无法修复宠物蛋上的裂缝，但目前看来并不太影响宠物的健康，建议她顺其自然就好。

于是唐甜依然给它用胶带贴好，还振振有词：“不然万一什么蛋清蛋黄都漏出来了怎么办？”

于霏霏简直看不下去，索性跟唐甜约好现实里见面的时间，就直接下线了。

4

游戏里一直处于危险之中，肾上腺素飙升精神高度紧张还不觉得，一从游戏里出来，唐甜就觉得自己已经饿得前胸贴后背了。

她在家里找了一会，竟然连包泡面都没了，翻出包饼干吃了，根本不顶事，反而被那香味刺激得更饿了。

只好出门觅食。

唐甜住的这片是老城区，没什么太多夜生活，店铺也不会开得很晚。唐甜走了两条街，才找到地方吃了饭，又找了家二十四小时营业的便利店，买了些储备食物，往回走的时候，已经快晚上十一点了。

街边的路灯十个里有七个是不亮的，剩下那三个还会时不时闪几下。

唐甜索性掏出手机来照明。

没走一会，就听到一声惨叫。

唐甜脚下一顿，但马上就摇了摇头，一定是听错了吧，她现在是在现实世界，又不是游戏里，哪会有那么多事。

但就像是为了反驳她一样，跟着又是一声。

唐甜忍不住循声看去。

旁边的小巷里有人打架。

准确地说，是五个人围攻一个人，却被那人无情地碾压。

围攻的五个人体型各异打扮不一，动作也没什么章法，显然就是街头小混混打架的路数。但被围的那个人却不一样。

他出拳踢腿转身踏步……每一个动作都又快又准又狠，恰到好处浑然天成，加上身材比例又好，看起来甚至有一种畅快淋漓的美感。

唐甜不由得呆了一下。

回过神来时，那人已经打完了，正扭头看向巷口，眼眸在黑暗里闪着幽冷的光，就像一头凶狠的野兽。

唐甜的心脏骤然漏跳了一拍。

他显然已经注意到她，直接把脚边那个染了金色头发满身刺青的人踢开，向她走过来。

怎么办？

是逃跑还是求饶？

唐甜又惊又怕，心乱如麻，脑中各种念头闪过，但被那人盯着，就好像被锁定的猎物，身体完全不听使唤，只觉得手脚都是软的，不要说跑了，连动都动不了。

那男人在她面前站定，问：“拍照了吗？”

他的声音很粗，低沉喑哑，就像是砂纸磨过石头。

短短几个字，不带一丝感情，连个声线起伏都没有。

“欸？”唐甜愣了一下，这才意识到对方说的是自己一直拿在手上当手电的手机。

他以为她把他刚刚打架的场面拍下来了。

所以……是要灭口吗?

唐甜的反应有点呆，那人索性自己伸手把她的手机拿了过去，翻看起来。

唐甜有心抗议，但想想刚才这人打架的动作，看看双方体格的差距，又尿了，只抿了抿唇站在那里等他看完。

形势比人强嘛，巷子里那横七竖八的几个人，现在还没爬起来呢。

唐甜看一眼那几人，又悄悄看一眼正在翻她手机的男人。这个人真高啊。目测至少比她高出二十厘米，那就是应该在一米八五以上。

刚刚他在巷子里面，她就觉得身材好，现在到了跟前，视觉冲击力就更强了。宽肩窄腰长腿，肌肉结实匀称，肤色稍有些偏深，但却在手机和远处路灯的光芒里显出健康活力的色泽。

唐甜壮着胆子把目光往上移到他的脸。

心脏顿时又漏跳了。

正经说，这个男人不是时下流行的那种唇红齿白眉清目秀的英俊小生，他的面孔棱角分明，线条冷峻，浓眉如剑，双目狭长，眼角微微上挑，他这时正垂眸看唐甜的手机，这一点就格外明显。唐甜想他应该是丹凤眼，女孩子这种眼型会格外妩媚，但在他脸上，就只显得凌厉。但不管怎么样，这个人简直把她心目中的“帅”和“酷”诠释到了极致。

唐甜想霏霏真是说得没错，身材好的男人，脸稍微端正点，分数就会直线上升。何况他的确长得好，按于霏霏的评分标准，至少也得95分以上吧。

那人也不知道是感受到她的目光，还是在她手机里看到了什么，眉头突然就皱了一下。

唐甜立刻就低下头，还心虚地退了一步。

退完又在心里抽自己，为什么这么𡂿，这有什么好心虚的？他都抢她手机了，还不能多看两眼？而且她又没做错什么，也没真的拍照，手机里更没有什么不可描述的东西，心虚个屁啊。

她这么想着，又鼓起勇气抬起眼来，正对上男人考量的目光。

她顿时就好像被雷劈了一下，刚刚那些心理建设立刻片甲不留，胆战心惊地忍不住退开了一步，乖乖一副低眉顺眼等候发落的样子。

男人的目光在他们之间的距离上扫了一眼，眉头又微微一皱，但并没有动，站在原地，伸长了手，把手机还给她，又看了一眼她手里印着便利店名字的塑料袋，问："你住附近？"

唐甜点点头。

男人说："我送你回去吧。这附近治安不太好，女孩子这么晚一个人不安全。"

由一个刚刚打完架，放倒了五个人的人来说这句话……也不知道应该说是实话还是反讽。但……他真的是想送她回去吗？唐甜心里打了个突，不会真是想灭口吧？

"不，不用麻烦您了，我很近的。"唐甜连忙拒绝，"几分钟就到。"

听到她的声音，男人的眼睛突然微微一眯，连颜色都似乎深了几分，瞳仁幽黑，似有精光内藏，冷冽逼人，吓得唐甜直接就往后连退了两步，脸都白了，刚刚那点小色心小绮念，早就不知道飞到哪里去了。

男人似乎也意识到自己真的吓到了她，没有别的动作，也没再坚持说要送她什么的，只点了点头，一抬手。

这就是让她走的意思？

唐甜心头一松，如蒙大赦，也跟他点点头，乖巧地说："那我先告辞了。再见。"

然后转身就走。

她自以为冷静镇定，但那几乎赶得上小跑的慌乱步子已经完全出卖了她。

过了一会那人没有跟上来，她才真的松了口气，悄悄地回过头去看了一眼。

那男人还站在原地，微微低着头，点了根烟。

在时明时昧的路灯映照下，犹如一道轮廓分明而细节无从得知的剪影。

唐甜一路小跑着回到家，一口气才长长吐出来。心跳还是一声快似一声，打鼓似的。

她喜欢看武侠小说喜欢看动作片，网上也会呼呼喝喝假装女汉子，但胆子真是不大。有危险的热闹也不会去凑，今天这还是第一次看到打架现场。虽然那个打架的男人长得帅，但架不住人太凶啊，她真是吓坏了。

把门反锁好，又去关窗。

猛然间发现单元楼对面的树底下站了个人。

虽然只是个黑乎乎的人影，但唐甜对之前那个剪影印象太深了，几乎一眼就可以肯定，就是之前那个男人。

她刷地把窗帘拉上，连手指都开始发抖。

怎么办？他真的跟来了！不会是真的想杀她灭口吧？

她现在去求饶说刚刚巷子里太黑她什么都没看见还来不来得及？

唐甜连做了好几个深呼吸让自己冷静一点，拿出手机，按好110准备着，才又挑起窗帘看了一眼。

楼下已经没人了。

上来了吗？

他既然一直在楼下，应该不会知道她住哪一间吧？

等等，他会不会从开灯时间来确认？

唐甜刷地跑过去把灯关了，然后屏声静气地等着。

五分钟过去了。

十分钟过去了。

十五分……二十分……半小时……

门外什么动静也没有。

唐甜这才松了口气，腿一软，直接就跌坐在地上。

妈呀，这算什么事啊，太可怕了。

手机掉在她腿边，屏幕亮了亮。

唐甜伸手拿起来，想打电话找人倾诉一番，却不知要打给谁。

第一个想起的是于霏霏。

但肯定不能打给她啊，于霏霏也只是个普通的女孩子，这么可怕的事，又这么晚了，万一她也吓到怎么办？多一个人害怕又有什么意义？

孟行舸？

那就更不能了。

不要说他们现在这种尴尬的关系，之前在游戏里还被他听到她们背后说他坏话呢，跟着半夜就给他打电话算什么？

通信录里的名单倒是挺长，但一路翻过去，无非就是些同学同事泛泛之交……唐甜越翻越觉得心头发凉。

她这是有多失败啊，这种时候，竟然连个说话的人也找不到。

唐甜自嘲地咧咧嘴，心头的恐慌反而消退了一些。

她坐在地上，无意识地翻看着自己手机，突然发现之前于霏霏发给她的那个视频没了。

唐甜愣了一下，又确认了一次。

手机里别的都没少，就那个视频没了。

她还想留着做素材特别存下来的，自己不可能误删，那就是……刚刚那个人给删了？

唐甜皱了一下眉，为什么？

她今天晚上明明没有拍照，那个视频根本也不是今天的，他为什么要删？

等等，这么一想，视频上的帅哥虽然看不清脸，但是从身材看，跟今天这个人，还挺像的。而且，在巷子里被打倒的那个黄毛，也很像视频上的那个歹徒。

难不成……

于霏霏之前说，你觉得你在现实生活中能看到帅哥的概率是多少？

那么，同一个地区，只隔了两天，出现两个同类型的帅哥的概率又是多少？

最大的可能就是，今天晚上打架的那个，就是前几天被人拍到追歹徒的那一个。

如果他真的是那个见义勇为的“神秘帅哥”的话，说不定今天晚上也只是真的觉得不安全想送她而已。

唐甜刷地跳起来，又跑到窗口，向下看去。

夜深人静，远远近近几处星点灯光将院中树木映得斑驳，而树下早已空无一人。

第三章

我家宠物有嫌疑

门外站着两个男人，其中一个向童向南出示了证件，道：“童向南先生对吧？我是J市刑警队的。有个案子想请你回去协助调查。”

1

第二天，唐甜和于霏霏一起去了桑园路。

于霏霏是不死心，想拖着唐甜去问视频里的帅哥。唐甜自己也是想确认一下，视频里的人和昨天晚上打架的，到底是不是同一个。

两人去了那家螺蛳粉店，点了餐，就随口跟老板娘闲聊。

唐甜算是这里的熟客，现在店里又没多少客人，老板娘向来是个热情嘴快的性子，唐甜只随口一问，她就说了一串："见义勇为？你说的是前几天杜老三被抓的事吧？知道知道，可不就是在这附近吗？喏，就是从前面那条街跑出来，在那个路口追到的。"说着还指给她们看。

"欸？老板娘你还认识那个人啊？"

"我只认识被抓的那个。叫杜老三，可不是什么好人。"老板娘嫌弃地撇撇唇，"你们这些小姑娘看到他可得避着点。那就是个小混混，家里也没个正经大人管着，中学没念完就在街头混，偷鸡摸狗混吃混喝，在我们店里吃饭从来就不给钱。"

"吃霸王餐啊？那你们不报警？"

"报警有什么用？几块几十块的饭钱，警察来了了不起也就是批评教育一下，我们可就惨啦。你们是没见着他，那坏小子，染的那一头黄毛，还文身，可吓人了。惹他不高兴，他就叫上几个跟他一样的小混混，光膀子往你门口这一堵……哪怕什么都不做呢，谁还敢进来啊？我们这生意也做不下去。舍一桌饭钱，就当送瘟神了。"

唐甜和于霏霏两个，都是打小乖巧听话正经上学正经上班的类型，对这个层面的事，真是不太清楚，听得都睁大了眼。"还好他已经被抓起来了。”

“什么呀，才关了一天就给放出来了。”

旁边另一个客人看起来知道更多内幕的样子，说：“敲诈勒索……未遂，交点罚款就出来了。”

“怎么这样啊？白瞎了人家见义勇为呢。”于霏霏可算抓到机会把话题拐到帅哥身上去了，“说起来，那个见义勇为的是谁啊？你们也认识不？”

“那倒不认识，以前没见过，应该不是这附近的人。”

“不是才好吧，不然还不知道要被杜老三怎么报复呢。”

看起来，是前两天那个人见义勇为抓了叫杜老三的小混混，小混混被放出来之后，又找了人去报复他，于是就有了昨天晚上暗巷打架的事。唐甜心里默默地把这事串起来，松了口气。这样的话，想必她应该还不至于要被灭口吧。

螺蛳粉端上来，两个女孩边吃边聊点别的，也就都把这事放一边了。

结果她们粉还没吃完，就来了两个警察，拿了张照片，沿街问话。

“哎哟，这不是杜老三吗？”老板娘看一眼照片，倒抽了一口气，“我们刚才还说起他呢，他这是怎么了？”

“死了。”警察说。

老板娘还没怎么样，唐甜手里的筷子叭地掉到了地上。

唐甜弯腰去捡，但颤抖的手指根本就捡不起任何东西。

死……死了？

她眼前一瞬间就满是那个黄毛小混混躺在巷子里一动不动的样子。

一股寒意顿时从足底升起。

拿照片的警察目光敏锐，很快就发现了唐甜的不对劲，直接走了过来。

“我们是本市刑警大队的，我叫李耀。”他向唐甜出示了自己的证件，又把那张照片放到唐甜面前，“这位小姐，你认识照片上这个人吗？”

照片上是一张苍白的脸，的确是她之前在视频上看到的小混混，却已经完全没有当日的嚣张凶恶。他显然被人狠狠揍过，一脸伤痕，有两处割伤还很深，皮开肉绽的。

于霏霏看一眼就忍不住想吐。

唐甜也是一脸苍白。

李耀微微眯起眼打量着两个女孩。

于霏霏烫了个梨花头，淡雅的印花衬衫配黑色短裙，时尚又不失优雅。普通的小白领，家境应该不错，大概从小没吃过苦，看到照片露出不适的表情也十分正常。

唐甜打扮得更随意一点，长发扎成马尾，休闲T恤牛仔裤，素面朝天，嫩得就像个高中生。

按说她们这样的女孩子，不太可能跟杜老三有什么交集，偏偏她却好像不但认识，而且还另有隐情。

唐甜做了几个深呼吸让自己冷静一点，试探地小声问：“他是什么时候死的？”

李耀看了一下自己的小本子，很大方地回答：“初步推测死亡时间，是昨天晚上11点到凌晨1点之间。”

昨天晚上11点……

唐甜只觉得整个人都被浸到了冰水里。

时间也对上了。

所以，她昨天晚上……该不会是无意间看到了杀人现场吧？

她走的时候，那些人还倒在地上没起来，是不是……就……再也起不来了？

所以那个男人才介意有没有被拍到？

什么路上不安全，什么送她回家，他当时只怕是真的想要灭口吧。

一阵阵后怕让唐甜脸色煞白，连放在桌上的手都忍不住开始发抖，她咬了咬唇，又追问："地点呢？在哪里发现的？"

一直在打量她的神色的李耀却把自己的小本子合起来，轻轻一笑，道："我已经回答过小姐一个问题了，接下来，就要请小姐回答我的了。"

"你，昨天晚上，是什么时候，在哪里，见到的杜老三？"

他放慢了语速，几乎一词一顿，目光却更为锐利，有如发现猎物的鹰隼盯紧了唐甜。

唐甜本来就吓得要死，根本不用他上什么手段，直接就一五一十地把昨天晚上的事交代得一清二楚。

连于霏霏都跟着一阵后怕，紧紧握住了唐甜的手，道："你怎么不跟我说？早知道我昨天晚上就直接过来陪你了。"

唐甜就是不想她这样才没给她打电话的，如果昨天那个人……那种身手，真要做什么，于霏霏赶来又能怎么样呢，无非只是多送一条命罢了。

但于霏霏的紧张还是让她觉得有一股暖意从彼此握紧的双手传来，她反而平静了一些，笑了笑，反过来安抚于霏霏："我这不是没事吗？当时也不知道事情有这么严重啊。"

其实尸体并不是在那条小巷里发现的，不过……就算唐甜说的都是实情，那个男人跟着她回家之后，再折回去杀人抛尸，也不是不可能。

李耀在自己的本子上做了记录，又向唐甜道："如果可以的话，能不能请小姐跟我们回局里去做个拼图画像？"

这一片都是老城区，这种街道上根本没什么监控，只怕指望不上。但唐甜也说了，晚上，光线暗到她要用手机来照明的程度，她又吓得不行……李耀对这个画像其实期待度也不太高。可这是目前为止他查到唯一的线索，也只能死马当活马医了。

"只要画像的话，我现在就可以画给你。"唐甜说着，就从包里掏出速写本和铅笔来。

画画是她的本行。而且她现在对那个男人的印象还很深刻，刷刷刷几分钟就画了一幅简单的肖像，递给李耀。

于霏霏探头看了一眼，忍不住道："甜甜你画的是漫画吗？人家警察要拿来找人的，美化度太高不好吧？"

李耀的表情也有点古怪。

画里的男人的确英俊得不像话，但他很确定唐甜并没有美化多少。

因为这个人，他刚好认识。

2

童向南有时候会觉得自己的怪梦也许并不是梦。

"不论是那个女孩，还是女孩口中的游戏世界，都太真实了。"他这么告诉江映楼。

他向来是个务实派，以他的想象力，大概并没有办法虚构出那个女孩那样细腻生动的人物形象。而以他所感知的"游戏世界"来讲，也真实得不太像是无生命的虚拟世界。

江映楼这次倒并没有取笑他，只是反问："你听她们说那个游戏是《第五维度》没错吧？"

童向南点了点头。

“给你看点东西。”

江映楼发过来一个网页链接。

那是一部网络连载的漫画，叫作《我的宠物是个蛋》。

童向南一看这个标题，就有种不太美妙的预感。

果然往下一看，就是讲一名少女跟她在游戏里的宠物蛋的故事。

虽然有那么一部分的美化和脑补发挥，但是毫无疑问，这的确就是童向南作为一个蛋的那些故事。于是童向南就作为一个“读者”，把那些不忍直视的被孵、被画脸谱、被角色扮演的过程统统再经历了一遍。

这漫画的人气竟然还挺高。

一群读者在下面留言说好萌。

童向南只想摔电脑。

你们的萌点在哪里啊？一个蛋有什么可萌的啊？

也有人说：你考虑过蛋的感受吗？

后面还有人发各种表情花式排队起哄。

童向南看到的时候，已经都快排出一页了。

童向南只想把他们全都拉黑。

没有当过蛋的人，怎么能体会蛋的感受？

漫画停在宠物蛋从食人族手里救了少女，但是自己却摔裂了的那一幕。

这一页下面的留言倒是很统一，基本都是催更新的。

“为什么停在这里？太揪心了。”

“更新更新更新更新！”

“蛋蛋到底怎么样了，摔坏了还是孵出来了？好想知道后面啊啊啊！”

放心，既没有孵出来也没有坏，用透明胶缠得严严实实呢。

童向南在心里默默地剧透，然后就把漫画给关了，切回了江映楼的聊天窗口。

江映楼问："你觉得这个漫画怎么样？"

"无聊。"童向南面无表情地评价。

"我是说，你觉得，漫画的作者，是真的经历过那些，还是单纯只是巧合地撞了梗？"

撞梗能撞得这么细致吗？这都不只是故事雷同，简直就是全方位一模一样了。童向南靠到椅背上，轻轻叹了口气，道："你是想说，这个作者，很可能就是我梦里那个女孩吗？"

江映楼没说是也没说不是，只问："要查查看吗？"

以他们的能耐，想查一个网络漫画作者的真实身份，简直易如反掌。

童向南却觉得这事有点诡异，他犹豫了一下，还是告诉江映楼："我昨天晚上，碰到一个女孩子，她的声音跟我梦里听到的那个，几乎一模一样。"

"哦？"江映楼显然挺感兴趣，身子都往前倾了倾，"你没具体问问？"

这要怎么问？

问你是不是在游戏里有个宠物蛋叫"迟早会进化成狂傲酷跩霸道总裁的宝贝蛋"？

而且，问了……又怎么样？

还能认个亲吗？

"你好，我就是你游戏里的宠物。"

只想一想，都觉得简直要有种毁灭整个世界的冲动了好吗？还嫌只在游戏里不够丢脸吗？

何况昨天那个女孩子……他都不知道她怎么就那么怕他，他明明也没做什么……哦，就是拿了她的手机删了段视频。但当时她也没反对啊。

提醒他了，都不知道什么时候被人拍了那种视频，回头得全部都删掉才行。

童向南甩甩头把这些乱七八糟的想法都先放到一边，依然正儿八经地绷着一张脸，道："就算那个女孩的确是真实存在，也没办法解释我现在的状况。"

他特意了解过了，《第五维度》这个游戏，是要有专用的接入客户端的。

他并没有接入过这种客户端，只要睡着，就进入了游戏的世界。

"我有一个新的想法。"江映楼道，"你看，通常我们说，意识是人类通过各种感观对自我和外界的认知和思考。所以，当人们感观封闭时，比如说沉睡，或者昏迷，就会说'失去意识'，但……对某些特别的人而言，在这个'失去意识'的阶段，'意识'就真的不存在了吗？"

这段话有点绕，童向南不太能领会他想表达什么，皱着眉示意他继续说。

"我觉得，对你而言即使失去了对外感知的这一部分，但意识里'自我'的部分，还是存在的。比如说，举个你最能体会的例子，不管什么任务，你好像永远都能敏锐地找到潜在的危险，明明并没有看到，也没有听到，某些情况甚至不可能预判。为什么？"

童向南没办法回答，那对他来说简直就像是一种本能，他们队长称之为"野兽般的直觉"。

"没办法解释，对吧？"像是看出他的心思，江映楼自己接了上去，"也许有人会用潜意识，或者第六感之类的说法，但我觉得，那更像是一种游离意识，游离在身体之外，却又能真实地反馈信息，但只对于你这种天赋异禀的人而言。”

童向南面无表情地看着他道：“你接着是不是要准备说灵魂出窍了？我还以为心理学家好歹也算是科学家范畴。”

江映楼少见地露出了“你们这些可笑的凡人根本不能理解天才的思维”的表情。

童向南顿时就好像吃了苍蝇一样。

他就说啊，这所谓的心理学，纯粹就是不靠谱啊。

解决不了他的问题，就说他是灵魂出窍才会在游戏里变成小姑娘的宠物。

下次碰上凶杀案，是不是还准备说是恶鬼索命啊？

敲门声就在这时响起来，童向南简直是迫不及待地中断跟江映楼的视频，跑去开门。

门外站着两个男人，其中一个向童向南出示了证件，道：“童向南先生对吧？我是J市刑警队的。有个案子想请你回去协助调查。”

3

《第五维度》每周的副本只开五天，但剩下两天也并不无聊。

大家可以交易物品，交流信息，搞公会活动，练生活技能，还可以在竞技场切磋。

唐甜抱着她打着“绷带”“身残志坚”的宠物蛋去了信息中心。

她找了台电脑，开始输入自己对这次副本的探索成果。系统会根据这些资料的实用性和稀有程度付给她报酬。反过来，只要她付得起钱，也可以查询系统内其他的副本资料。

游戏里每次开启副本世界都是随机的，但不排除会有重复的可能。玩家们提供的资料和经验，就相当于传统网游的攻略，好处自然不必多说。撇开这层意义不提，唐甜也挺喜欢看这些副本资料的，感觉上就像是一篇篇风格各异光怪陆离的游记。

“录入副本‘恐兽世界’初级基本资料一份，获得报酬12金币。”

看着系统跳出来的消息，唐甜有点无言。

不过这也很正常，她一个新人，这次在副本里的活动范围并不大，碰上怪物也只能逃跑，并不能清楚地说明怪物的特征用途和弱点，都是些大路化的消息，只怕每个进副本的人都能说得出来。给她12金币说不定还是看在那个食人族的分上吧。

好在有葬夜瞳给的一万金币，唐甜现在也不太缺钱。她切回首页，刷一刷，似乎又多了一些以前没见过的副本资料，就随便买了一份看起来。

“啊，你果然在游戏里。”

唐甜看到一半就收到了于霏霏的信息，顺手回了一个“？”。

“问你个头啊，给你打电话都没接，吓我一跳你知道吗？你这丫头心怎么这么大啊？竟然还想着玩游戏！”

唐甜简直可以想象于霏霏那边又是生气又是担心的样子，连忙道歉：“不好意思，手机在包里忘记拿出来了，一时没有听见。什么事？”

“没什么，就打个电话看你有没有事。我到现在还心神不宁的，你的神经是比高速公路还粗吧？怎么就还能想着玩游戏！”见唐甜没事，于霏霏那满腔担心，就都变成了嗔怪。

唐甜知道她说的是之前碰上警察调查命案的事。

她当然也怕，但……碰都碰上了，还能怎么样？能做的都做了，其他的事她也插不上手了，想得越多越容易害怕，还不如回来玩游戏呢。

“也不知道警察有没有抓到人，你说他要是知道是你提供的消息，会不会来报复你啊？他可是知道你住哪里的。”于霏霏真是越想越担心，“不如你到我家来住一阵吧？”

“不用啦。”唐甜给她发了个出大汗的表情，于霏霏跟父母住在一起，她要过去实在不方便。又说：“要相信警察叔叔啦，我看那位李警官看到画像的时候，表情有点怪，也许已经有线索了。而且李警官给了我电话，我有事直接找他就好了。”

于霏霏想想自己的确不如警察，只细细地交代唐甜一定要锁好门窗，有事一定要给她打电话。

唐甜一边翻看着副本资料，一边跟于霏霏有一搭没一搭地聊着天，冷不防突然有人冲到她面前，大叫道：“你真是个卑鄙小人！”

唐甜愣了一下神，才发现是葬夜瞳。

她莫名其妙：“我怎么了？”

葬夜瞳哼了一声，盯着她的眼睛里都几乎要冒出火来，大怒道：“口口声声说跟兰舟已经没关系了，却转过头就挑唆兰舟跟我吵架，简直阴险狡诈，卑鄙无耻！”

唐甜眨了眨眼，很快就想到之前跟于霏霏说话时碰上孟行舸的事来。如果他当时真的听到了“真便宜”之类的话，回去跟葬夜瞳吵架，倒也不奇怪。

但要说是她挑唆的，那还真是冤枉。

唐甜一摊手，道：“从我回到《第五维度》以来，兰舟连一句话都没跟我说过。你要说我挑唆……我还真不知道要怎么个挑法。”

葬夜瞳根本不愿意听她解释，骂道：“你以为我还会相信你吗？明明收了我的钱，却还继续黏着人不放，怎么会有你这种不要脸的女人！”

信息大厅里人不少，本来都很安静地各自查阅或者录入资料，她在这一叫嚷，几乎所有人都看了过来。

唐甜是个新号，但葬夜瞳一向嚣张高调，认出她的人可不少，一时间少不得有人窃窃私语，甚至还开始招朋引伴地来看热闹。

唐甜满头黑线，道："你给我的钱不是在副本里救了你的报酬吗？有附加条件你早说啊，价格还好再商量一下不是吗？"

"你！"葬夜瞳被噎了一下，跳着脚道，"我就知道！你救我就没安什么好心！"

"如果是有附加条件的话，你想要什么价？"

葬夜瞳的话音没落，一个男中音在旁边响起。

熟悉的声音还是一如既往的温润，但这不见起伏的音调里却似乎有一种压抑不住的阴冷透过来。唐甜莫名有几分心虚，转头看过去，果然看到孟行舸站在那里，冷冷看着她。

唐甜干咳了两声，勉强挤了笑容，道："说笑了，我是那种要开条件才肯救命的人吗？"

他们说的是"救命"的问题吗？孟行舸挑了挑眉，她这七拉八扯来转移问题的习惯还真是……让他有那么点怀念呢。

葬夜瞳倒是想再跳起来骂唐甜几句，但看看孟行舸，到底没再说什么。

她在兰舟面前，向来是温顺的。

僵持了好一会，孟行舸才叹了口气，道："你跟我来。"

他一转身，葬夜瞳就乖乖跟了上去。

唐甜不由得松了口气。

但孟行舸却偏偏走出两步又停下来，回头盯着她："说你。"

"欸？"

唐甜还没反应过来，围观群众已经一片哗然。

葬夜瞳更是涨红了脸，看过来的眼神只差没直接把唐甜给活活撕了。

唐甜夸张地指指自己：“我？”

“没错，以前的棉花糖，现在的糖醋排骨小姐。”孟行舸确认。

“我为什么要跟你走？”开什么玩笑呢，他们明明连话都没说过，葬夜瞳就能找上门来了，跟他走？回头还不得被人大卸八块啊？

孟行舸静了一两秒，甩出了一个唐甜根本没有办法拒绝的理由。

“你不想知道你的号到底是谁偷的吗？”

4

唐甜玩《第五维度》快三年了。

最开始是好奇，跟着兰舟来看看，然后自己就被那丰富多样的副本世界所吸引。

她在这游戏里投入了很多的精力和感情，不说别的，她为了上一个账号的医术，各副本世界里不同类型的药方都背了无数，认真努力的程度堪比在学校时对待考试。

确定账号找不回来之后，她也自认倒霉，说大不了重新开始，但心底当然还是不甘心，对偷了自己账号的人，也实在没那么容易释怀。但凡有一点线索，她都想追查到底。

《第五维度》是个虚拟现实游戏，接入技术和传感功能都跟传统的网游不一样。所以，对于账号的安全防护自然也跟以前的技术有所区别。

“要么是破解个人终端，要么，就只能入侵游戏数据库。都很难。”孟行舸说，“星界公司在网络安全方面还是做得挺不错的。”

唐甜撇了撇唇：“不错什么啊，我还不是被盗了？”

“也没说就真能滴水不漏啊，毕竟M国联邦人事局都被黑客入侵过呢。”孟行舸跟唐甜多日不见，这时再看到她这些小动作，也觉得可爱，忍不住伸出手。

唐甜一眼瞟到，不动声色地就往后退了一步。

孟行舸的动作僵了僵，然后缓缓把手收了回去，继续道：“我查了一下，《第五维度》游戏从开始服务到现在，被盗的号不算多，但都有个共同点，就是在某方面的技能比较强大。我觉得，盗号的人应该也是事先进行过调查，有针对性地锁定目标。”

“所以，你是想说，盗号的是我认识的人？至少是在游戏里接触过的人？”唐甜立刻就明白他的意思。

“而且还应该是你账号被盗之前很短的一段时间内接触的人。”孟行舸点点头，补充。

《第五维度》采用的是自由模式，玩家没有固定的等级，也没有固定的职业，所有的技能都是玩家自己在副本世界学来的。如果玩家自己不透露，别人是不太可能知道他到底会些什么技能的。

而且，玩这个游戏，实力是一方面，运气也很重要。每一次副本里碰上的事情都不一定，也许这一个副本你得到了神级武器，下一个副本就会失去，更有可能因为受伤中毒各种意外而引起各项数值的变化。

孟行舸说短时间内也正是因为这个，如果这个副本出来，盗号的人掌握了某人的信息，不马上动手的话，到了下一个副本结束，就有可能完全不一样了。

他给唐甜发了一份文件：“这里有一份名单，你看看里面有没有在被盗前接触过的人。”

唐甜打开一看，上面有七八个ID，还真有几个她有印象的，就圈出来告诉兰舟醉解，又问：“这名单是怎么来的？”

孟行舸拿了名字之后，开了光屏操作，一面说：“我联系到了几个同样被盗号的人，把他们在账号被盗前接触的人交叉对比了一下。”

“你怎么知道盗号的是同一个人？”

“我不知道。只是当时你的账号换了人，你又联系不上。我不太相信你是那种一声招呼都不打就卖号的人，所以……随便找点事做而已。”孟行舸两手不停，目不斜视，声音也很随意，似乎真的毫不在意的样子。

但是……

真的不在意的话，又怎么会去做这样细碎烦琐，而且还不确定会不会真的能有结果的事情？

唐甜沉默下来。

孟行舸悄眼打量着她的神色，又补充了一句：“而且，我觉得，有能力侵入星界公司的数据库，却只用这种能力来盗号的人，大概也不会很多。”

“说得也是，有这份本事，做点什么不好。”唐甜讪讪笑了笑，随口接了一句。

“谁知道呢？也许这个人就是以此为乐。”

孟行舸面前的光屏上列出一排排数据，他圈出几个来，一面道：“美少女轰炸机是本服最大的药材商，浪子不回头是个掮客，很多人从他手里接过任务。这两个大家都接触过不奇怪。那么剩下可疑的人就是这三个了。”

唐甜凑过去看了一眼，孟行舸圈出来的三个名字分别是“假装无所谓”“暴走的花皮猫”和“眉间点砂”。

她都算不上很熟，只是泛泛之交而已。

“你觉得盗号的就在这三个人之中？”唐甜皱起眉，“还有别的证据可以证明吗？”

其实只凭“在被盗之前接触过”这一点，根本就不可能断定某人就是盗号者啊，毕竟连游戏公司都没有办法呢。

孟行舸却没有直接回答，只道："有很多在网络上神通广大呼风唤雨的人，在现实生活里，其实只是个懦弱没用的死宅而已。"

唐甜一怔："你是想直接找上门吗？如果他们真的是盗号的人，又怎么可能轻易泄露自己的真实信息？"

孟行舸把光屏关了，一面道："这个你不用管，我自然有办法，到时你跟着一起去就行了。"

唐甜抿了抿唇，道："其实你不必这样……"

孟行舸只静静看着她。

唐甜被看得莫名有点心虚，干咳了一声，正想找点什么话题来打破这个尴尬的时候，就听到孟行舸说："我没有答应。"

"什么？"唐甜不解地问。

"葬夜瞳。"

唐甜只差没跳起来。

他们都那么亲密了，现在来跟她说没有答应？

而且，为什么要跟她说？

跟她说这个有什么意义？

孟行舸却还继续目光灼灼地看着她，缓缓道："我也没有答应和你分手。"

唐甜：……

好吧，他当时，的确是没有直接回复。

然后她就走了。

再然后……辞职，出国，又灰溜溜地回来。

两个月时间，孟行舸一直都没跟她联系过。

现在跟她说没有答应？

到底算个什么事啊？

唐甜皱了眉："你到现在才来跟我说这个，又有什么意思。"

"意思就是我还是想跟你在一起。"孟行舸说。

唐甜忍不住笑起来："之前说过的话，我觉得没有必要说第二次，我们真是不合适。"

"但你还喜欢我。"孟行舸说得很笃定。

他一向是自信的。

何况，唐甜也给了他这份自信。

她如果真的不再喜欢他，就不会在意葬夜瞳，也不会跟于霏霏在背后议论他。

唐甜看着面前的人。

只是一个虚拟形象，但跟现实中的孟行舸还是有几分相似的。

她第一次见到他的时候，还在上大学。

学业之外还要打两份工的贫穷灰姑娘和出身书香世家的校园王子的恶俗故事。

她不由得轻声喟叹，声音也不自觉地轻柔下来："是的，我依然喜欢。你身上，依然有所有我欣赏的优点。"

"那为什么……"

唐甜抬起手来打断他："我之前说过的，我接受不了你对别的女孩子体贴关照。会嫉妒得不行。但老实讲，我其实也不太能想象，失去那种温柔的你，会是什么样子。所以，在你和我都没有变得更难看之前，我先退开一步好了。"

孟行舸也看着她，静了很久，才缓缓道："借口。"

"欸？"唐甜眨了眨眼。

"不信我能改变也好，不想我有改变也好，都只不过是你怯懦的借口而已。"孟行舸上前一步，唐甜下意识就跟着向后退，孟行舸叹了一口气，停下来。"糖糖。"他带着点无奈，柔声唤她，"你在害怕什么？”

唐甜根本没料到他会这样问，整个人都怔住了。

孟行舸再次伸出手，但依然在没有碰到唐甜的时候，自己就收回去了，道：“既然我们都还互相喜欢，为什么非要结束不可？”

为什么……

唐甜皱了眉，微微抿了一下唇，道：“兰舟你别这样，我们真的……”

孟行舸却没让她把话说完：“这个先不提。盗号的事，等我安排好再告诉你。”

唐甜心里很清楚，孟行舸只是又在拖延。就好像不把话说死，就还能有挽回的余地。

他很擅长这个。

但唐甜这时被他之前的问题问得心有点乱，加上也的确是很在意盗号的事，所以对兰舟突然转换的话题，就没能那么果断拉回去。

兰舟就道：“那就先这样说好了，回头我给你打电话。”

唐甜：……

求助，前男友太了解怎么让你没办法拒绝怎么办？在线等。

身残志坚的“迟早会进化成狂傲酷跩霸道总裁的宝贝蛋”同学觉得自己简直要被闪瞎狗眼。

不对，他看不清外面，只能说震聋狗耳。

为什么他辛苦了一晚上，好不容易能打个盹，就听到这么狗血无聊的台词？

这不是个有怪兽有食人族的惊悚游戏吗？突然变成小白言情是怎么回事？

他是走错片场了吗？

但……外面那个女孩子的声音，的确是原来那个没错。

她抱着他碎碎念的时间太多了，他想忘都忘不了。

所以，这到底是个什么状况？

宝贝蛋同学时睡时醒，跳集太多，他觉得自己需要一个前情提要。

等等……他为什么会想知道前情提要？

这种狗血言情剧，还有详细了解的必要吗？跟他有半毛钱关系吗？

可是啊，心里就有什么地方不太对劲是怎么回事？

小姑娘是真的要跟这个男的去调查什么盗号的事吗？

明显只是接近她的借口好吗？

要不要这么傻？

运动能力已经差成那样了，智商还这么“捉急”，你到底要怎么混下去啊？

再等等……好像这个“战五渣”的蠢姑娘还是他的主人……

宝贝蛋同学想想就觉得前途一片黑暗，还不如之前那什么也听不到的时候呢。

第四章

我家宠物破了洞

这细细的、糯糯的，带着软萌的稚嫩奶音……明明是呵斥，听起来却好像撒娇一样。

童向南只差没一头在蛋壳上撞死。

1

“所以，你要跟兰舟复合吗？”于霏霏问。

唐甜摇了摇头。

于霏霏咂咂嘴。“不过，真没想到兰舟竟然也会有这么……呃，”她斟酌着用词，“死缠烂打……的时候。”

唐甜无奈地叹了口气：“那怎么办啊？”

于霏霏看着她：“正经说，你为什么非得要跟他分手啊？他竟然说没有答应葬夜瞳，又暗示他可以改。”

唐甜又叹了一口气，仰面倒在那一车货物上，看着蓝天白云，喃喃道：“我大概……真是有点信心不足吧……”

“什么啊，你这么好。”于霏霏跟着倒下去，“你不知道我从小到大有多羡慕你。长得漂亮，成绩又好，还会画画。”

唐甜依然看着天空，呵呵笑着：“我也一直羡慕你啊，于妈妈对你那么好。我小的时候，有一次哭着问我爸，为什么全班同学只有我没有妈妈，我爸说，你妈是天上的仙女，等你也长大成为仙女的时候，就能见到她了。我那时真的信耶。一直到……我爸去世，我整理他的遗物，才知道我妈是谁。有钱人家的大小姐，一举一动都能上报纸那种。我爸有个集报册，这么厚，全是她……”

于霏霏默默地听着。

她跟唐甜从小学开始同学，但从来也没见过唐甜的妈妈，只知道她父母在她很小的时候就离婚了，这还是她第一次听唐甜提起母亲。

但这种口气……

这种内容……

她翻身抱住唐甜，安抚地轻轻拍了拍她的背，但却还是忍不住问：“你后来见过她吗？”

“我爸去世的时候，我去找了她。”唐甜嘴角的笑容渐渐有了一丝嘲弄的意味，“没见着。”

唐甜当年是想，至少应该告诉她，父亲去世的消息。

但那边根本连个话都没回。

后来她仔细翻阅那本集报册，才发现赵女士曾经在一个采访里说过，年少无知时那次冲动的婚姻，是她一生中最大的污点。

所以她父亲之后再也没有提过他的仙女，甚至在最困难的时候，也没想过要去找她。

作为一个污点，不能再去打扰她的生活。

于霏霏又拍了拍唐甜的背，突然又道：“你不是因为这个，才拒绝兰舟的吧？”

“呵呵。”唐甜突然伸手往前一指，“看，城门。我们到了。”

她们这时正在一个新的副本里。

这次的副本是个古代江湖背景。

唐甜和于霏霏混在一个商队里，这时正前往一个叫嘉元的大城。

她们打听到一个消息，江湖中赫赫有名的“穿云剑”何青峰大侠要办五十大寿，并趁这机会广邀武林同道要为他的女儿何玉凤比武招亲。何大侠侠肝义胆德高望重，何小姐又年轻漂亮，是江湖四大美人之一，江湖中一时为之震动，前去拜寿招亲的武林人士络绎不绝。

唐甜刚刚听到这事的时候，几乎要忍不住笑喷出来。

这是什么剧本啊？

是为了省钱直接拿了个几十年前的三流武侠小说吗？

但是碰上了，当然要去凑个热闹。

没想到进了城，却连个住的地方都找不到，连问了三家客栈，竟然都已经客满。

这种武林盛事，呼朋唤友拖家带口就不说了，甚至还有武林门派一来几十上百人的。

不过，唐甜她们是玩家，有地方落脚当然最好，实在没有，也不是那么重要，反正她们也不是真的在游戏里睡觉，累了还是要下线的。

两人决定先随便逛逛，觉得这里古色古香还挺有意思的。

说起来，这种副本也算是玩家们比较欢迎的，相对来说比较轻松。追求惊险刺激的玩家可以去江湖闯荡，休闲玩家就当成穿越几日游，悠闲地游山玩水体验一下古代生活也不错。

何大侠的寿诞正日子是两天后，但是比武招亲的擂台今天已经搭起来了。

没办法，想做何大侠女婿的人实在太多，必须提前海选。

唐甜和于霏霏过去的时候，擂台前已经里三层外三层挤满了人，连旁边的屋顶上都已经没位置了。两人转悠了好一会都愣没找到能站得住脚的地方。

这就有点郁闷了。

虽然说擂台扎得高，老远也能看到，但隔这么远，也就只能看到两个人影晃来晃去了。那有个什么劲？还不如下线去看电视呢。

就在这时，唐甜又收到孟行舸的信息。他说：“在那里别动，我过来接你们。”

她微微一怔，旁边于霏霏也道：“咦？兰舟也在这里，他说马上来接我们。”她看完信息，又抬头看唐甜一眼，目光有点复杂。

毕竟唐甜前不久才说不会复合，但这时兰舟要过来，总觉得会有点尴尬。

唐甜的心情也有点复杂，按说她如果真不想再跟孟行舸有什么关系，这时就应该转头就走的。但又觉得不值得，比武招亲这种热闹能看几回？难道就因为孟行舸连游戏都不玩了吗？

孟行舸说“马上”，果然来得很快，唐甜还没纠结完，他已经出现了。

排场还挺大，两个身着劲装的年轻男子开路，还有两个人断后，簇拥着孟行舸和另一个白衣少年从人群中走来。

刚刚还混乱不堪的人群就像被分开的流水一般让出一条路，直通到唐甜和于霏霏面前。

唐甜眼角抽了抽，这下子想走也走不了了。

“糖糖。”孟行舸亲热地叫了她一声，又向他旁边的白衣少年介绍，“这两位，就是我刚刚提到的唐姑娘和于姑娘。这位是何大侠的二公子，何洌何少侠。”

原来是这场热闹的主家，怪不得围观群众那么给面子。

孟行舸又发了消息来解释：“这个副本我之前来过，刚好跟何洌有点交情。”

副本都是随机的，碰上曾经去过的世界也并不奇怪。这个时候，就要看上次混得怎么样了。像孟行舸这样，之前就交了朋友的，再来的时候，多少也会有点便利。唐甜她们要满大街找位置，他却已经是何家的座上宾了。

彼此见过，何洌就请唐甜两人一起回去。

由何少侠开口，她们真是连婉拒的话都不好说。

孟行舸又加了一句：“眉间姑娘也在，大家这么久不见，正好叙叙。”

唐甜心中不由一凛：“眉间点砂？”

孟行舸点了点头，眼神中似乎别有深意。

他这是打算趁机试探眉间点砂？

也不知是孟行舸特意安排还是凑巧遇上，但既然碰上了，唐甜自然也想去看看。

于是也就不再推托，一行人说说笑笑又穿过人群，去了何家特意准备的看台。

看台正面是何大侠等一干武林名宿，何洌引着唐甜她们去见了个礼，便又回到右侧的看台，这边都是些年龄相当的年轻人，互相引见攀谈，气氛更为自在。

眉间点砂果然也在其间。

她的游戏形象是一个身材高挑的美貌少女，长发如墨，肌肤赛雪，偏偏眉心一颗朱砂痣，看起来尤为娇媚可人。

她初见唐甜还没什么，一听孟行舸介绍，就热情起来，亲热地挽住了唐甜的手。"倒是听说你回来了，一直也没见着。怎么就弄了这么个形象？"

这边说着话，系统里好友申请就发过来了。

唐甜点了接受。

反正她现在是个新号，大概也没什么可偷的价值。

"以后可要多联系才好。"眉间点砂说，"你以前那号还真是可惜，你说这要再练起来，得花多少工夫？"

"可不是说嘛。要是让我逮着那个盗号的，非把他整得他娘都认不出来。"唐甜一面放着狠话，一面仔细打量着眉间点砂的神色。

她倒是挺同仇敌忾的，点头附和："真是太缺德了。这游戏想学点有用的技能多难啊，他这么一偷，什么都没了。"

唐甜一时也看不出什么来，不由就转头看了看孟行舸。

孟行舸递给她一个少安毋躁的眼神。

好吧，唐甜想，她账号已经被盗这么久了，也的确急不来，且走一步看一步吧。

2

擂台上两个人你来我往，打得正热闹，突然有个小厮匆匆跑来，向何洌耳语了几句。

何洌唰地站了起来，转头看向正面看台那边。

何大侠似乎也是刚得了消息，正准备离开。

何洌也就匆匆跟左右的人交代了两句，便下了看台。

本台的那些宾客不知怎么样，留意到这一幕的玩家们，都十分在意。

平常大家还要努力在副本里开发剧情，这回既然碰上了，怎么能错过?

孟行舸直接就仗着跟何洌的交情跟了上去，顺手还带上了唐甜和于霏霏。

何家的确出了事。

有人中了毒。

中毒的人叫方玉麟，江湖人称“玉面剑客”，是千鹤门的大弟子，何家这次比武招亲的大热门。

常言说得好，只有叫错的名字，没有取错的外号，哪怕不知道方玉麟的剑术是不是真的很高明，至少长得英俊肯定是不会错的。

但唐甜见到的方玉麟，非但跟英俊搭不上边，简直都已经不成人形了。他整张脸肿得像个猪头，还泛着乌紫色，躺在床上出气多进气少，眼看着就快不行了。

方玉麟的师父梁策站在他床前，脸色铁青，即便对着何大侠，也完全没有好气，悲愤交加地怒吼：“……给我把那些兔崽子都抓起来，如果麟儿今天真有什么三长两短，他们谁也不要想活着从这里离开！”

他的想法很明显，方玉麟是来比武招亲的，这还没上擂台就中了毒，肯定是竞争对手干的。

何青峰的脸色也很难看。

这里是何家，他的寿宴，他女儿的亲事，方玉麟在这里出了事，就是打他的脸。

但能来招亲的都是江湖俊彦，个个有头有脸，他也不可能真的让梁策直接动手抓人，只能安抚道：“梁兄放心，已经安排下去了，现在没有人能离开这里，我们一定会把凶手找出来，给梁兄一个交代，但现在还是救人要紧，犬子已经去请陆神医了……”

后面的话他就顿下来，毕竟方玉麟都这样了，就算请到陆神医，也不知道赶不赶得及。

梁策也看向床上的方玉麟，声音都有点发抖：“难不成就这样眼睁睁看着麟儿他……总要做点什么吧？”

“也许，可以试试金针排毒？”唐甜说。

她本来是对身边的于霏霏说这句话的，声音并不大，但在这个时候，效果却无异于扔出一颗炸弹。

“谁？是谁会金针排毒？”梁策目光如电，刷地锁定了唐甜，看清之后，又不由得有点失望。在他看来，唐甜真是太年轻了，娇娇弱弱的小姑娘，怀里还抱了颗蛋，实在不像是名医高人的样子。

何青峰也问：“这位姑娘是？”

何冽连忙做了介绍：“这位是兰少侠的朋友，唐甜，唐姑娘。”

梁策顿时就好像抓住救命稻草：“可是出身唐门？”

在这个世界里，唐门也是玩毒的宗师。

可惜唐甜只能摇摇头，她是第一次来这个世界，跟唐门什么的，也完全没有关系。事实上她已经有点后悔，不该直接说出来的，跟霏霏在聊天频道里议论就好了。毕竟金针排毒是她之前账号的技能，现在可不……等等，唐甜怔了一下。

她刚刚想起这个技能的时候，发现自己的确还记得怎么用。

从理论到行针步骤，一清二楚。

唐甜打开自己的属性面板，发现她刚刚想起来的相关技能果然亮了，只是后面的熟练度是0。

大概是因为这游戏里技能都得自己亲自学习才能得到的关系，所以即便换了账号，当初她记下来的东西，依然会记得？唐甜有点不太确定地想，但技能回来了是件好事，真不枉她当初还特意记了笔记。熟练度慢慢再练就好了。

唐甜回过神来，发现大家都在看着她，连忙道："我知道如何用金针刺穴排毒，但……"她看看自己属性面板上的小蓝条，在这里应该算是内力值吧，那可怜巴巴的10点，真是做什么都不够。"我功力不够……"

"我来。"梁策道，"要怎么做，你说，我来做。"

唐甜有点犹豫，虽然这样也不是不行，但她这个技能是在别的副本世界里学会的，用法和原理，也实在不好跟这个世界的人解释。

正迟疑间，孟行舸就道："还是我来吧，糖糖你告诉我怎么做。"

唐甜点点头。玩家之间，交流起来就方便多了。何况她跟孟行舸本来配合得也挺默契的。

何家人也只当唐甜不想泄露自己的秘技，梁策只是想救徒弟，倒也没坚持非要自己动手，只是依然在床边守着，唐甜也由他，东西准备好，就指挥着孟行舸施针救人。她自己又顺着刚刚的思路，把治愈术回想了出来，配合着孟行舸的金针，悄悄给方玉麟用了一次。

不过是最低级的治愈，却瞬间将唐甜所有的精神力抽空，蓝条也直接见了底，顿时脸色苍白，摇摇欲坠，于霏霏连忙扶住她，在一边坐下。

好在效果也很明显，随着孟行舸用金针刺入方玉麟手指，逼出几滴黑血，方玉麟的情况的确有了立竿见影的好转，脸虽然还是肿着，但那层黑紫色渐渐消了下去，呼吸也顺畅了不少。

梁策见状激动不已，当即就对唐甜和孟行舸作了个大揖，道："多谢两位救命之恩。"

"不敢当。"孟行舸连忙扶住他。

唐甜也道："我没见过这种毒，也不知道具体要怎么解，这法子只能暂时缓解，具体还是要等医生来看。"

如果她还是之前的账号，直接用治愈术不停刷，多半也能把他的小命刷回来，但现在她自己刚把治愈术捡回来，放一个最低级的治愈整个人就几乎要虚脱。不要说救人了，多用两次她自己就得玩完。

不多时，何大公子何沧领着陆神医匆匆赶来。

陆神医一看方玉麟，大为吃惊："这看起来像是中了七星断肠散啊。怎么到现在还没死？"

这话说得……梁策当即就沉了脸。要不是可能还要靠这老头儿解毒，他只怕当场就要把他打出去。

陆神医话一出口，自己也知道不妥当，连忙干咳一声，试图补救："一般中了这个毒的人，半个时辰内，必死无疑。"

陆神医虽然就住在城里，但何沧赶去请他，再一起过来，虽然来回都是快马，也肯定不止半个时辰了啊。

梁策一惊，直抓着他问："现在还能不能救？"

"可以。"陆神医虽然不太会说话，但医术还是相当高明，也不多说废话，当即就开了方子，让自己的药童去熬药。然后他才问："不知在老夫来之前，你们是怎么控制毒素发作的？"

"全靠这位唐姑娘和兰少侠，替方少侠用金针刺穴，逼出了毒血。"

"金针排毒？"

唐甜觉得，这个白胡子老头儿，看她的目光里简直都要闪出星星。

"老夫也有几套针术，不知姑娘可愿意探讨一二？"方玉麟就躺在这里，效果看得见，陆神医对唐甜这套针术，可真是好奇得不得了。

唐甜当然不会拒绝。

她的技能是在游戏里学来的，也不是什么不可外传的秘术，如果能用这个交换别的技能，简直是求之不得的好事。

没过多久，整个何府便都知道了兰舟少侠带来的那位唐姑娘竟然也是一位神医。

她一手金针绝活把中毒的方玉麟从鬼门关拉回来，又与陆神医探讨了医术，陆神医对她赞不绝口，认为她在某些方面的想法，简直空前绝后，堪称神术。

那可不，她的治愈术，本来就是神术呢，只是不同次元不太好解释而已。

唐甜在何府的待遇也因此而水涨船高，不时有人好奇张望，也有人找借口过来攀谈结交。

唐甜有点不胜其烦，找了个借口跟于霏霏溜到僻静的后花园。

她长长吁了口气："没想到这些江湖人也这么八卦。"

"神医嘛。"于霏霏说，"大家肯定都愿意结交啊，关键时说不定就能保命，比如方玉麟。”

要不是刚好唐甜跟来看热闹，等陆神医赶来，大概也只能验尸了。

于霏霏也感觉挺意外的：“说起来，我之前听人说游泳啊，骑自行车啊这些，学会了就不会忘，难道医术也是？那回头线下你能看病吗？”

“醒醒。”唐甜说，“做什么梦呢。游戏的技能现实里要是能用，那还不得超能力满天飞？再说了，每个副本里的东西都不一样，比如刚刚陆神医说那个引梦草，现实里你上哪找去？”

“哎，只是想想嘛，你不觉得很带感吗？”

唐甜想想也是，如果她能把游戏里的能力带到现实中去，比如上次碰上打架那事，她小手一挥“叭”地放几个治愈术，倒在地上的人可不就站起来了？

等等，好像有点不对。就算他们站起来，大概也是三两下就会再被打趴。跟着那个高个子帅哥就会直接找上她。

而她……只能对他放治愈术……

这画风简直荒谬。

唐甜不由抚额，还是算了。

两人正在那一边闲逛一边闲聊，突然听到孟行舸大喊：“糖糖，小心！”

唐甜下意识一转身。

一支羽箭挟着呼呼风声，疾射而来。

唐甜避闪不及，只觉得一股大力当胸撞来，整个人向后栽倒，胸口一阵剧痛，喉咙跟着一甜，一口血就喷了出来。

“甜甜！”于霏霏尖叫着，冲过来扶住她。

孟行舸随即也赶了过来。

唐甜靠在于霏霏怀里，眨了眨眼，预料中的剧痛和黑屏却并没有出现。

她没死？

唐甜又眨了眨眼，怎么回事？

于霏霏也愣了一下。

唐甜并没有直接中箭，她听到孟行舸的叫声转身，手里还抱着她的宠物蛋，那支箭正中她的蛋。

这时还插在蛋上，尾羽犹在微微颤动。

唐甜只是被连带的惯性击倒了。

“啊——我的蛋！”唐甜回过神来，惊叫着把宠物蛋翻过来。

蛋壳的坚硬远超她的预计，这样都没有碎，只是以被射入蛋的羽箭为中心，又多出了几道裂痕。

唐甜连忙抓住箭杆，试图把箭拔出来。

却没想到，箭是拔出来了，同时也从蛋里带出了一只牢牢抓住箭杆的手。

白白嫩嫩，有如初生婴儿，只是要小得多。

但毫无疑问，是人类的手。

3

童向南从没想过，自己在这个梦中世界里真正看到的第一丝光明来得这样惊险。

好在他当时是“醒”着的，听到外面的叫声就留了神，牢牢抓住了那支射进来的箭，不然蛋就这么大，只怕这一箭就要将他直接扎个对穿了。

作为一颗宠物蛋是有点郁闷，但如果就这么死了，那不是更加憋屈？

唐甜将箭拔出去之后，蛋壳上就留下了一个不怎么规则的破洞。约莫比普通人的大拇指略大一点，但对童向南来说，足可以把整只手臂伸出去。

但也就仅止于此了。

他还是出不去。

不要看这蛋壳又是破洞又是裂痕，但他用尽了全身的力气也没能把那个洞再扩大一点。

而唐甜吓了一跳。

眼睁睁看着从蛋里伸出一只人手的感觉实在太震撼了。

甚至比有人射了她一箭更让她震惊。

哪怕这个蛋是她的宠物。

她自己虽然也猜测过蛋里会孵出什么，但还真是没想过会是一个人。

人怎么会从蛋里孵出来？

但现在也看不到全貌，也许只有手像人？

那会是个什么？

半人半鸟？半人半蛇？半人半虫？

不管怎么想，总觉得会是个妖怪。

唐甜把蛋举到眼前，凑近了那个破洞往里看去。

洞太小，里面黑乎乎的，也看不清楚，只依稀能分辨出来应该是个人。

小小的，四肢俱全。

“宝贝儿？”她试探性叫了一声。

童向南：……

虽然之前她也是这么叫的，但……隔着蛋看不见和这么当面叫的感觉，还是差很远。

他一个二十七岁的大老爷们，被个小姑娘叫宝贝儿。

这真是……

这种感觉真是又复杂又微妙，他涨红了脸，忍不住叫道："闭嘴！"

声音一出口，连他自己都吓了一跳。

这细细的、糯糯的，带着软萌的稚嫩奶音……明明是呵斥，听起来却好像撒娇一样。

童向南只差没一头在蛋壳上撞死。

他已经借着蛋壳破洞漏进来的光看清了自己的小手小脚……对自己可能已经"返老还童"有了一定的心理准备，但这种雌雄莫辨的糯软奶音……真是太让人难为情了。

唐甜却是双眼一亮。

"说……说话了！"她拿着蛋，惊喜地转向于霏霏，"霏霏你听见没？我家宝贝儿说话了。"

于霏霏也正惊得目瞪口呆，哪怕知道是个游戏吧，但亲眼看着蛋里伸出一只小小的人手，这时又出声说话，怎么可能不吃惊。

只孟行舸还略镇定点，道："有人过来了，不要让别人看出蛋的怪异。"

万一真的被人当成妖怪可就不好了。

唐甜连忙把宠物蛋揣到了怀里。

童向南好不容易才得到的那点光明，又彻底消失了。

但这次跟之前又不一样，蛋壳的缺口紧贴着唐甜的身体，童向南甚至能嗅到少女淡淡的体香。

童向南蜷着身体紧缩在蛋壳的另一端，尽量不让自己碰到从蛋壳缺口挤进来的唐甜的小肉肉，愤愤地想，你说一个游戏，感官搞这么逼真做什么？

要不，他还是继续装死吧？

过来的人是何洌。

唐甜这时正被于霏霏扶着，刚刚那支箭虽然没有直接射中她，但她毕竟被撞得吐了口血，脸色苍白，看起来实在不太好。

“唐姑娘怎么样？”何洌担心地问。

他和孟行舸一起来找唐甜，没想到正看到有人向她射箭。

何洌当即就飞身去抓站在另一边屋顶上的射箭之人。

这几天原本是何家的大喜事，结果先是方玉麟中毒，然后救了方玉麟的唐神医又被刺杀，真当他何家无人不成？

“还好，只是被箭上的内力震伤。”孟行舸也没提宠物蛋的事，只道自己来得及时，又问：“射箭之人只怕功力不俗，抓到没有？”

何洌有点懊恼地摇了摇头，道：“他反应很快，一见不对就溜了，外面人又太杂……”

距离太远，他们都没看清那个人的样子，外面到处都是来凑热闹的江湖人，那人往人堆里一混，三弯两转就不见了。

“但箭术高明且内力高强的人想来不多，一定可以找出来的。唐姑娘请放心，我们一定会加派人手保护姑娘，抓出凶手，给姑娘一个交代。”何洌这几句话说得简直咬牙切齿。发生这种事，他面子上也不好过。

唐甜自己倒不怎么在意，反正这点小伤她就算不治，出了副本也会好，而且还因祸得福看到了她家还在蛋里的宝贝儿。她摆摆手，道：“何公子不必太介意。我只是有点意外，我才刚刚出山，第一次行走江湖，应该没有什么仇家才对。怎么会突然有人想杀我？”

“大概是因为方玉麟。”回答的是孟行舸，“我们刚刚正想来找你，他的病情又有反复。”

“啊，”唐甜一怔，“他之前服了陆神医配的解药，不是已经有所好转吗？”

“陆神医也不知怎么回事，梁前辈暴跳如雷，叫着要找唐姑娘回去……”何洌看看唐甜，后面的话就顿了顿。唐甜现在自己也受了伤，非要她回去再去给方玉麟治病，好像有点不近人情。

“去看看吧。”孟行舸道，“你不必再出力，有什么事我来做就行。刚刚要杀你的人，显然是一心要方玉麟死，如果把他救回来，说不定凶手自己就会再次出现。”

唐甜想了想，就点了点头。

方玉麟的情况果然不太好，好在唐甜的蓝条也恢复得差不多，没给自己医治，先借着孟行舸的掩护给他放了一个治愈术，才算再次稳定下来。

只是这样一来，她自己的脸色就更差了。

但梁策却并不放她走。一方面，是怕方玉麟再有反复，另一方面，却是为了调查下毒之人。

陆神医誉满江湖，当然不可能是庸医，再加上有人要杀唐甜这事，方玉麟的情况恶化，只可能是又有人对他下手。

而自从方玉麟中毒，他师父梁策就一直守在床前，之后接近过的人，只有何家父子三人，唐甜、孟行舸、于霏霏，以及陆神医和他的药童。

“当然不是我们几个。”孟行舸辩白，“如果是我们下的毒，之前为什么又要给他吊命？只要闭嘴不说话，方少侠这时早已经死了。”

于霏霏也气呼呼道：“何况甜甜还被人袭击。我们为了救人自己都惹祸上身了，你们还要怀疑我们？哪有这种道理？”

何洌忙道："于姑娘请少安毋躁，并不是怀疑谁，只是为了查明真相。就像我们父子也名列其中，我们与方少侠无仇无怨的，难道还会毒杀自家的客人不成？"

陆神医抖了抖胡子，道："老夫只是被你们请来看病，其他事情，是一概不管的。"

何青峰道："绝没有要为难神医的意思，留下大家，只是想请大家仔细回忆一下，是否还有别人接近过方少侠？又或者有什么不寻常的地方？"

唐甜想了想，道："陆神医开完方子之后，我们就在隔壁的房间里讨论医术，一直到药熬好了，陆神医回来看着方少侠喝药，这个时候还一切正常。而我在那之后就去了后花园，并不清楚这边发生了什么事。"

陆神医道："不错，第一碗药是老夫看着喝下去的，绝对没有问题。但第二碗药喝下去不久，方少侠的情况就恶化了。"

他话刚落音，于霏霏就道："难道是第二碗药里被人下了毒？"

她能想到，何家这些老江湖当然也早就想到了。

何青峰道："从抓药到熬好端过来，都是陆神医的药童经手，并未离开。何家只有两个世仆帮忙看火，已被分别关起来审问，应该不是他们干的。"

陆神医也道："老夫也验过药渣，并没有问题。"

这就让人郁闷了。

如果药没有问题，在座这些人也都没有害方玉麟的动机，其他人又根本没有接近过方玉麟，而且也不可能在梁策眼皮底下动手。那到底会是谁？

孟行舸几人对视了一眼，没有说话，却悄悄地拉了个聊天组。

雨雪霏霏："会是谁？"

糖醋排骨：“我觉得梁策和陆神医不可能，说不定是何家父子。”

雨雪霏霏：“他们请人来比武招亲，又给人下毒？有病吗？”

兰舟醉解：“你们有没有想过，万一动手的是玩家呢？”

雨雪霏霏：“……”

糖醋排骨：“那还真是一切皆有可能。”

玩家么，没有人知道谁会在什么副本里得到什么能力。就好像唐甜的治愈术一样，在奇幻副本里可能不算什么，在这里就会变成无法解释的神术。她以前见过的玩家里，有人拥有隐身斗篷，也有人用过“潜行”之类的技能。绕过几个普通人，溜进来下个毒，那真是神不知鬼不觉。

不知道是不是因为游戏系统默认宠物是玩家的一部分，宠物蛋里的童向南也看到了这个聊天组的内容，顿时就觉得心头有上千头羊驼奔过，连世界观都受到了冲击。

他昨天还在心里吐槽了江映楼，以后出命案要不要说是闹鬼，但这玩家用超能力下毒，跟闹鬼有什么区别？

亏他刚刚也在认真地试图分析下毒的人是谁……简直就像个笑话。

大概是因为这个游戏太真实了，以至于他时不时就会忽略这一点。

这是一个可能有怪物，可能有食人魔，可能有武功，可能有法术，而且他还是一个宠物蛋的游戏！

童向南憋屈地说服自己认清事实，然后决定，继续装死。

第五章

我的宠物做教练

他那软包子一样的软萌童音，使他一点平日的威严都没有，唐甜根本不怕他，反而抱着宠物蛋，在蛋壳上响亮地亲了一口：“宝贝儿你醒啦？”

1

“你果然不愧是号称‘柯南转世’的男人啊。”视频那端的江映楼不顾形象地咂了咂嘴，“连休个假都能碰上命案，你说你这运气吧。J市那边有没有出名的寺庙啊？不如你去烧个香转个运？”

童向南面无表情地看着他：“你是转行做神棍了吗？”

他也不想碰上那种事好吗？

但是，路上看到歹徒行凶，他难道能不管？

歹徒事后找他报复，他难道还不能还手？

他下手还挺有分寸的，最多是让他们在家里躺两天，可谁知道那小子竟然死了。

结果他就变成了嫌疑人。

早知道他当时就应该顺手报个警的，可是……那不是看到那个小姑娘了吗？那片治安那么差，他这样的都能被堵到暗巷里打，何况那种单薄漂亮的女孩子？肯定得把人送回家啊，等他送完人，那些小混混已经不在了，他也就没当回事，没想到警察就找上门了。

“J市警方效率还挺高的嘛。”江映楼说。

“是因为他们刚好找到了一个会画画的目击者。”童向南看过那张画，画风略美型，但跟他本人至少还是有七八分像的。只要见过他的人，基本都能认出来。

他所在的部门，是一个专办重案奇案陈案的特别行动组，前不久才得了一个大奖，在系统内大出风头，他受勋的照片现在还在内网上挂着呢，大概全国的警察都见过了。

他入住酒店又没用假身份，找到他真没什么难度。

比起夸奖J市警方，他反而更在意那位“目击者”。

那天晚上看到他打架的，也就是那个小姑娘了吧？那么短时间，那么暗的光线，她还那么害怕……怎么就把他的样子记得那么清楚？

该不会……

她也认出他来了吗？

童向南自己又很快地否定了这个可能。

他是听出了那姑娘的声音，但唐甜怎么可能认出他？他在游戏里又没露脸，声音也不一样，怎么可能认得出？

江映楼在那边重重地咳嗽了一声，童向南才发现自己刚刚都没听清他说什么。“抱歉，刚刚有点走神，你再说一次？”

“你是不是要等结案了才离开J市？”江映楼重复，又多问了一句，“刚刚是在想案子的事吗？”

“对。”

童向南不假思索又斩钉截铁的回答，反而让江映楼多了几分兴趣。

不要忘记他的专业是什么，能在他面前撒谎的人实在是太少了。

那么，童警官……刚刚到底是在想什么？

他没有追问，童向南自己反而跟着又说明了几句：“现在我的杀人嫌疑虽然暂时洗清了，但多少也跟这事有点关系，按程序也是暂时不能离开，要随时再接受询问的。然后J市这边顺杆子就请我帮忙，还给了个顾问头衔。”

江映楼跟童向南也认识好几年了，还真是头一次见他这么主动解释什么，绝对是在心虚。

江医生嘴角的笑容都浓了几分。

“说到画画，《我的宠物是个蛋》更新了，你看了没？”

童向南：……

"江老师你放着正事不做，去网上追这么无聊的漫画，你的学生们知道吗？"

"知道啊。"江映楼丝毫不以为耻，"我还给他们安利了，他们都在看，那个蛋很受欢迎的，还有好多人打赏呢。"

童向南默默地关掉了视频通话。

打什么赏！

这么有钱还不如直接折现给他呢！

哦，不对，这不是那点打赏钱的问题。

而是，绝对！永远！死都不能让人知道他就是那颗蛋！

2

"童警官。"李耀热情地招呼着童向南，"那天晚上参与打架的几个人都带回来了，你去看看不？"

找到这几个人，就是童向南的功劳了，他虽然没有唐甜那手画功，但对自己前两天才打过的人，外貌特征记得还是很清楚，顺着死者杜宏的关系网一捋，就都找出来了，全是那种不务正业的街头小混混。

按童向南说的，他送完唐甜，再折回去人就都不见了，那这几个很可能就是最后跟杜宏在一起的人。

四个小混混被带进不同的审讯室，分开审问，李耀和童向南就在监控室看着。

郑天明负责审的这个小混混叫徐凯，外号"黑皮"，二十出头年纪，肤色黝黑，留了个夸张的发型，还打了个鼻环，坐没坐相地歪头靠在椅背上抖腿。

郑天明很看不上这号人，也没多废话，直接甩出了几张照片，问："认识吗？"

徐凯一眼扫过去，顿时就坐直了。

照片上的人是杜宏。

是死后才拍的。身上淤青遍布，大大小小伤口十余处，十根手指都被折断。

警察们拿着杜宏的照片四处打听，徐凯当然也听说了，他知道杜宏死了，可是真没想到死得这么惨。

"这是怎么回事？他怎么会这样？"徐凯声音都有点发颤。

他们虽然每天都在街头惹是生非，但真是没想过有一天自己会被人打成这样，死不瞑目。

"这得问你啊。"郑天明道。

"跟我没关系啊，警官。"徐凯立刻叫起屈来，"我跟杜老三关系可好了，你随便找人问问，我怎么可能杀他？"

郑天明问："21号晚上，你是不是跟他在一起？"

徐凯犹豫了一下，还是点了头："是。"

"那天晚上发生了什么？"

"那天吧，是杜老三找我，他之前在街上抢包被人逮住了，他想报复那个人。找了好几个弟兄，打算把人堵住揍一顿。他请我们吃饭，又说会给钱，那我就去喽。谁知道那个人好厉害，我们五打一也没占到便宜。好在有个女孩子路过，他就丢下我们去跟那个女孩子说话，后来就走了。我们也没敢再做什么，就各自回家了。"

"那之后你还有没有再见过杜老三？"

"没有。"徐凯摇摇头。第二天他睡到中午才醒来，然后就听说杜老三出了事，吓得根本没出门。

"你记不记得跟杜老三分开时，是什么时候？"

"挺晚了，"徐凯想了想，"11点多吧。我到家差不多

12点。”

这跟童向南和唐甜说的时间基本是一致的，就是说童向南一离开，他们也就作鸟兽散了，所以童向南再回来时，巷子里已经没人了。另一方面来说，也的确证明了童向南出手并不算重，这些小混混还能自己回家。

郑天明不由得松了口气，不管怎么说，童向南可算是他的偶像呢，他当然不想偶像真有什么问题。

郑天明顿了顿，又问：“杜老三有没有什么仇家？或者最近有没有得罪什么人？”

徐凯毫不犹豫地报了一串的人名，有几个郑天明还挺耳熟，都是经常进出公安局的常客。

监视器后面的李耀也是一头黑线，道：“这小子是把全市的小混混都得罪了吗？”

“也许只是徐凯在胡乱攀扯。”童向南补充。看得出来，里面那小子也是被杜宏的死吓坏了，恨不得连小时候拌过几句嘴的小朋友都供出来让人去查一查。

里面郑天明一拍桌子：“给我认真点，说重点！”

“我很认真啊，警官。”徐凯又叫屈，“我们平常来来往往，就是这些人啊，有什么不对付，也是这些人啊。哦，对了，要说可疑，还是那天跟我们打架的人最可疑了。他抓了杜老三抢包，杜老三还要报复他，谁知道他会不会记了这个仇转头又追上杜老三继续打？”

李耀转头看了童向南一眼。

童向南：……呵呵。

他跟杜宏他们打架是晚上11点左右，警方是凌晨一点接到报警电话，赶到那个烂尾楼工地之后发现了尸体。

确认死者身份之后，又发现杜宏家里被人撬门行窃，翻了个底朝天。

童向南住的酒店离案发现场足够远，交通顺畅都需要一个多小时，而且酒店监控可以证明他在11：52回到酒店，之后就没有再外出。

即便是他有办法避开监控，时间上怎么也来不及的。

再加上他的身份，J市才初步排除了他的嫌疑。

但他总觉得李耀看他的目光还是有点别有深意。

这当然也不能怪他，怀疑一切是一名刑警本来就应该拥有的素质。

他虽然有不在场证明，要说对小混混的报复怀恨在心这样的动机也十分牵强，但他无缘无故地出现在J市，就是一件挺让人费思量的事了。

他只是在休假，随便走一走，每次都是在车站自动售票机随手点一个看起来顺眼的站。这种理由……说出来他自己都觉得很莫名其妙，又不是突发诗性的臭文青。

如果身份反过来，他自己也要怀疑一下，就算时间对不上，万一有同伙呢？

现在说是要请他做顾问，倒更像是把他放在身边就近监视。毕竟他这种专业人士，真要干点什么，普通的警察也盯不住他。

但童向南也无所谓，身正不怕影子斜，他最近反正也没别的事。J市虽然是个随机选择，但困扰他已久的怪梦却在这里有了变化，多待一阵子看看发展也好。

四个小混混审讯的结果基本都差不多。

警察们总结出三点：

第一，四名小混混都觉得童向南最可疑。

童向南对此只能礼貌而不失尴尬地扯动一下嘴角。

第二，杜宏简直得罪了一条街的人，从街坊邻居到商铺饭店到跟他一样的街头小混混。

杜宏今年不过二十三岁，却已经在街头混了七年。他父母早逝，上了年纪的奶奶根本管教不了他，中学没念完就染上一身恶习，到奶奶也去世，就更加不像话了。

再综合一下李耀他们之前走访得到的信息，真是所有人都恨不得他早死。

第三，杜宏今年上半年不知道在做什么，好像发了点财，花钱十分大方，也不屑再跟他们一起去做那些小偷小摸的事，一直到上个月才又开始重操旧业。但四个小混混都不知道他之前是在做什么，说是杜宏口风很紧，完全没有向他们透露。

李耀把三点都在一块分析案情用的白板上注明。

“杜宏家里被翻得乱七八糟，我觉得很可能跟这第三点有关。如果我们能找出他之前到底是在做什么，也许就是案情的突破点。”

警察们各自讨论了一番。

有人表示要再审小混混。

有人却认为四人都不知道的话，可能这是一条跟小混混完全无关的线，应该再仔细捋一下杜宏其他的社会关系。

童向南自知身份尴尬，只是安静地旁听，一面看着那块贴着杜宏照片和写满各种关键点的白板。

这种案情分析白板他们也常做，但看到自己的名字被列在上面，这还是第一次。

感觉略微妙。

3

副本世界，何府。

在陆神医和唐甜的照料下，方玉麟渐渐开始好转，中间甚至还清醒过一会，艰难地吐出了一个名字：“唐暮。”

这个唐暮跟方玉麟一样，是江湖上有名的青年俊彦，这次也来了何家，而且同样是比武招亲的热门人选，最关键的是，这人出自唐门，擅长用毒。

梁策一听可就不得了，跳起来就要去抓人。

何青峰可不敢让他去，来的都是客人，在没确定之前，万一他一时手快就把人给打死打伤就不好了，于是连忙劝他还是在这里照看方玉麟，以免再出乱子，自己会亲自前去，把唐暮带来，问个清楚。

不多时，他果然把人带来了。

而让唐甜意外的是，这位唐公子竟然烂醉如泥，直接被两个仆人架到了方玉麟的病房里。和他一起来的，还有他的父亲。

何青峰的态度还算好，梁策可毫不客气，一壶冷茶直接就泼在了唐暮头上。

唐暮一个激灵醒过来，完全搞不清状况。

梁策还要动手，却被唐父拦住：“要问话，就好好问。动手动脚以大欺少，就让我来陪你过两招。”

何青峰只好再次当和事佬，心里只差没把那个下毒的人骂个狗血淋头，你说这好好的喜事搞成什么样子了。

唐暮又过了一会才能清醒地回话，但却对所有的问题一问三不知，他从昨天开始就在酗酒，醉得人事不省，甚至根本都不知道方玉麟中毒的事。

这一点也得到了何府家丁的证实，酒都是他们送去的，整整十大坛陈年烈酒，够他喝上三天三夜的。看守门户的护院也说并没有看到唐公子出过客院的房间，连擂台也没去。

唐暮在江湖上的名声颇不错，并不是什么烂酒鬼，他这般做派，何大侠等人少不得就要多问一句原因。

唐暮露了一丝苦笑，连唐父也略有一丝不自在的样子。但事关人命，梁策又咄咄逼人，唐暮还是说了：“在下早有一位心仪的姑娘，实在无意参与贵府的比武招亲，但……家父……嫌那位姑娘出身卑微资质平凡……”

家长棒打鸳鸯，唐暮无法反抗，便只有借酒浇愁了。

这狗血得……唐甜简直有点目瞪口呆。

但既然唐暮对婚事没想法，又一直是这个醉酒的状态，为什么方玉麟会说出他的名字？

唐暮想了想，道：“大概，是因为方兄之前来探过我。”

方玉麟跟唐暮在江湖上齐名，也算有几分交情，听说他也来了，不知道是想叙个旧还是想“打探敌情”，就去找了他，正碰上他在喝酒。大家都是江湖少侠嘛，对喝酒这个事怎么可能拒绝？少不得就陪着喝了几杯。

再结合仆人们的证词，方玉麟应该是从唐暮那里出来之后，才毒发倒地。

虽然方玉麟也见过别的人，但七星断肠散这种毒，陆神医说从中毒的人一般都撑不过半个时辰，按时间反推，也是唐暮最可疑。

“真不是我。”唐暮一脸无奈地辩解，“我跟方兄说的都是真心话，我不过是被家父逼着来应个卯，杀了方兄，对我有什么好处？何况……我们唐家，就算要杀人，至于用七星断肠散这种大路货吗？”

唐家祖祖辈辈都是玩毒的，有的是无色无味无症状还没法解的独门毒药。

“说不定你就是怕被人怀疑，才故意不用唐门毒药呢？”何青峰道。

他摆擂台为爱女招婿，不来也就罢了，这唐公子来都来了，还口口声声对他女儿没意思，就让何大侠心下有点不爽，因此不冷不热地插了一句。

何青峰一开口，唐父也跟着冷哼了一声："你们只在这里盯着犬子不放是什么意思？事实不是明摆着的吗？显然是有人想杀了方贤侄，再嫁祸给犬子，招亲的热门人选一下子就去掉了两个，得利的渔翁现在还不知道躲在哪里偷笑呢。"

"但方少侠从唐公子那里出来，便立刻毒发，又怎么解释？"

"想让服下的毒延时发作还不容易吗？"唐父自然也是玩毒的行家，随口就能说出好几种推迟发作的方法，又冷笑一声，"何况，我听说梁掌门在这里守着，方贤侄还遭了二次毒手，对方显然也是这方面的高手。在方少侠见过犬子之后，到他毒发之前的这段时间，你们又敢保证别人没有机会下手吗？"

双方唇枪舌剑，争论不休，最后反倒像凡是在何府出现过的，人人都有嫌疑。

"查。"何青峰果断地一挥手，"一定要查个清楚！"

这种时候闹出这样的事来，何大侠已经颜面扫地，若是再含混过去，他在江湖中可就真的抬不起头了，必须要彻彻底底查个清楚明白。

唐甜是个外人，一点武功都没有，接下来的事，自然也插不上什么手了。何府给她安排了一个房间，派了两名护卫，说是保护，其实也算是监视了。

虽然她的确是救了方玉麟，但她这种以前从来没人听过，突然就自己冒出来的"神医"，仔细想想，也挺可疑的。

唐甜也没有抗拒。

事实上她作为一个才第二次进入副本的“新人”，能在这种事件里混到这种参与度，算是不错了，何况还刷到了几个药方呢。

所以何府不让她参与审讯，她就在房间里玩她的蛋。呃，准确地说，是试图把蛋壳敲掉，把里面的小人儿弄出来。

但这事对她来说，似乎有点困难。

她先是在桌角上磕了磕，蛋壳一点反应也没有。

于是她狠狠心，把宠物蛋用力往地上一砸。

何府给她安排的是高级客房，地上铺的水磨青砖，平滑坚硬。

宠物蛋砸在上面，连青砖都砸出了一点白印，但蛋壳却丝毫不损，连那几道裂缝都没有变长。

“嘶——”唐甜倒抽了一口气，“这么硬？”

她又试图把匕首伸到蛋壳的缺口里去撬，当初连锁扣都能撬松的匕首，对这蛋壳却一点作用都没有，反把唐甜自己累了半死，瘫在椅子上喘气。

算了，她放弃了，回去之后看能不能找个电钻什么的吧。

唐甜拿过宠物蛋，摸了摸上面的裂缝：“你说你这么硬，当初踢你那个食人族得多大力气啊。那次能杀了他真是幸运呢。”

童向南：……

幸运个鬼，那都是他计算好的好吗？

唐甜又道：“昨天那一箭也是，怪不得没射穿都能震得我吐血。宝贝儿你没事真是万幸啊。”

童向南一脸鄙视，那一箭的确有点危险，但他这么一点点大，都能抓住那支箭，其实威力也有限吧。会被震到吐血，难道不是因为她太弱了吗？

“宝贝儿你在睡觉吗？”唐甜凑到蛋壳的破洞处往里看了看，试图逗他说话，昨天他虽然只说了两个字，但那声音真是太好听了，又软又糯，简直要萌死人了。

“宝贝儿别睡啦，起来玩。”

她拿着宠物蛋，又是亲又是摸还摇摇晃晃。

童向南被折腾得连装死都装不下去，忍无可忍地呵斥：“闭嘴。”

他那软包子一样的软萌童音，使他一点平日的威严都没有，唐甜根本不怕他，反而抱着宠物蛋，在蛋壳上响亮地亲了一口。“宝贝儿你醒啦？”

童向南：……

来道雷劈死他算了。

但这个愿望显然并不能实现，他只能努力自救。

“你就打算一直这样浪费时间？”

“欸？”唐甜眨眨眼，她是打算逗她家宝贝儿说话来着，但这个开场白算怎么回事？这么萌的声音，这么小的小人儿，难道不是应该“要亲亲要抱抱举高高”吗？为什么她从这软糯的声音里，听出了中学教导主任的气场？

“连个蛋壳都敲不破，还好意思‘起来玩’？你到底还能有什么用？”童·教导主任的下一波攻击随之而来。

唐甜顿时就有点心虚，声音都小下来：“你的蛋壳真是太硬了嘛。”

“不要找借口。就算这个蛋壳真有那么硬好了，那为什么一个骨瘦如柴的食人族都能抓到你？还不是因为你弱！为什么何府这么多人，人家就敢光明正大地射杀你？还不是因为你弱！”

好吧，她的确弱。但……唐甜还是忍不住要辩解一下：“我是新号，素质点还没加上来嘛……”说完又顿了一下，不知道自己跟个游戏里的宠物说素质点，他能不能懂。

“那你明明知道自己身体素质差，既不能跑又不能打，放个治愈还要虚脱，为什么不去学习训练？反而在这里偷懒，玩物丧志！”

竟然被自己的宠物骂玩物丧志，唐甜也挺委屈的。“我很认真啦，都刷到两个配方了呢。何况这种情况，我怎么去找人学技能啊？”

“你就是懒。”童向南毫不留情地继续骂，“以你现在的情况，学什么技能！你倒是有两个技能呢，你能用吗？身体素质没上来，给你降龙十八掌都是花拳绣腿！”

嘿，这小萌人儿还知道降龙十八掌！唐甜不由乐了。

“严肃点。”童向南一脸黑线，她还敢笑！“把那些不切实际的想法都给我扔掉！不要指望天上掉下来一个技能给你，你哐的就成了绝世高手！自己不行，掉了你也接不住！我告诉你，在真正的战场上能活下来的，永远是平常训练比对手更刻苦的人！现在，马上，给我出去跑十圈！”

唐甜：……

总觉得自家宠物的画风有点不对，怎么破？

但想一想，他说得也没错。虽然这是个游戏，身体素质可以用副本奖励的素质点来加，但是真正的体能训练，也会有一定的提升。她现在反正也是闲着，就跑一跑好了，哪怕只当是刷宠物的好感度呢。

但她才刚跑了几步，她家宝贝儿又喝止她：“你就打算这样跑？抱个蛋跑步像什么样子？放下！”

唐甜有点为难：“宝贝儿你这么可爱，放一边被别人拿走了怎么办？”

童向南：……

好吧，他现在这个状态，真是硬伤。

“那拿个包背在后面。”

这个可以。唐甜乖乖打个包袱把宠物蛋背起来。

但没跑几步，又听他叫起来：“你怎么回事？连跑步都不会吗？”

“这什么鬼姿势？手摆起来，腿不要这么僵，放松一点……注意身体重心。”

“运动节奏和呼吸频率……不是那样的……算了，估计说了你也理解不了。我直接给你口令……”

“左右左右……”

“呼吸呼吸……”

“继续，不要停。”

“这种速度，这才跑几分钟？这都坚持不下来？你是废物吗？”

一时间，唐甜只觉得整个世界只剩下自己粗重的呼吸和童向南又糯又嗲但毫不留情的声音。

唐甜一脸泪。

她一点也不想要这个毒舌魔鬼教练，她家宠物明明应该是软萌可爱的宝贝儿，怎么能长得这么歪？

4

于霏霏来的时候，唐甜已经瘫在那一根手指都动不了了。

于霏霏像看白痴一样看着她，道：“想跑步哪里不能跑？去健身房也行啊。上游戏里来跑步……你是不是有病？”

唐甜打了个哈哈。“这不是闲着也是闲着嘛。”

不过别说，努力还是有回报的，她这一番训练下来，身体各项数值都有不同程度的提升，连宠物蛋的好感度都涨了足足五点呢。

没错，迟早会进化成狂傲酷跩霸道总裁的宝贝蛋童警官的好感度其实还挺好刷的，只要唐甜不要折腾他，就很好。如果他能反过来折腾一下唐甜，那当然就更好了。

于霏霏翻了个白眼给她："你还有工夫闲着呢，葬夜瞳也过来了你知不知道？"

唐甜眨了眨眼："来就来呗，都是玩游戏，谁还能禁止她不能去哪里不成？"

于霏霏有点恨铁不成钢："我刚刚过来的时候，可是看见她在跟兰舟说话了，整个人都恨不得贴在他身上，指不定想闹什么幺蛾子呢。"

唐甜只淡淡应了声："哦。"

于霏霏就沉默了一下，好一会才试探性问："真的一点也不介意？"

"不介意啊。反正，兰舟那种性格，不是葬夜瞳，别的女孩子凑上去，他也会对人家温柔体贴有求必应的。"唐甜说着起身活动了一下，"我要去找何家的丫鬟要根针，你去不去？"

"要针干吗？"

"我家宝贝儿要用的。"

童向南：……

他是说过让唐甜给他找个武器，没说要根针。

毕竟现在还不知道之前向唐甜射那一箭的人是谁，她随时可能会再遭到刺杀。童向南觉得以这个宠物蛋的硬度，应该可以作为出其不意的手段。蛋里的他如果能有武器，就更保险。

但唐甜有她的想法，毕竟这个武器是要给在蛋里出不来的童向南用，首先，它得小到可以被收在蛋里。其次，它还必须要具备一定的攻击性。

普通刀剑肯定不行，飞刀袖箭都嫌太大了，弹丸倒是能塞到蛋壳里，但童向南想用它对别人造成伤害就不现实了。

针这种东西，普通常见，扎起人来还挺痛的，更阴险一点，她还能在针上淬毒。

想想打着打着她突然向对手砸出一个蛋，蛋里有个小人儿偷偷拿针扎人，针上还有毒……唐甜就觉得挺带感的。

虽然唐甜目前在何府还算可疑人士，但毕竟也算是何府的客人，去找丫鬟要根针这种小事，护卫们当然也不会阻止，直接就把唐甜和于霏霏带到了后院的针线房。

针线房管事是个三十岁上下看起来十分和气的女人，另有五六个十来岁的女孩坐在一起做针线。

管事挺热情地问："唐姑娘是想要什么样的针啊？什么粗细？做什么用？"

她让人拿了个针线篮来让唐甜挑。

唐甜拿着针在自己的宠物蛋上比比大小，于霏霏则被那些漂亮的布料和绣花吸引了目光。"哇，这面料可真好看，摸起来手感也好。这花绣得也太漂亮了，你们手艺真好！"于霏霏赞叹。

"姑娘过奖了。"管事媳妇嘴上谦虚着，但还是看得出很高兴，甚至又道，"姑娘们要有什么针线活要做，交给我们就好啦。"

她这么一说，唐甜就想起一件事，问："说起来，你们能做小衣服吗？"

"什么小衣服？小孩子穿的吗？"

"更小一点。"唐甜伸手比了个大概十厘米的高度，"这么大。"

另外一个正在打络子的少女道："那么小，是给玩偶娃娃穿吗？"

“啊，对。”唐甜当然没有什么玩偶娃娃，那是想给她家还在蛋里的宝贝儿要的。

蛋里的童向南顿时觉得脸上一阵发烫，简直全身都要红了。

因为早就习惯了在蛋壳里的这个状态，所以他也没有注意到这一点，这时唐甜一说，他才突然意识到——他，一直，是，光着的！

赤身裸体，不着片缕。

而唐甜显然已经在从蛋壳破洞里往里看的时候，发现了这一点。

童向南刷地缩成了一团，只想先去死一死。

几个针线房的丫鬟童心未泯，一听给娃娃做衣服，都很有兴趣。她们心灵手巧，很快就用平常剩下的布头裁出好几件来。

唐甜和于霏霏一面啧啧夸赞，一面坐在那里看她们飞针走线地缝衣服。

这都是丫鬟们平常做惯的活计，手上不停，嘴里还能闲聊。

说说各种面料的好处，说说什么针法更细密，什么针法绣的花更鲜活，也少不了说些张三李四的八卦。

当然最大的话题，就是比武招亲了。

“听说前面出了事，比武招亲被延迟了。”

“好像是说有位公子中了毒，在查凶手呢。”

一个小姑娘撇撇嘴：“就那姓方的，也敢来参加小姐的比武招亲！要我说，根本就是报应。”

“欸？你认识啊？”

“为什么？”

“快说说。”

几个丫鬟都来了兴趣，连唐甜和于霏霏都竖起了耳朵。

“我怎么会认识那种人，是听珍珠姐说的。你们知道珍珠姐很得小姐看重，有时候行走江湖也会带上她嘛。珍珠姐说，姓方的自命风流，在外面拈花惹草，欺男霸女。要不是有个好师父，小姐都想教训教训他呢。”

小丫鬟稚气未脱，却做出鄙夷不屑的样子，有点别扭，也看得出来，大概只是在模仿那位珍珠姐。

唐甜和于霏霏对视一眼，试图再套个话，却发现小丫鬟也说不出什么来了，应该是偶然听珍珠姐透露了那么几句，拿出来跟小伙伴们显摆一二而已。

唐甜悄悄给于霏霏发信息道：“看起来，何小姐不太喜欢那个姓方的啊。”

“也不好说吧，万一只是那个珍珠姐的个人意见呢？”

“说得也是，不过可以提醒一下何家，注意一下这个珍珠姐。”

“回头让兰舟去说吧。”她们两个，去提这种事，分量好像有点不太够。

唐甜并不想跟兰舟有过多的接触，见她这么说，只随意地点了点头。

这时第一套小衣服已经做好了，两人的注意力再次被转移。

玩游戏么，她们还是追求个新鲜有趣，又不是专程来做侦探的，破案的事，丢给本土NPC去头痛好啦。

这些小衣服真是太可爱了。

丫鬟们以为是给玩偶做的衣服，选的都是鲜亮的颜色，水绿鹅黄，看起来非常活泼明艳。唐甜也没觉得有什么问题，她家宝贝儿那么小，那么萌，当然要穿得漂漂亮亮啊。

她开心得很，避过人就把衣服拎起来放在蛋壳的破洞处给童向南看。

“宝贝儿，看这个！好不好看？喜不喜欢？”

喜欢个鬼！

你家宝贝儿的好感度又降到零了你知不知道？

童向南缩在蛋壳一角，尽量多地把自己的身体遮起来，看着蛋壳外晃来晃去的鲜亮颜色，有点自暴自弃地弯了弯嘴角。

很好，童向南想，他穿一身嫩绿的丝绸衣裳，还挥舞着一根绣花针！

这画面简直连看都不用看就开始辣眼睛了。

5

珍珠姐的事，唐甜还是让于霏霏去跟孟行舸说的。

孟行舸听完之后，没去找何洌，反而先来找了唐甜。

“非得这样吗？”他问。

唐甜装傻：“什么？”

“我们现在好歹也算是一个小队吧？说句话都要别人来传？”

唐甜打了个哈哈：“没有啊，那件事是我和霏霏一起听到的，她来说还是我来说，有什么区别？”

孟行舸却没接她的话，而是又问：“因为葬夜瞳吗？”

听他提到葬夜瞳，唐甜那点若有若无的心虚反而放下了，她轻轻笑起来道：“我们分手啦，兰舟。就像你说的，现在就只是一起组队玩游戏的朋友，朋友是不会介意朋友跟谁在一起做什么的。”

孟行舸看了她很久，但到底也没再说什么，抿了抿唇，找何洌去了。

不多时，他就在讨论组里发了消息：“那个叫珍珠的，是何小姐身边的大丫鬟，她的确不太喜欢方玉麟，觉得他风流成性，配不上自家小姐。但是出事的时候，她一直都在内院，并没有出来，何家现在在查这几天跟她有来往的人。”

唐甜对这个结果其实也并不是很在意。

说到底，她在这副本里的时间就这么几天，方玉麟也好，何家的人也好，都没有太多感情，只当是看场戏。有结果当然最好，要实在没有……也就那样了。毕竟每个副本都只能待几天，不可能次次都那么巧碰上的事情刚好有头有尾，她也早就习惯了。

孟行舸又道："不过，我觉得，何小姐动手的可能性不大，毕竟发生这种事丢的是整个何家的脸面，她自己也姓何。"

唐甜道："就不兴她不喜欢这种包办婚姻吗？"

孟行舸道："我刚刚收到消息，说跟唐暮两情相悦的那位女子，也来了嘉元城。她想搅黄这件事的可能性更大。"

于霏霏发了个冷笑的表情，道："是葬夜瞳告诉你的吧？"

孟行舸倒也不隐瞒，老老实实认了，道："是。"

唐甜有点意外，同一时间打了个"？"。

于霏霏道："你看看公共频道，葬夜瞳正砸钱全世界收集有关何府这件事的消息。"

唐甜点开看了一眼，默默又关上了。

这一招可真是简单粗暴。

怪不得人人都说葬夜瞳追兰舟追得无比高调。

葬夜瞳今天才到的何家，这么砸钱收消息，又直接转告孟行舸，目的不问而知。

唐甜问："我去跟她说珍珠姐的事，她会给我钱吗？"

孟行舸："……"

于霏霏："你有点出息！"

默默窥屏的童向南：……

孟行舸跟何洌去找那个唐暮的情人，唐甜先回房间"休息"，她快到时间下线了。

正走着，突然听到有人说：“退！”

声音稚嫩糯软，语气却严厉果决。

不用说，正是唐甜一直抱着的宠物蛋同学。

唐甜对于这个声音已经算是有了条件反射的信任和服从，二话不说直接就往后一跳。

几乎就在同时，从她本来要经过的那个大水缸里，突然蹿出一个黑衣人来。

那缸里本来养着一些睡莲，如果唐甜没有及时退开，她就会被那人掀起的睡莲糊上一脸，然后被他一刀刺中胸口。

何家派来跟着唐甜的护卫反应也不慢，冲上来就向那人击出一掌。

那黑衣人却并不与他缠斗，反而借他这一掌之力，拧身直扑唐甜。

很明显，他的目标就是唐甜。

另一个护卫被这黑衣人一脚踢开，黑衣人手里一把尖刀，直刺向唐甜。

唐甜当然拔腿就跑。

但她个“战五渣”又怎么可能跑得过这个人。

好在她还抱着宠物蛋没放手。

当下就想起童向南之前说过的话来，抓起宠物蛋，向着黑衣人的脸用力砸过去。

但是，对黑衣人而言，她这举动跟那些泼妇打架乱扔东西毫无区别，一点杀伤力都没有。他向前冲的动作都没改，只微微一偏头，宠物蛋就擦着他的发丝飞了过去。

童向南：……

准头这么差，你能不能瞄个大点的目标？

胸口也比头好啊。

再说打躯干的话，哪怕他能闪开，也可以打断他现在的冲势，好歹能争取一点时间啊。

现在这……真是连槽都不知道怎么吐了啊。

幸亏还有他在。

宠物蛋飞出几米之后，掉在地上。

并没有摔破。

这蛋还挺硬……黑衣人挑了挑眉，咧出一个冷笑。但再硬又能怎么样，打不中他，还不是白搭。

但下一秒，他的笑容就僵在了脸上。

他的脸颊上，刚刚那个蛋飞过的位置，缓缓出现一丝血痕。

最开始渗出来的血是红的，但很快就变成了黑色。

“毒……你……”

黑衣人只说了两个字，就倒在了地上。

这个时候，他的刀尖离唐甜已不足半尺。

但这短短的距离，却再也刺不出去了。

童向南看着刚收回来的那幽蓝的针尖，眼角抽了抽。

他跟唐甜商量的时候，其实并没有想过自己能够直接杀敌，毕竟他这么小，在蛋里能活动的范围也有限，只是想能拖延一下时间等外援或者找别的机会而已。

这毒是唐甜找陆神医要的，真是见血封喉啊。他自己以后也得小心再小心才行。

童向南正这么想着，就听到“叮”的一声，系统提示：“恭喜您完成首次击杀。”

童向南一怔。

自从知道这是《第五维度》的世界之后，他也特意去了解了一下这个游戏。

玩家们在游戏里会有各种各样的成就，比如各种“第一次”。第一次击杀，第一次死亡，第一次加好友，第一次学技能……他没想到他也会有。

那么，问题来了。

他现在，到底算是宠物，还是玩家?

第六章

我的宠物在查案

警察们正在加班看监控，因为不但要找邻居说的那个“同事”，还要找出周志诚最后出现的时间，工作量巨大。这是个枯燥又辛苦的工作，也就是童向南这个挂名顾问还能稍微打个盹。

可是……他这才一闭眼，就听到别人说他假公济私打击报复算怎么回事？

1

对杜宏的调查很快就有了新的发现。

他用他去世多年的父亲的身份证开了一个秘密账户，在网上从事游戏账号交易，涉及多个网络游戏和手机游戏，其中就有时下最热门的《第五维度》。

童向南莫名其妙就眼皮一跳。

郑天明咂咂嘴："这小子竟然还在网上盗卖游戏账号啊。但说起来，他连拦路抢劫的事都干了，盗个号为什么还要跟其他小混混保密？"

"我怀疑这些账号不是他本人盗的，他可能还有同伙。说不定是同伙比较低调。"负责技术的同事程恺道，"别的游戏不提，想盗《第五维度》的号，真得是黑客高手，一般人连门都摸不到。"

"得多高？"

程恺摇摇头："那我说不好，反正我做不到。"

程恺能在刑警队负责网络信息这一块，技术自然不用多说，连他都自认做不到，杜老三这种中学都没念完就在街头混的，有真的那份能耐，也不至于混得那么差。而且，他有一段时间不缺钱，但最近又继续回街头当混混，也正好说明了这一点。

李耀点点头道："我们就先假设有这么个同伙，那么，杜宏家失窃，就很可能是因为他们分赃不均，又或者是杜宏直接吞掉了所有赃款。"

"他们这交易金额还挺大的。"童向南翻着手里的资料，成交金额少的几千块，多的几万几十万，总数加起来可真是不少，绝对能让某些人铤而走险了。

李耀领会了他的言外之意，再次点点头道："我们先把这个同伙找出来。"

杜宏这名"同伙"，如果真的存在的话，的确十分低调谨慎，竟然根本没有留下什么痕迹。

杜宏这个账号所有的聊天记录都是跟买家交流，其他的网络社交账号里也没有相关的聊天记录，甚至连个资金流向也查不出来。基本都是交易款到账之后，就直接提取了现金。

童向南推测，他们可能是生活中认识的人，直接交谈，现金分账。

于是警察们又把杜宏的人际关系网查了一遍。

排除了他那一堆狐朋狗友之后，好不容易找出一个人来。

杜宏有一个远房表哥，叫周志诚，也在J市。在小混混们说杜宏花钱大方的这段时间，跟他联系还挺多的。

但是等他们想找周志诚时，却发现这个人已经失联好几天了。

周志诚父母都在乡下，自己大学毕业之后留在J市，在一家保险公司做业务员。他这样的业务员，公司不要求坐班，只每个月算业绩，所以到警察找上门，公司才发现已经有好几天没人见过他了。

手机关机，乡下父母家也说没有回去过。几个警察顿时都有点不祥的预感。

童向南和李耀一起去了周志诚租住的小区。

一出电梯，正要看门牌号，童向南就听到了一个熟悉的声音。

"你确定他住在这里？"

是游戏里那个女孩的声音。

他刷地扭过头，就看到一男一女正站在走廊的尽头。

男的二十四五岁的样子，个子挺高，长相俊美，一身米色的休闲装修身雅致，走廊里这稍显逼仄阴暗的环境，反而越加衬出他风高月霁温润如玉的气质来，一看便知出身和教养都不错。

女的更年轻一点，看起来不过二十出头，肤色略有些苍白，却细腻莹润有如上好的素瓷。黑亮顺滑的长发拢在脑后，身上的T恤明显有点太大了，领口松松的，露着纤细修长的颈项和大半精致动人的锁骨。

童向南微不可察地皱起眉。

他记得这个女孩的声音，跟着也就记了起来，的确那天晚上也是她。

但那天晚上情况特殊，时间又太短，他都没有注意到，原来她长得还挺漂亮的。但旁边那个人是谁？

李耀跟着看过来。那个女孩他也见过，之前就是她画出了童向南的画像，他记得应该是叫唐甜。不过，她怎么会在这里？而且……他又回头看了一眼童向南，童警官那张冷脸倒是没什么变化，不过眼神就有点值得玩味了。再想想唐甜那时不假思索就能画出童向南的画像……这两人之间，难道还有什么故事？

李耀按捺住心底那一小丝八卦苗头，跟那边的女孩打招呼："唐小姐。"

唐甜转过头来，十分意外："咦？李警官？你怎么会在这里？"

而且……后面那个人，不就是那天晚上在巷子里打架的帅哥吗？为什么会和侦办这案子的警察在一起？

他那眼神……该不会是知道自己跟警察说了他的事还给画了张像吧？

唐甜心下有点发窘，下意识就向后退了退。

这一退，反而跟那男的靠得更近了，几乎都要挨到一起。

童向南长得好，从小到大都不缺看到他就挖空心思往他身边凑的女人，但唐甜两次看到他，似乎都很害怕。

是真的被他打架的样子吓到了吗?

童向南性格有点冷淡，并不太喜欢那些恨不得往他身上扑的女人，但这一看到他就躲……似乎也不怎么让人愉快，尤其还是往另一个男人身边躲。

他的眉头就皱得更紧，身上简直都开始散发低气压了。

李耀连忙开口打破这个僵局，问:“唐小姐怎么会在这里?”

“来找个朋友。”唐甜指指身后的门。

那门上面的门牌号，分明就是李耀要找的周志诚家。

李耀一怔，不由也皱起眉道:“唐小姐要找的朋友是周志诚?”

唐甜眨了眨眼，一时似乎有点茫然，又扭过头去看身边的男子。他们来找的是游戏里ID是“假装无所谓”的那个人，他真名叫什么，她还真没记住。

那男子倒是很快就点头接了话:“是。”跟着又补充解释:“我们是网络游戏里认识的，所以唐唐对他的本名不太熟悉。”

他一开口，童向南便听出来了，这个声音他也熟得很，最近在“梦”里没少听，正是他家“主人”的前男友兰舟醉解。

想想的确是这种充满文青气质的人才会取那样的游戏ID吧。

等一下……

一个人的声音相似还可以说是巧合，两个人呢?

他记得那时孟行舸说过要帮唐甜追查盗号的人，现在他们就在有可能跟盗号有牵连的周志诚家门口碰上这两位……这就不可能单纯只是声音相似了吧?

他在江映楼面前拖延着不想去问的问题，竟然就这样猝不及防地以这种方式揭露了答案。

不用再犹豫，也不用再怀疑。

“梦”中种种，一时间有如海潮般奔涌而来。

童向南突然觉得自己的大脑有一瞬间的死机。

一直到李耀叫他，才回过神。

对面的男子正把一张名片递到他面前。

“不好意思，刚刚在想点事情。”童向南坦然道了歉，伸手接过来。

名片的设计也很文艺，印刷精美，还带了点淡淡的清香，也不知是纸张的香味，还是从那男子身上带过来的。

孟行舸。

童向南扫了一眼，记下了这个名字。

对面唐甜正在惊诧地问：“所以这位童先生……也是警察？”

“是的。”

“那上次……”也不说清楚，害她白白担心害怕那么久。唐甜郁闷地看向童向南，但到底也没有把后面的话说出来，毕竟那天人家并没有对她做什么，还护送她回家来着，其实也没有那个非解释不可的义务。说到底是她自己多心误会了。

但童向南却似乎在她的目光中看出她未尽之意，轻轻道：“我在休假。”

这解释……其实有点突兀，也有点莫名其妙。

可唐甜竟然也接受了，微微点了点头，应了声：“哦。”

但孟行舸就完全没听懂，这当口又不好追问，目光在唐甜和童向南之间打了个来回，心底就生出一种强烈的危机感来，轻轻一拉唐甜道：“那我们就不耽误两位警官办事，先告辞了。”

唐甜也跟着告辞。

“等一下。”李耀连忙叫住她。

上一次唐甜看到杜宏和童向南打架，还可以说是住得近。但是他们费了那么大工夫才查到周志诚，竟然又碰上了她。这是不是太巧了一点？

李耀笑了笑道：“我还有点小问题，想问一问唐小姐。”

2

唐甜觉得自己跟周志诚的关系也没有什么可隐瞒的，警察要问，她就一五一十地说了。

“所以，其实你们是怀疑周志诚盗了你的游戏账号，来找他算账的？”李耀问。

“也说不上算账吧，就是有点不甘心自己玩了那么久的账号这么不明不白地没了，想弄个清楚。”

“那你们是怎么怀疑上周志诚的？”

孟行舸便又把他的排除法说了一遍。

“这么说，完全是碰运气喽？”

“差不多吧。”孟行舸有点不好意思地说，毕竟他也不是什么专业人士，当初真的也就是想做点事情来转移“被分手”的郁闷而已。

“不如我给你们提供另一种思路吧。”李耀说，“你们从游戏账号的交易查起，先找到卖账号的人，然后再顺藤摸瓜，去找偷账号的人……”

“欸？”唐甜一怔，直接插了话，“盗号和卖号的不是同一个人吗？”

李耀停下来，仔细观察着唐甜的神色，又悄悄向童向南递了个询问的眼色。

童向南知道他在怀疑什么。

唐甜出现的时机真是太巧了。

而且比起一一排查游戏里接触过的人找到周志诚的难度，显然从账号交易入手先找出杜宏，发现他并不是盗号的人，于是再问出背后的周志诚……这样的过程更合理也容易让人相信。

至于动机，你说会不会有人因为一个游戏账号杀人？这真不好说，很多杀人案的理由细究起来都是些让人根本想不到的琐事，比游戏账号更小的事也不是没有。

加上还有一个孟行舸，要为自己心爱的女人出气，又有大额赃款的诱惑……

甚至……那天晚上，唐甜是真的刚好路过，还是本来就在盯着杜宏？

也可能童向南打伤杜宏，正好给他们下手的机会。

事后还可以“主动”向警方提供线索转移调查视线。

那张画像，指不定她练习了多少遍，才能画得那么细致传神，让人一看就能认出是童向南。如果童向南不是警察的话……就是一头现成的替罪羊。

作为一个思维敏捷的老刑警，李耀会想到这些，真是一点都不奇怪。

但……

童向南才刚要说话，孟行舸先笑了一声。

两名警察在观察他们的反应，他同样也在打量对方，这时笑着拍拍唐甜的手道：“李警官诈你呢。”转过头来向着李耀时，虽然还在笑，但他那温润的男中音里就有了几分冷意：“不知道李警官在怀疑什么？”

诈她？唐甜愣了愣，她有什么好怀疑的？

难道……

她、李耀、童向南，这三个人之间能联系到一起的事，就只有杜老三的案子了。

唐甜睁大眼，冲口而出：“你怀疑我跟杜老三的死有关系？”

反应还挺快。

李耀连忙摆摆手，笑道：“唐小姐不必紧张，我们只是随便了解一下情况。”

唐甜抿了一下唇，不由又看了一眼童向南。

那天她听到杜宏的死讯，还怀疑这个人是凶手，没想到这才过了多久，情况就完全逆转过来。

“我在那之前根本都不认识杜老三，那天晚上也只是单纯路过而已，真的跟我没有关系。”唐甜道。

“据你之前说的，晚上，路边光线又不好，还要用手机照明，时间也不长，只说过一句话……”李耀的记性很好，把之前唐甜说的情况一点一点重复出来，最后微微一顿，“怎么就把童警官的长相记得那么清楚呢？”

“呃……”唐甜被噎了一下，都顾不上忐忑不安了，刷地就红了脸，小声道，“长成他那样……很难记不清楚吧？”

李耀也被噎住了。

他转过头，看一眼童向南那张比电影明星还出色的脸……他的确是忽略了这一点。颜控的小女生，好像的确不能用常理来判断啊。

没事长这么帅做什么？白给人添乱！一时接不上话的李警官愤愤地想。

一听牵涉到人命案，孟行舸心中也吓了一跳，再加上唐甜这面红耳赤的小女儿态……他真心觉得还是早点离开好，便沉着脸道：“该说的我们都说了，其他的事跟我们没有关系，李警官还有什么要了解的？”

李耀看了一眼童向南，后者微微摇了摇头，他便道：“暂时没有了，不过，还请两位在结案前不要离开J市，保持联系畅通。”

孟行舸皱了一下眉，直接招呼唐甜走人。

唐甜倒是想再分辩几句，但看看李耀又看看童向南，还是抿了抿唇，什么也没有说，转身走了。

李耀看着他们进了电梯，给队里的同事打了电话，让他们查一查孟行舸和唐甜这两个人。

童向南并没有反对。

他虽然觉得最近每天在“梦里”见到的那个女孩应该不是那种会杀人的人，但接触的时间毕竟不长，他绝大部分时候还是一个“蛋”。他也不敢说自己有多了解唐甜。他甚至到刚刚才知道她真实的名字。

周志诚家里没人。

据邻居说已经好几天没看到他回来了，不过最近来找他的人倒是挺多。除了李耀和童向南，孟行舸和唐甜，昨天还有个男的，自称周志诚的同事。

“哪个同事？”

李耀皱起眉，他们是先联系了周志诚的公司的。他们公司是接到警方的电话才发现他很久没出现了，如果昨天就有同事来找过他的话，这就矛盾了啊。是这个同事没有跟公司其他人说，还是他们一起隐瞒了警方？

“那我哪知道？”邻居撇撇唇，“他只说是周志诚的同事，又没说名字。”

这小区里租房的不少，今天在这住，明天说不定就换人了，邻居能知道周志诚的名字，已经算是十分热心了。

李耀只能问：“你能形容一下长相吗？”

“男的，三十多岁，跟你差不多高，穿西装，短头发，长得挺普通。”邻居描述。

李耀的笔在笔记本上一顿，这说了跟没说一样啊，一米七八左右三十多岁长相普通的男人……这街上随手能抓一把啊。他有点不死心地问：“没有什么特别一点的地方吗？比如痣啊胎记什么的？”

邻居摇摇头。

从邻居那里也没问出更多的事来，但童向南却有了新的发现。

“这门锁被人撬过。”他把周志诚家的房门指给李耀看。

这年头防盗门虽然日新月异，但是小偷撬锁的办法也同样与时俱进。不过，但凡动了手，再小心，也总会留下痕迹，瞒不过高手的眼。

童向南道：“这痕迹还挺新，应该就是这两天留下的。”

李耀摸了摸自己的下巴道：“看起来……那位来找周志诚的同事……只怕不只是‘同事’那么简单啊。”

可照邻居的说法……既不知姓名又不知长相，这可上哪找去？

他突然就开始想念起唐甜那手画功来。

虽然他还是怀疑唐甜另有居心，但人家刷刷刷几分钟就给他画了个栩栩如生的童向南啊。真是不知道省多少事呢。

李耀找了周志诚的房东，开了房门。

一进去就吓了一跳。

里面翻箱倒柜，一片狼藉，几乎连个能落脚的地方都没有。

李耀扫视了一圈，拿手机拍了几张照片，又通知队里派人过来。

童向南小心地避开地上的东西，四下里看了看。

散乱地扔在地上的衣服鞋子有不少名牌，但却没看到什么其他值钱的贵重物品，电脑手机之类的电子产品也没有。几个被拉出的抽屉里倒是看到有几个充电器。另外还有几个药瓶，他凑近了看看，都是治哮喘的。

李耀那边也已经戴上手套查看，一面忍不住感慨："这人……门开得那么精细，到了里头，怎么这么不讲究？乱成这样，想找出点线索也不容易啊。"

"也许是因为知道主人不会回来。也许是开门和翻东西的不是同一个人。"童向南道，"撬门的痕迹很新，但这些被翻乱的东西……可不像是这两天才搞成这样的。"

家具上积落的灰尘；地板上的水垢；打碎的玻璃鱼缸附近，两条金鱼的尸体早已经腐烂……无不表明，这房里被翻乱应该有好几天了。

李耀也注意到了，皱起眉头道："这是有前后两拨不速之客啊。"

"所以，新的问题是，周志诚到底是哪一天失踪的？"童向南道。

3

李耀虽然没有阻止唐甜和孟行舸离开，但他最后那句话，显然还是怀疑他们的。

所以唐甜的心情实在是好不起来。

孟行舸打量着她的神色，轻声问："杜老三什么的，到底怎么回事？"

唐甜也没瞒他，把那天晚上看到打架和第二天警察来调查命案的事都说了。

"这……"孟行舸脸色变了变，刷地握住了唐甜的手，"这么大的事，你怎么不早跟我说？"

都分手了，跟他说这些做什么。唐甜笑了笑道：“我也就是偶尔路过看了一眼，又没有真的怎么样。现在也没什么事啊。警察么，急着破案广撒网也是有的，但他们也要讲证据啊，跟我没关系的事，难道还能平白冤枉我？”

“但到底还是……”孟行舸顿了顿，还是道，“你一个人住还是不太安全。要不，暂时搬到我那边……”

他话没说完，唐甜已经把自己的手抽了回去，连人也退开了一步。

这明显的戒备姿态……孟行舸有点无奈地把两只手都举起来，道：“你不要误会，我真没别的意思，就是……不放心。我自己会住到店里去的，你就当暂时换个地方去去晦气，哪怕只等这案子结了也好？”

“谢谢你。”唐甜还是摇头拒绝了，“但不用了。还是不太方便，我没事的。”

孟行舸看着她，暗自叹了口气。

这姑娘平日里说话，虽然也很温和风趣，但脾气其实真不算好，决定的事情就一根筋地死犟。

就好像她非要跟他分手。

想到这一点，孟行舸自己也有点烦，忍不住皱起眉。

唐甜道：“盗号的事，现在既然牵涉到这个案子里，我们就不要再管了吧。免得真的干扰警察办案。”

这就是连最后一点线下的联系都想堵上吗？

孟行舸突然觉得自己胸口也有什么堵住了一般，憋闷得让他想抛开平日的风度嘶吼。他做了好几个深呼吸，才勉强用平常的声音问：“你现在有别的喜欢的人吗？比如刚刚的童警官？”

“胡说什么呢！”唐甜吓了一跳，下意识地辩解，“我今天才是第二次看到他。第一次还是那种情况，吓都吓死了好吗？纯粹只是因为他长得帅才记住的。”

最后这一句可以不加。孟行舸心想。

“你还记不记得，”他的声音低下来，“当初你也说过，第一次见到我就喜欢上了。”

唐甜怔了一怔。

当初啊……

可不是吗？

第一次见到的孟行舸，干净、清秀、温和，一身的书卷气，就好像从少女漫画里走出来的男主角。

那时她才刚上大学，十七八岁，情窦初开，怎么能不喜欢？

当初的确也是她想方设法地接近他，就想多看几眼。

唐甜有点自嘲地想，她真是一直都是一条“颜控狗”。

其实现在的孟行舸还是很好看的。清俊温和之外，又多添了几分成熟内敛，走出去足以令万千少女尖叫。只是不知道从什么时候开始，心情就不一样了。

她笑了笑，用回当初的称呼：“孟学长，你这样，会让我觉得自己是个始乱终弃的人渣。”

她一脸坦然的无辜，反而让孟行舸笑起来。

“那么，”他凑近了一步，轻轻问，“内疚吗？”

唐甜依然坦然地摇了摇头：“并不会。”

孟行舸：……

他都做出毁人设扮可怜博同情的事了，一点用都没有吗？

唐甜依然轻轻笑道：“你其实也应该清楚的，我从来也没有要玩弄感情的想法。不要试图给我栽赃。”

是的，他非常清楚。

她喜欢的时候，是真的喜欢，看他的时候，眼睛里都发着光。

但要走的时候，她也干净利落。

他还是能在她眼睛里看出喜欢，但那意味已经不一样了。就像她自己说的，就像喜欢一幅画，喜欢一首歌，喜欢一个明星偶像，那是一种对美好事物很自然的观感，不是情人之间的依恋。

他之前，大概，的确有点让她缺乏安全感了。孟行舸想。

他说她只是把那些当作借口，其实，只是他自己不想承认，他希望自己还能有一个可以挽回和补救的机会。

孟行舸又叹了口气，替唐甜拉开了车门："我送你回去。"

晚上上了游戏，唐甜把今天的事告诉于霏霏。

于霏霏几乎要笑得倒在床上："原来兰舟这样的人，也会用博同情这招？"

唐甜颇为无奈："有一个瞬间，我真的觉得自己挺渣的。"

于霏霏哼哼了两声："你就是啊，撩完就跑还不渣？"她还拿腔作势地学老电影的台词："以前陪人家看月亮的时候，叫人家小甜甜，如今新人胜旧人了，叫人家孟学长。"

唐甜扑哧笑喷出来："够了哈，哪有什么新人旧人！"

"那位警察帅哥喽。"于霏霏半开玩笑道，"不过我还是挺意外的，是不是那位童警官让他有了危机感才会这样啊？"

唐甜愣愣地眨眨眼道："哈？这能有什么危机感？今天童警官总共就跟我说了一句话。"

"我看过你画的画像啊，真长成那样的男人，哪怕一句话也不说，只站在那里就会让别的男人有危机感了吧？"于霏霏暧昧地笑着，用手肘拐拐她，"说起来，这样都能碰上，你跟童警官也真是有缘分啊。"

唐甜想想李耀的怀疑，长长叹了口气：“孽缘才对吧？”

第一次碰上童向南，杜宏死了。第二次碰上他，周志诚又失踪……也不知道算是谁的霉运比较重。

于霏霏想一想好像也的确不是什么浪漫邂逅，讪讪地打了个哈哈，转过念头，又有点担心：“你说……警察怀疑你，是不是他示意的？”

“啊？”唐甜一时没有拐过弯，于霏霏这个转折也太大了。

“你想啊，你之前跟警察怀疑他，还主动提供了画像，他既然也参与了这个案子，肯定知道啦，会不会想以其人之道还治其人之身呢？”

童向南：……

警察们正在加班看监控，因为不但要找邻居说的那个“同事”，还要找出周志诚最后出现的时间，工作量巨大。这是个枯燥又辛苦的工作，也就是童向南这个挂名顾问还能稍微打个盹。

可是……他这才一闭眼，就听到别人说他假公济私打击报复算怎么回事？

他是这种人吗？

不过，想想她们也的确不知道他是什么人，毕竟也没什么真正的接触。

算了，随便她们怎么想吧，总之到结案就什么都清楚了。

童向南这边只稍微动了动，唐甜就好像有所感应一般，立刻就看过来，然后在蛋壳上响亮地亲了一记：“宝贝儿，你醒啦？”

童向南：……

这个女孩……这次也是，上次也是，明明在现实中看到他都一副被吓到的样子，在游戏里却动不动就又亲又抱叫他“宝贝儿”……这态度反差太大了，让他一时有点接不上线啊。

但转念又想回来，现实中她见到的他不是在暗巷里跟人大打出手，就是黑衣冷面神情严肃的警察，可是在游戏里，他只不过是一个小手小脚声音软萌，在蛋里还没“孵”出来的小宠物，态度不一样也是可以理解。

但……

童警官默默地决定，无论如何也不能让她知道自己的真实身份。

4

孟行舸和唐甜的资料，很快就送到李耀手里。

李耀看完顺手递给童向南。

孟行舸，J市人，二十五岁，父亲是大学教授，母亲是音乐家。书香门第，一家子文化人。孟行舸是家中独子，大学毕业后做过两年编辑，现在开了一家书店，经济情况良好。他从小知书达礼，遵纪守法，生活规律，没有不良嗜好，也没有什么仇家，连交通违章记录都没有。

童向南一路看下来，忍不住就皱了皱眉。

郑天明凑在旁边一起看，咂了咂嘴：“哎哟，这简直是个完美先生嘛，都可以去评选十佳杰出青年了有没有？”

“这一份，可就不那么完美了。”李耀把唐甜的资料递过来。

唐甜，J市人，二十二岁，五岁时父母离异，她归父亲抚养。高中时父亲去世，她靠打零工和助学贷款念完大学。之前在一个网络公司做美工，三个月前突然辞职出国，刚回来不久，目前失业中。

李耀道：“我相信，对这位唐小姐来说，十几万，绝对不是个小数目。”

童向南想想两次见面，唐甜的穿着的确都算得上朴素，手机也是个不值钱的国产杂牌，那天晚上她还拎着两三块一包的方便面。如果过着这种穷日子，却突然得知自己的游戏账号被卖了十几万……这个心理落差的确很容易诱发过激行为。

这样一来，唐甜的嫌疑又变大了一点。

但……牵涉到两条人命，还能每天那么若无其事地玩游戏吗？

想想唐甜在游戏里的表现，童向南觉得，比起心理素质过硬会演戏的变态凶手，他还是更倾向于相信她只是偶然卷进这件事里的“战五渣”。

他虽然挂着个“顾问”的头衔，但也不好随便干涉当地警方的调查，只能多提了一句：“如果是这个动机的话，其他被盗号的人，也有同样的嫌疑。”

“但其他人并没有那么巧地两次都出现在与案件相关的场合。”李耀反驳。

这也的确是……太巧了一点。

童向南不再纠缠这个问题，把资料放在一边，改问：“周志诚那边有什么进展吗？”

“人还没找到。没有回老家，也没有出行记录和刷卡消费记录。已经发了寻人公告，但目前并没有确切的消息。”

“周志诚的人缘实在不怎么样，同学同事都不怎么待见他。说这人惯会偷懒耍滑，好占便宜又爱虚荣。工作态度一直不好，平常上班也是这么三天打鱼两天晒网，每月业绩低空飘过，不出这事，公司也打算辞退他了。怪不得能跟杜宏混到一起呢。”另一名同事王锦文道，“对了，他们公司上上下下根本没有人去找过他，李头问到的那个‘同事’绝对是假的。另外，他生活奢侈，穿名牌戴名表，跟他在公司的收入完全不符，肯定另有经济来源。”

“他家里虽然很乱，但应该不是搏斗造成的，是在翻找东西。基本上，除了大件电器，他家所有值钱的东西都没了。这一点，跟杜宏家一样。”

“他的手机最后一次通话是8月20号上午，杜宏打过去的。但现在完全打不通，也没办法定位。”

“我们刚看完小区的监控。”郑天明揉了揉自己布满血丝的眼睛，“最后拍到周志诚的时间是8月19号，下午3点多，他坐电梯下楼，拎着一个公文包。”

“照他家里那两条金鱼的腐烂程度推断大概是20号死的，这样的话，很可能他19号出去之后，就再也没回去。”

李耀在白板上画了一条时间线。

“19号下午周志诚出门；20号杜宏跟他通电话；20号左右，有人去翻了周志诚家；21号晚上杜宏被杀，家里同样被翻乱；然后是前天，自称周志诚同事的人去找他，撬锁进屋，但是没有留下明显痕迹；昨天，唐甜和孟行舸去找周志诚。”

李耀盯着白板沉吟一会，道：“按这个时间线来算，可能是周志诚先出了事，然后凶手去他家找什么，没找到，才又盯上了最后跟他联络的杜宏。”

“目前还没有发现周志诚的尸体，也不能确定他真的出了事。会不会是他们分赃不均内讧，杜宏去周志诚家抢走赃款，然后周志诚反过来杀了杜宏，又跑去他家拿回来，然后潜逃？”郑天明提出自己的猜测。

听起来也有几分道理，但李耀给他泼了盆冷水：“但这没办法解释那个假同事。”

“呃。”郑天明被噎了一下。

的确，如果只是周志诚和杜宏内讧的话，为什么会有人假扮周志诚的同事来找他？

郑天明挤眉弄眼了好一会，才不确定地道：“那个，也许，可能，只是巧合？”

“这世上哪有那么多巧合？”

假同事也好，唐甜和孟行舸也好，如果说单纯只是巧合，李耀是不信的。

他在白板上圈住了那个“同事”打了个问号，末了笔尖在唐甜的名字上顿了顿。

现在杜宏和周志诚一死一失踪，唐甜就是他们视野里目前唯一有名有姓的嫌疑人。何况她跟两人都能扯上关系，又算有动机。

童向南一看他的动作，就知道他还没有放弃怀疑唐甜。

其实他本人也赞同李耀的话，这世上哪有那么多巧合，尤其是在刑侦工作中，所有的事情，都应该有迹可循。什么都推到巧合上，那还不如跟江映楼一样转职做神棍算了。

可是唐甜……

算了，让李耀他们去查个彻底也好。

清清楚楚，明明白白，以后就……

等等，他突然顿下来，以后？以后什么？

游戏里那是没得选，他在那个“蛋”里无知无觉的时候，就已经变成唐甜的“宠物”了，现实中他还想以后怎么样？

他怎么会有这种念头，这简直……就像是魔障了。

都怪江映楼那个神棍！

在心里默默地迁怒完，童向南深吸了一口气，收敛了心神。李耀已经开始安排下一步工作。

“小王继续负责找周志诚，小程查一查那些账号交易，看还有没有其他人跟周志诚和杜宏有交集。”大家讨论的时候，童向南一直只是旁听并没有开口，但李耀还是考虑了他之前的意见，安排人去查。跟着他又道：“阿华确定一下杜宏19、20号这两天的行踪，包子去跟假同事这条线，天明去把周志诚家小区附近的监控都调来，看能不能发现他那天去了哪里。”

李耀安排完，懒得理会因为要继续看监控而抱头发出哀鸣的郑天明，转向童向南：“童警官不介意的话，不如跟我一起再去见一见那位唐小姐？”

5

童向南知道唐甜住在哪。

看着童向南毫无停顿准确地拐进了单元门，李耀反而顿了一下，笑了笑：“童警官之前来过啊？”

“我应该说过，那天跟杜宏打架之后，送了目击者回家。当时是在院子里看她回去，没有跟着上楼。所以只知道是这个单元。”童向南停下来，淡淡地解释，并等着李耀带路。

那天晚上他是真有点不放心，跟在后面送唐甜回来，看着她进了楼，看着上面亮了灯，听着没什么别的动静，估计没事才走的。

再来却是要把唐甜当嫌疑人，想想也挺微妙的。

李耀挑了一下眉，半开玩笑似的说：“欸，这么一说，你和唐小姐彼此印象都很深刻嘛。她能画出你的画像，你也记得她家。”

“这才过去几天？何况之前被你们问不在场证明又仔细回忆了一遍。”童向南依然淡淡回答，“至于唐小姐……”他顿了一下，目光扫过李耀，就带了几分讥诮，“李警官也看了她的资料了，没这么快忘记吧？她大学学的是美术，毕业后的工作是美工，人家是专业的。”

他不否认李耀这套拐着弯带着试探的说话技巧可能对审讯挺有用，但是用在了他身上，就让人感觉有点不太愉快了。

他跟唐甜能怎么样？

他们无非就是……

算了，不提也罢。

童向南心里有点郁闷，抿了唇不再说话，脸上就更冷了。

李耀被他噎了一下，也讪讪笑了声没再开口。

两人一路沉默地走到了唐甜家门口。

唐甜对他们的突然来访十分意外，但还是开门请他们进去。

很小的两居室，简简单单的家具，几乎一眼就可以看完。算不上十分整洁，但也不是特别乱，随意放置的一些书籍杂物，倒透出几分鲜活的生活气息来。

唐甜随手把扔在沙发上的包包和文件夹收拾了一下，请童向南和李耀坐，一面问："我该说的都说了，两位今天又来找我做什么？"

"没什么，只是有些细节想再跟唐小姐确认一下。你不用紧张。"李耀看了一眼唐甜手里的文件夹，从半透明的封面可以看到里面第一张就是个人简历，他温和地寒暄，"唐小姐这是要找工作啊？"

"是啊，李警官要给我介绍一个吗？"

唐甜自认没有做过亏心事，李耀说不用紧张她就索性把心放宽，顺着话头还给了他一个期待的眼神。

李耀和童向南来得突然，唐甜也没有什么准备，身上穿的是普通的家居服，头发在脑后扎了个马尾，没有化妆，一张漂亮的小脸清清爽爽，看起来比实际年龄更小，黑水晶一般的大眼睛里充满了期待的样子，甚至有几分天真稚嫩，让人不自觉地生出一种保护欲来。

李耀又被噎了一下。

虽然他也不至于这么轻易就会被自己正怀疑的人打动，可是被这么个漂亮的女孩子这么看着，一时还真是不好拒绝。

真没碰上过这么会顺杆往上爬的嫌疑人好吗？听不懂只是寒暄吗？

童向南转过头，假装打量房间，不想接受李耀的眼神也不想泄露自己不知为什么突然有点小愉悦的心情。

李耀干咳了一声，自己倒也把话题接了下去："不知道唐小姐想找什么样的？我看看能不能帮忙留意一下。"

"我学美术的，手绘CG都还可以，平面设计也稍懂一点点，工作当然也是想找这个方向。"唐甜甚至大方地把手里的简历和个人作品递给李耀看。

她的画功李耀已经见识过一次了，随手翻了翻就放到一边，童向南接了过去。

唐甜的简历写得只算是中规中矩，但是画真是不错。构图线条颜色都很漂亮，关键是不论是风景静物还是人物，都透出一种灵气，每一幅画，都像是有自己的生命和灵魂。

童向南的目光停在其中一幅上，微微动容。

那幅画有点意识流，画的是月光下幽蓝的大海，海底开着一朵洁白的花，花心里却又长出一只手，努力地伸向海面，就像试图去触摸天空那轮冷月。

隔着整个大海和整个天空，那只素白纤细的手，看起来那样徒劳无力。

孤寂，又无望。

明明是给她一个蛋她都能自己玩出一部几十集的连续剧来的傻姑娘，竟然会画出这样的画来……

李耀的关注点不在这里，已经开始问："唐小姐上一份工作为什么不做了？是发生了什么事吗？"

唐甜抿了一下唇，并没有立刻回答。

她的迟疑让李耀微微眯了一下眼，就好像嗅到了线索的味道。

唐甜轻笑了一声："不说的话，李警官会更加怀疑我吧。其实只是一点私事。我前一阵出国了一段时间，公司也不能让我请那么久假，就索性辞职了。"

"出国旅游吗？"李耀追问。

"算是吧。我父母在我很小的时候离了婚，前一阵我妈找到我说想接我过去玩，我就去啦。"

唐甜面带笑容，语气轻快。但童向南却觉得这笑容略有点程式化，好像一个完美的"官方表情"，至少她的眼睛里并没有真正的喜悦。

反而有一种伤感的自嘲。

他想起在游戏里听她说起过自己的母亲。那时的语气，可没有这样轻松。

李耀作为一个老刑警，分辨微表情也算是基本功，但也没有说破，只道："能跟母亲团聚是好事啊，没多待些时日？"

"我妈再婚了嘛，各有各的不方便吧。"唐甜不想继续这个话题，索性主动道，"李警官今天来，应该还是为了杜老三的案子吧？还有什么想问的？"

李耀也就收起了这拉家常的随意，掏出自己的笔记本来，问："你看到童警官和杜宏打架那天，是第一次见到杜宏吗？"

"是的。"

"我记得你说是因为之前在网上看了个视频才能认出来？"

"是的。因为追他那个人的动作实在是太帅了，多看了几遍，所以顺带记住了他的样子。"

听她这么说，童向南不自觉挺直了背。

他当然知道自己长什么样，这些年也没少听那些溢美之词，一般都只当没听见的，但不知道为什么，被唐甜当面这么说，就略有点不自在的感觉。

李耀看了他一眼，眼角忍不住抽了抽。

他一向不相信什么巧合的，但这时也不得不有点动摇，唐甜的资料他才刚看过，童向南的履历他也大致有数，这两人以前真是一点交集都没有，却在这个案子里接二连三地碰到一起，真算是有缘分吧？

童向南当然感觉到了李耀的目光，但这时也没法说什么，只能继续闭嘴做一个安静的美男子。

反而是唐甜觉得他们有点不对劲，眨了眨眼问："有什么问题吗？"

"不，没有。"李耀继续问，"那周志诚呢？除了在游戏里认识之外，你们在现实中见过面吗？"

唐甜摇了摇头："并没有，我们在游戏里也只是认识而已，算不上有多好的交情。"

"那你们是怎么知道他的地址的？"

唐甜怔了一下，才摇了摇头："我不清楚，是孟行舸查到的。他说我到时跟他一起去就好了，所以我并没有问他具体是怎么查的。"

她倒也不是有意推诿出卖孟行舸，只是觉得这个也没什么好隐瞒的，何况牵涉一人死亡一人失踪，她认为对警察还是有什么说什么的好。

"你很信任孟先生嘛。"李耀看着她，"万一他弄错了呢？"

"他也没有确定就是周志诚，我们也没想怎么样，不过就是先去问一问。"唐甜摊了摊手，"弄错的话……就只当是去拜访朋友喽。"

"孟先生说他问过其他被盗号的人，你知道是谁吗？"

唐甜再次摇头："不知道。"

“所以，孟先生所说的调查，你完全没有参与，也没有去核实过，对吧？就是他跟你这么说，然后拿出一个名单，你就跟着他去找人了？”

他这么一说，唐甜觉得自己在这件事上，好像的确有点盲从了。

她愣愣地眨了一下眼，然后点了头。

童向南其实是早就知道这件事的，但看着她这时简直满脸都要冒傻气的表情，还是有点气不打一处来。

偏唐甜还紧跟着分辩道：“但孟行舸又不是坏人，也不会在这种事上骗我的。”

她再怎么说已经分手，不会复合，但很明显，孟行舸在她心里到底还是特别的，她甚至这样无条件地信赖着他。

童向南心底那一丝气愤，就被她这种信赖浇上了一盆凉水。

一点火星都没留下。

剩了一堆湿灰，又潮又闷，让他整个人都不舒坦，却又完全没办法发作。

他说什么都不合适。他什么立场都没有。

李耀也没有就这事多说，只笑了笑，便继续问：“唐小姐跟孟先生也是在游戏里认识的？”

“并不是，是大学里认识的。他是不同系的学长。”

“哦？男女朋友？”

唐甜怔了一下，摆了摆手，道：“已经分手了，现在只是普通朋友而已。”

“哦？为什么？你明明还这么信任他，从大学到现在这么多年，又郎才女貌的。”

唐甜真没想到这警察会这么八卦，有点哭笑不得，道：“只是朋友之间的信任不行吗？而且这是我的私事，跟案件没有关系吧？”

李耀道了声歉，突然又问："唐小姐知道自己的账号被卖了多少钱吗？"

唐甜摇摇头，有点随意又有点好奇地跟着问："多少？"

"十六万五。"

"多少？"

还是这两个字，但这次唐甜的声音几乎拔高了好几个八度，显然吓了一跳。

连李耀都忍不住向反方向侧了侧身子。

唐甜自知失态，轻咳了一声，道："抱歉，我真没想到会卖到这么高。不过是个游戏账号嘛，我还以为几千块就顶天了。"

"杜宏卖出的游戏账号里，《第五维度》的账号是卖得最贵的。"李耀说。

"想想也对，《第五维度》里想学到好的技能其实还是挺难的……"唐甜说着，声音就低下去，带着点试探，迟疑着，问，"那什么……如果……你们破了案，追回了赃款的话……我……能不能……拿回一点赔偿？"

童向南：……

好吧，至少有一点李耀没有说错。

十几万对唐甜来说，绝对不是一个小数。

这穷得……自己的嫌疑还没洗清，就惦记上赔偿了。

从唐甜家出来，一直没有说话的童向南才缓缓道："她没有说谎。至少在案子相关的事上没有。"

李耀虽然一直觉得童向南跟唐甜可能有点什么，但这不影响他做出客观的判断。

童向南说得没错。

他装作闲聊，杂七杂八问了唐甜很多无关问题，后来又夹在其中出其不意地问了跟案子相关的事，唐甜的反应都很正常。

她的确没在这件事上说谎。

李耀咬了咬牙，在自己的笔记本上重重画了个记号。

所以说，巧合什么的，他最讨厌了！

第七章

我的宠物有点凶

他软萌的声音骤然拔高的时候，竟然有几分尖厉，葬夜曈被吼得蓦然一愣，后面的话就咽了回去。她左右看了看，才确定是唐甜背在背上那个蛋在说话，不由得睁大了眼，吃惊道：“蛋……说话了？”

1

唐甜原本以为她作为一个“新人”，这第二个副本，也无非就是看看热闹打打酱油，真没想过竟然会碰上两次刺杀。

如果第一次还可以说是为了阻止她救方玉麟，第二次就简直莫名其妙了。

方玉麟有陆神医医治，已渐渐好转，有她没她也无所谓。

要说灭口，她也不知道什么重要线索，唯一打听出来的，就是一个珍珠姐，还是跟于霏霏一起的。但于霏霏却没事。

报复就更不可能了，下毒的事还没查清，整个何府都是最紧张的时候，这个时候，谁跳出来动手，那就是自投罗网。

所以，大家只能怀疑，是不是唐甜自己的仇家。

但被童向南用毒针刺死的那个黑衣人，唐甜根本不认识。

她这是新号，第一次进这个副本，哪有什么非要置她于死地的仇家？

于霏霏直接就说：“不用想了，肯定是葬夜瞳找人干的。”

葬夜瞳不认，十分霸气地说：“我要是想杀她，直接自己就拍死了，还用暗搓搓地找人？”

真是符合她设定的简单粗暴的理由。

偏偏唐甜还没办法反驳，以她现在的实力，葬夜瞳的确一掌就能拍死她。

“你敢！”于霏霏可不怕葬夜瞳，挺身就拦在唐甜前面，“甜甜这可是个新号，除了你，还有谁会想杀她？”

葬夜瞳哼了一声，耸耸肩，道：“她这么讨厌的女人，谁知道以前还得罪过什么人？”

唐甜想想，她这个号虽然新，但因为之前在信息大厅跟葬夜瞳和兰舟醉解闹了那么一出三角戏，如果真有人留意要查，这个号背后真实的身份，大概也已经不是什么秘密了。

她玩这游戏三年，哪怕不是故意结仇，但副本里抢机缘抢任务抢装备杀与被杀……实在太寻常了，真要追究起来，连唐甜自己都不记得到底有多少。

所以这事也就只能暂时放在一边。

这时候，唐甜就觉得自家宝贝儿说的真是真理。

“为什么不杀兰舟醉解，不杀雨雪霏霏，就杀你？还不是因为你弱？！”

副本时间已经剩下不多，比起满城去寻找唐暮的小情人，唐甜还是决定在宠物蛋教练的指导下继续做基础练习。

于霏霏留下来陪她。

孟行舸也怕她再出事，索性也在旁边守着。

他不走，葬夜瞳自然也就跟着留下来了。

自从上次的事之后，葬夜瞳真是看唐甜哪里都不顺眼，做什么都能挑点刺出来。

“啧，在游戏里跑步？亏你想得出来。只是想哗众取宠博眼球吧？快别碍眼了，真以为你这么跑跑，就能从弱鸡变高手啊？简直辣眼睛。不如来求我啊，姐姐高兴的话，赏你点钱，拿去买素质点啊……”

唐甜要跟上童向南的训练节奏，本来就已经累得够呛了，听她在旁边叽叽喳喳，真是烦得不行。但她还没开口，就听自家宠物冲着葬夜瞳大喊了一声：“闭嘴。”

他软萌的声音骤然拔高的时候，竟然有几分尖厉，葬夜瞳被吼得蓦然一愣，后面的话就咽了回去。她左右看了看，才确定是唐甜背在背上那个蛋在说话，不由得睁大了眼，吃惊道："蛋……说话了？"

唐甜翻了个白眼给她，道："少见多怪。"这可是号称放飞想象力极限的《第五维度》啊，宠物蛋说个话算什么？

"闭嘴。"这次这两字是给唐甜的，宠物蛋大人哼了一声，"不要分心，继续。"

"哦。"唐甜乖乖照做。

葬夜瞳连小嘴都张圆了，看看唐甜又转头看看孟行舸，道："兰舟，你看她是不是傻了？她竟然听一个蛋的话耶！"

童向南又道："那边的女人，要么闭嘴，要么滚，少在那瞎扯。"

明明是甜糯的童音，葬夜瞳不知为什么，竟好像听出几分冷冽的意味，下意识往孟行舸身边躲了躲。

然后她才意识到，自己竟然被一个蛋给吓住了，又有点下不了台，索性就直接搂了孟行舸的胳膊，撒娇道："你看她……竟然指使一个蛋骂我……她欺负我……"

唐甜：……

不是她指使的好吗？她根本使不动蛋里这位大爷好吗？

童向南：……

他这就……算……欺负她了？

孟行舸有点尴尬地把自己的手抽出来，这种情况当然不能说是唐甜的错，但刚刚那个蛋……语气也的确算不上好。

他轻轻笑了笑，道："在副本里做体能训练，的确可以强化身体素质的，糖糖很努力了。"

虽然不是在做评判，语气也很委婉温和，但言下之意也很明显——你就别去干扰她了。

葬夜瞳又不傻，当然听得出来。

她微微抿了一下唇，看看孟行舸，又看看唐甜和旁边虽然没怎么说话，但显然一直没给她好脸色的于霏霏，那双漂亮的大眼睛里，慢慢就浮上了一层水光。

然后抽了抽鼻子，一跺脚，跑了。

唐甜：……

这大小姐还真是喜欢跑啊，这回可不要再带一群怪回来了啊。

于霏霏和孟行舸也根本没想到她竟然会有这种反应，几个人对视几眼，都觉得气氛有点微妙。

唯一保持平静的是宠物蛋里的童向南，他伸出一只小手，戳了戳唐甜的背，道："继续跑。"

这个根本不近人情的魔鬼教练！

唐甜挂着两行泪，继续跑圈。

但这次还没跑几步，就听到外面传来一声尖叫。

是葬夜瞳的声音。

孟行舸脸色一变，下意识就往外走了两步，然后又突然停下来，看向唐甜，道："我去看看。"

唐甜有点无言，这跟她说什么？

而且，也没等唐甜有什么反应，他就出去了。

唐甜：……

所以啊，跟她说什么？

于霏霏拍了拍她的肩，道："甜甜你的决定是对的，这是得分。"

从道义上来说，一个女孩子委屈兮兮红着眼睛赌气跑了，跟着就在外面不知碰上什么事发出惊叫，哪怕不认识，作为一个男人，也应该要去看一眼的。

何况她为了兰舟醉解，放弃了另一个城市的剧情任务，千里迢迢地跑过来，又是砸钱买消息，又是忙前忙后……兰舟要真的不管不问，反而让人觉得薄情。

但这事……总归还是有点微妙的尴尬。

于霏霏又咂了一下嘴，道："你上次还替葬夜瞳说好话，看看，这满满都是套路啊。"

唐甜有点没反应过来，问："什么套路？"

"她明显就是故意的嘛。看我们人多占不了优势，这不，就索性把兰舟勾走啊。"

唐甜倒没那么想，她对葬夜瞳的印象其实真的还可以不算很差，于是担心地问："会不会真出事啦？我们也去看看吧。"

2

两人出去一看，果然出事了。

外面聚了不少人，大致分成了四拨，一拨是梁策带着他的弟子们，一拨是唐家父子和一个女人，另一拨是何家众人，再就是孟行舸扶着葬夜瞳。

"怎么回事？"唐甜问。

葬夜瞳指指梁策，道："我刚出来，就碰上这老头在追着那个帅哥打。"又指指唐暮，道："我一个不小心被推了一把摔倒了。"

梁策对唐甜倒十分敬重，向她拱了拱手，道："小神医，老夫是在为小徒报仇，您和兰公子就别管这事了。"

"欸？不是已经问清楚不是唐暮干的了吗？"唐甜有点意外，怎么又绕回来了？

梁策伸手向唐暮身后一指，大怒道："给麟儿下毒的，就是他身后那小贱人。老夫今天非杀了她不可！"

唐暮听他这么说，不由将身后的女子护得更紧，道：“我也说过了，要杀若兰，除非从我的尸体上踏过去。”

唐父虽然被儿子气得够呛，但总不可能眼睁睁看着别人对自己儿子动手，气氛顿时又紧张起来，眼看着又要开打。

“够了！”

唐暮身后的女子却突然叫了一声，哭着拉开了唐暮的手，道：“暮哥，够了。是我下的手，我给他抵命就行。你不要牵扯其他人。”

唐暮死死拖住她：“不，若兰，我不会让别人伤害你的！”

唐甜：……

她就说这个副本剧本狗血吧，真没想到能狗血成这样。

梁策冷哼一声：“好一对情深义重的野鸳鸯。不管你们怎么样都好，今天必须要给麟儿一个交代！”

于霏霏本来还挺感动的，听他这么一说，就皱了眉：“哎，这不对啊，就算你们俩情投意合……为什么要给方玉麟下毒啊？”

那名叫若兰的女子既然已经决意认罪，倒也不加隐瞒，全都说了出来。

她和唐暮被唐父棒打鸳鸯之后，又知道唐暮来了嘉元城比武招亲，一时间万念俱灰，一心求死。但有人救了她。听完她的遭遇之后，救她的那位姑娘非常同情，又十分愤慨。对她说了一堆爱情至上婚姻自由，父母包办是落后的封建残余，而抛弃她另攀高枝的唐暮更是人品低劣，必须受到惩罚之类的话，她稀里糊涂就被说服了，跟恩人一起来到嘉元城。

梁策和唐父等人对婚姻自由的说辞嗤之以鼻，但唐甜他们一听，就知道救下若兰的，肯定是玩家。

而且还是有点“中二”那种。

她不但说服了若兰来讨回公道，还觉得比武招亲这种方式简直就是把女人当成比武的奖品，对女性太不尊重了，索性就跟若兰一起扮成丫鬟混进何家，试图劝说何小姐要自立自强，不能这样被人物化，任人摆布。

何小姐正好也讨厌来招亲的方玉麟，若兰要报复唐暮，玩家要阻止这场不尊重女性的招亲，三人凑到一起，就商量出这个下毒嫁祸的计划。

谁知道方玉麟被唐甜救下没死，若兰来嘉元的事反而被人知道了，何府又在查珍珠。

若兰一时慌乱，就露了马脚，被何家父子发现。跟着就变成了这样的局面。

“一派胡言！”何青峰当即喝道，“我家女儿一向娴静守礼，怎么可能做出这种事？”

若兰凄然一笑，道：“如果没有内应帮衬，我又怎么可能在何府藏这么久？我本来是想报复暮哥，叫他娶不得何小姐，但他却拼死护我……我此刻已是死而无憾，再说谎又有什么意义呢？”

梁策道：“既是如此，你那救命恩人姓甚名谁，现在何处？”

若兰却不肯再说，回道：“就当这事都是我一人所为，不必再牵扯旁人了。”

她说出前因后果，是因为不说清楚的话，很多事没办法解释，但恩人救她一命，她当然不会把她供出来。

梁策自然不肯就此罢手，当即就要严刑逼供。唐暮又护住若兰，唐父则护着儿子，又绕回了刚开始的僵持局面。

唐甜觉得这发展，简直没救了。好在他们的副本时间也快结束了，到时就眼不见为净，由他们折腾去吧。

孟行舸皱了皱眉，抓紧了最后几分钟时间，问：“若兰姑娘，唐姑娘在这件事中，遇到两次刺杀，是不是你们安排的？”

若兰转头看向唐甜，摇了摇头，回答：“不是。事实上，我们也吓了一跳。我们想杀的是方玉麟，可没想要牵连无辜。何况，就算杀了唐神医，还有陆神医在呢，不是一样能替他治疗？何必冒险做这无用功？”

这话说得也没错。

所以，就连第一次的刺杀，都是唐甜自己的仇家吗？

唐甜皱起眉，一次不行还杀第二次，她可真想不出谁跟她有这么大仇。

副本结束，回到游戏主城，唐甜看了看自己的副本结算。

收益比上一个副本好多了，但对唐甜来说，最大的收获，是她把治愈术捡了回来。

说到这个，于霏霏也很奇怪，问：“说起来，你之前是怎么做到的？明明是新号，怎么突然就学会治愈术了？”

治愈术算是《第五维度》里很少见的技能了。

倒不是没人愿意学，而是机会真的很难得。

普通副本里的医术，学起来跟现实里学医没什么差别，只背书背药名都让玩家们想死。运气好碰上奇幻或者仙侠背景的副本，也得要看自己资质好不好，适不适合学。

不然也不会有人花十几万去买唐甜的账号。

没想到她自己竟然这样轻轻松松又捡了回来。

“我也不知道啊。”唐甜自己也说不清楚，“大概……就好像……不是通常都说游泳啦骑自行车之类，学会就不会忘记吗？就是再用到的时候，很自然就想起来了。”

“会吗？”于霏霏有点疑惑，“如果我去重新注册一个小号，也可以有我现在的技能吗？”

“你想试试吗？”

于霏霏想了一会，还是摇摇头，道：“何必呢。同样的技能，还得从一级练上去，身体还要重新强化……我吃饱了撑的啊？我就是好奇一下。”

唐甜笑起来，她突然想，《第五维度》开始服务以来，账号交易的事虽然不多，但也并不是没有。那在用买来的新账号的人，是不是能同时拥有新账号和自己本身学会的两套技能？

她跟于霏霏说了这个猜测，接着问：“这么仔细一想，有点可怕啊！如果真能行，是不是会激起更多人盗号的邪念？”

“《第五维度》的账号没那么好盗，不过……”于霏霏突然一捶手，“你说，在副本里杀你的人，会不会是买了你账号的人？”

买了账号之后，可以花钱改名字改外貌，没有人会知道那是谁，但是他在拿到账号的时候，肯定是能看到原来主人的人物资料的。

“之前明明没事的，但传出你是‘神医’之后，就有人来杀你了。”于霏霏越分析越觉得自己说得有理，“如果我是这个人，肯定也不希望自己明明花了大价钱买来，原来的主人却还能有一套跟自己一模一样的技能，所以最好是趁她还没有成长起来，直接扼杀在摇篮里。”

唐甜想了想，就不由得皱了眉，道：“如果真的是这样，可就麻烦了啊。又不知道对方是谁。”

这两回刺杀，一次用的是弓箭，一次用的是短刀，显然并不是同一个人，更不是她原来那个专攻医术的号。对方肯定花钱请了人。也就是说，她可能在下一次副本中，也会面临不知什么时候就可能会冒出来的刺杀。

敌暗我明，真是防不胜防。

说到底，还是因为她太弱。

只要挂个悬赏，就会有人去尝试。如果她有孟行舸那样的实力，就算有人出钱，接的人只怕也得多掂量。

唐甜叹了口气，接下来的时间，也不去信息中心看游记了，而是去租了个训练室，继续做基础练习。

3

“说起来，你现在每天睡觉都这么精彩，对白天的精力有影响吗？”江映楼问。

“并没有。”童向南仔细想了想，“跟普通睡觉做梦差不多吧。”

大概不同的地方，就是普通的梦可能没有正常的逻辑，醒来也不一定能记得而已。

“那你的问题，算是解决了吗？”

毕竟童向南是因为那个“怪梦”才决定休假的，江映楼觉得他最近似乎已经能接受并适应自己的“梦境”了。

就算有些事情童向南自己不肯说，江映楼还能从漫画《我的宠物是个蛋》中看出一点端倪，最近的剧情里宠物蛋同学可是活跃得很。

但这个问题童向南还真是不知道要怎么回答。

要说他之前对那个怪梦，是有一种对未知的恐惧和无能为力的不安，那现在的问题，则更为具体和……不可思议。

比如他没有客户端就直接能进游戏，比如他身为宠物，却能看到应该发给玩家的通知。

又比如……他确实在现实里见到了游戏里那些人。

所以童向南也不知道自己的问题解决了，还是又多了。

杜宏这个案子，目前也没太大进展。

唐甜没查出什么问题，孟行舸那边警察也去了，他生活十分规律，就是书店家里两点一线，有证人也有监控，同样没什么发现。

周志诚依然活不见人死不见尸，那个可疑的假同事更是一点影子都没有。

杜宏和周志诚家虽然被翻得那么乱，但动手的人显然早有准备，指纹毛发之类的线索一点都没留下。

李耀急得有点上火，嘴角都起了个泡。

他去洗了把脸，又给自己泡了杯咖啡，回来时见童向南正打完电话放下手机，就凑了过来，笑道："我说童警官，您作为顾问，好歹也问一问，咱不能一直就只做个安静的美男子啊。"

几天相处下来，他对童向南的态度倒是随意了很多。

童向南当然不是有意拿乔，只是他一来对J市不熟，再来也没看过完整的案卷，只是旁听了解，三来，就是避嫌了。他也不能保证自己百分百正确，万一指了一个错误的调查方向，指不定本来就怀疑他的李耀更有理由怀疑他是故意干扰办案了。

但李耀主动说了，他便也不藏着，道："我是有几点疑问。"

"你问，问问问。"李耀简直有点迫不及待，怀疑归怀疑，但有现成的大神不用，也实在浪费。哪怕只是说说意见换换思路呢。

童向南道："第一，周志诚是否真的有盗号的能力？"

李耀把周志诚的资料拿过来重新看了一遍。

这个人，从小到大都普普通通，成绩并不突出，电脑方面也没有听说有什么优异的表现。但杜宏的那份交易记录，涉及各种各样十几个游戏，不可能是运气好就能做到的，一定要有过硬的黑客技术。

"你是怀疑盗号的黑客，依然另有其人？"李耀皱了一下眉，"只是盗一个号，竟然要三个人？不过，倒的确更符合现在的情况，说不定就是那个假同事。这就更像是分赃不均了。”

童向南摇摇头：“我觉得应该不是，他们的生意一个多月前就停了，杜宏甚至都已经重操旧业，要为分赃不均闹，大概早就闹了。”

“这倒也是。”

“所以我的第二个疑问是，他们为什么不做了？一个多月前，发生了什么？”

刚好拿了份文件进来的程恺听了两句，忍不住插话道：“他们卖出的最后一个号是《第五维度》的。要侵入星界公司的数据库没那么容易，难道是他们盗号的时候，惊动了游戏公司，被反攻击了？”

“有这个可能。”

“第三，周志诚已经过惯奢侈的生活，在没有卖号的收入之后，只靠那点工资，应该不够他挥霍。杜宏都重新开始拦路抢劫了，周志诚是否也有别的经济来源？”

“这也是个方向，但我估计不太好查。”李耀道，“事实上，周志诚和杜宏是不是盗号的同伙，目前我们也并不能确定。他们有亲戚关系，通话见面都属于正常交往，没有什么转账汇款的记录，唯一的旁证也只有唐甜和孟行舸。”他顿了顿，“就连孟行舸说的那些什么交叉对比排查，其实都不算是确定的证据。一天没找到周志诚，这就都只是猜测。”

童向南道：“周志诚的同事都反映这个人爱穿名牌戴名表，我们在他家里虽然发现了一些名牌服饰，但其他贵重物品统统都不见了，如果真是失窃，总该要有人销赃，是不是可以从这方面再找找线索？”

李耀接话：“可以查，但我觉得希望不大。毕竟我们也不知道周志诚家里到底不见了些什么。就算查到销赃窝点，也不知道什么才是他的。”

童向南指着一张照片，那是监控最后拍到周志诚的截图，道：“他19号出去的时候，手上也戴了表。让技术队再处理一下这个监控画面，看能不能分辨出是什么牌子什么型号。”

李耀还是觉得希望有点渺茫。

这块表戴在周志诚身上，如果真能找到，那肯定会附带出其他线索。但没有人能保证周志诚会卖掉这块表，或者周志诚真出了事，其他人卖掉了这块表。

但案子查到现在，一点实证都没有，也是让人头痛的，再渺茫的希望也是希望。

李耀安排了人去做这件事。

“那么，再回到杜宏的案子吧。”童向南摊开地图，“杜宏家在这，他平常的活动范围是这一片，而烂尾楼工地在这里。”即便是在地图上，也能看出来那是一段相当长的距离，童向南接着问：“凶手为什么要把他拉到这么远的烂尾楼？”

李耀道：“从常理来判断，无非是要么杜宏和这烂尾楼有关系，要么，是因为这烂尾楼是凶手更熟悉的地方。我们也初步做过调查了。这个工地，已经停工快两年了。原本是锦城集团的一个商业中心项目，后来这家公司不行了，没钱继续开发，又拖着各种债务官司，一时也没有下家接手，就撂那了。当初承建的，是长坤建设公司。下面参与建设的，有多家施工队，这种队伍都是哪有活干往哪走，这边停工之后就散了。隔了这么久，现在基本也找不到人了。以目前的调查结果来说，杜宏跟这两家公司和这块地，都没有交集。”

李耀在地图上烂尾楼的位置画了个圈，道：“你要说熟悉地形的话……这范围太广了，目前也只能让辖区警力先留意，得有更明确的目标，才能进一步排查。”

“说到长坤建设，”程恺把手里的文件夹递过来，“杜宏出售的那些游戏账号，初始注册有实名认证的我都核实过了，除了唐甜之外，还有两人是我们J市本地的，其中就有一个在长坤建设工作。”

李耀翻开看了看，问童向南：“一起去见见？”

4

高志鹏说是长坤建设的助理预算员，其实不过是仗着跟公司高层有点亲戚关系，在公司里混日子。李耀和童向南找上门时，他正在办公室玩游戏。

“游戏账号被盗？”高志鹏自己想了一会，才点了点头，“啊，对，是有这么回事。真可惜，那个号我氪金弄到挺多好装备呢。”

要不然也不会被偷吧。李耀打了个哈哈，问：“那你后来试过找回吗？”

“试了啊，但游戏客服说什么我提供的资料跟注册信息不符，不能提供相关服务。”

这盗号的售后还挺周到，让人连找回都不行。李耀又问：“那你找过盗号的人吗？”

“那怎么找？”高志鹏一摊手，“我又不是什么黑客高手，不过是一个游戏账号而已，只能自认倒霉呗。”

这大概也是绝大部分游戏玩家的心态了。

比起自己的账号，他反而对警察们的到来更为在意，问：“你们警察怎么突然管起这种事来了？”

李耀一本正经地回答：“捍卫人民群众的生命财产安全是我们的本职工作。虚拟财产也在内。”

高志鹏也不知有没有被忽悠到，目光略带怀疑，但并没有多问。

李耀把周志诚和杜宏的照片拿出来给他看，问道：“这两人是目前我们锁定的盗号嫌疑人，你看看认识吗？”

高志鹏认真地看了看，然后摇了摇头，回答：“没见过，而且，他们这盗号，也不用跟我见面啊。”

李耀又问了几句，确定他是真的没接触过周志诚和杜宏，账号被盗后也没有发生过别的可疑事情。

他绕了一会，又把话题引到了烂尾楼。高志鹏依然一问三不知。

烂尾楼停工的时候，他还在上大学，根本没进长坤上班。

李耀出门就长叹了一口气，看起来，这趟又是白跑。

程恺名单上的另一个人叫刘尚真，23岁，J大的研究生，长脸，眼睛不大，戴着黑框眼镜，挺斯文的样子。

李耀一表明身份，他就明显地紧张起来，甚至连额角都渗出了汗。

这一听“警察”就心虚……摆明有戏。

李耀眼睛一亮，脸上的笑容却越发温和起来，道：“你不用紧张，我们只是来向你了解一下情况。不如我们找个地方慢慢谈？”

童向南没有出声，但以他的身高和气场，冷着脸往那一站，无形中就已经透出一种震慑力。他什么也不用做，已经和李耀红黑脸分好了工。

刘尚真的心理素质也的确不怎么样，战战兢兢的，都没让李耀用什么手段，直接就问什么答什么。

但让李耀失望的是，他并不认识周志诚和杜宏。不论名字还是照片，都没有一点印象。

“你再仔细想想？”李耀有点不甘心地问。

刘尚真为难地摇摇头，回答：“真不认识，我肯定没有见过这两个人。”

李耀看了童向南一眼，难道这货心虚是为了别的事？

“你之前玩《雄图霸业》的游戏账号是不是被盗过？”童向南问。

“啊……对……”听到这个问题，刘尚真就显得更不自在了，眼球左右乱转，额头又开始冒汗。

看起来还是跟盗号有关。李耀把话题接过去：“后来呢？”

“后……后来什么？”

“你账号被盗了，你就什么也没做吗？”

“那还能做什么啊？我倒是想申诉找回来着，但游戏客服说我填的资料和注册资料不符，所以也没办法。”

这跟高志鹏的情况是一样的，那伙人做事倒真是小心。

李耀脸色一变，目光就凌厉起来，大声道：“所以你怀恨在心，就杀掉了盗号的人！”

“啊？”刘尚真吓了一跳，真的整个人都抖了一下，然后才慌忙摇头辩解，“没有！我怎么会做那种事？一个游戏账号而已嘛，我没杀人！”

李耀继续逼问：“那你为什么一见警察就害怕？你在心虚什么？”

“我真没杀人……我就是……就是……”刘尚真声音低下去，最后只是动了动嘴，并没有说出什么来。

“8月21号晚上到22号凌晨，你在哪里？”

这就完全是对待嫌疑人的问法了，刘尚真当然也听得出来，连忙道：“我在宿舍呢，我室友都可以做证。我真的跟什么杀人案没关系……只是……”他深吸了一口气，才豁出去一般，道，“其实是这样的，前不久，我被人勒索了。那个人威胁我不许报警的，现在有警察来找我，万一被他知道的话，我……”

“勒索？”李耀真没想到还有这出，追问，“是怎么回事？谁勒索你？什么时候？”

“就是月初，2号。对，2号。我也不知道是谁，就……突然收到个陌生人的信息。他发了张照片给我。是……”刘尚真犹豫了一会，才低声道，“我跟我女朋友……有一些很私密的照片……”

看他这样吞吞吐吐躲躲闪闪，大概也能猜到是什么样的照片了。

这案子真是……查杀人案查到网游盗号，又查到艳照门，李耀心里也真是有一万头神兽奔过，但这时还是耐着性子问：“这跟盗号有什么关系？为什么问到这个你这么紧张？”

“因为那些照片……我从来没给别人看过，我女朋友都不知道。只有我电脑里存了，文件夹还加了密。我电脑没有别人用的，最近也没有拿去修，我想来想去，只有账号被盗那次……可能电脑被人黑了，不然不可能泄露出去的。”

李耀再次把周志诚和杜宏的照片拿出来，问：“他们真的不是勒索你的人？”

刘尚真摇摇头。

“你不用害怕，这两人现在都在我们的控制中，不会再对你造成伤害了。你仔细再想想？”

刘尚真再次摇头，一脸无奈道：“警官，不是我不想指认，是我根本就没见过他。他给我打电话还用了变声器，约好了时间地点把钱放下……他根本就没在我面前出现。”

李耀又跟童向南对视了一眼。

这个小心谨慎的风格……“应该不是第一次了吧？”

童向南点点头，分析：“看起来，他们在盗号的时候，说不定还会顺手牵羊偷点别的。”

“唔，这次，也许就是想故技重施去勒索，结果碰上了狠人反而被干掉了。”

童向南没有回话。

他也有点头痛。

就算从刘尚真这里，找到了这个盗号团伙的另一条“生财之道”，但依然一点实证都没有。

整个案子，依然是个僵局。

第八章

我的宠物被孵了

破洞被挡得严严实实，蛋里一片黑暗。童向南：……所以……他这是……真的被孵了吗？

1

童向南本来以为他差不多已经适应了每次一睡着就会看到完全不同的世界的情况，但这回一睁眼就被呛了一口水——还是又腥又咸的海水——还是让他有一瞬间的发呆。

什么情况？

蛋里几乎已经被淹了一半，童向南大半身体都已经泡在水里，而蛋上那个破洞，又被胶带缠起来了。

但显然缠得不太严实，胶带也并不防水，所以蛋里还是进水了。

童向南凑到破洞那里，从胶带的缝隙往外看，还什么都没看清呢，直接就被一个浪头打了回来。

童向南抹了一把脸上的水，他这是在海上？

即使是童警官身经百战，也觉得有点不妙。

这种环境对于他现在的状况实在不太好。在陆地上的时候，他好歹还能滚一滚，这在海上，万一掉水里，就只有死路一条。普通的蛋说不定还能浮起来，可他的蛋壳破了个洞，这胶带……又不顶用，简直是分分钟要沉底的节奏。

眼看着蛋里的水越来越多，童向南试图让蛋壳换个角度把里面的水倒出去，但根本就动不了，应该是宠物蛋被固定住了。

“喂。”童向南叫了一声。

外面风浪太大，他这点声音，唐甜根本就没听到。

她正忙于应付即将再次到来的大浪。

唐甜觉得自己这个新号的幸运度的确有点问题，第一个副本碰上食人魔，第二个就被人各种追杀，第三个更厉害，一传送进来，就直接了个绝境——她独自坐在一块大木板上，漂在狂风暴雨的大海上。整一个海难现场。

她只能系紧了背包，将宠物蛋牢牢绑在胸前，死死抓住身下的木板，被数米的巨浪高高抬起，又被接踵而来的另一重巨浪狠狠拍下。什么身体强化也好，什么游戏技能也好，在这大自然无可抵御的威力面前，统统不值一提。她就如同一粒渺小的尘埃，随时都可能被这惊涛骇浪卷走。

也不知过了多久，好不容易撑到风暴过去，海面平静下来，唐甜瘫在那块木板上，只觉得骨头都要散架了，全身每一块肌肉每一个细胞都要罢工。

“一个游戏而已嘛，要不要弄得这么逼真？真以为自己会死啊……”她有气无力地抱怨，觉得真正的海上风暴，大概也不过如此。

童向南则忙于把蛋壳里的水弄出去。

他只觉得自己的身体都已经泡皱了，时间再长一点，指不定他都要被泡成咸蛋了。

这次唐甜才总算觉察到他的动作，问道：“宝贝儿，你没事吧？”

“没事，”听到唐甜的声音，童向南连忙指挥，“赶紧把胶带撕开把蛋里的水给我倒出去。”

“欸？进水了吗？”唐甜赶紧把蛋解开，撕开胶带。看着蛋里倒出来的海水，有点讪讪道，“不好意思啊，刚刚太匆忙了，下次我多缠两圈。”

游戏直接把她传送到这，形势危急之下，她能拿胶带把宠物蛋的破洞贴起来就不错了，实在没有时间检查漏不漏水。

童向南也不怪她，只道：“这种事，还是别有下次了。”

唐甜无比赞同。

唐甜的背包在之前的风暴里也湿透了，但好在她买的食物都是真空密封包装，倒不怕泡坏。她吃了点东西喝了点水，又喂了童向南，这才空出手来看不停在闪的信息。

大部分是于霏霏发来的。

因为唐甜一直联系不上，她有点着急。

唐甜把自己这边的情况一说，于霏霏给她回了一串省略号，然后建议："你要不趁早再删号重练吧，这什么运气啊？"

唐甜也很无奈啊。

但要她删号她可不愿意，就算技能还能再捡回来，可她家宝贝儿呢？宠物可是账号绑定的，她舍不得。

于霏霏又道："不过这样应该那个要杀你的人也找不到你了吧。"

没错，她现在一个人在大海上玩少女唐的漂流。

大海茫茫无边无际，谁知道要漂到什么时候？

要这样还有人能来杀她，她也算服了。

唐甜没在海上漂到天荒地老，没过多久，就看到了船。

还是一艘数十米长的三桅大帆船。

只不过……船上飘着一面黑色的旗帜，上面画了一只狰狞恐怖的骷髅头。

——海盗。

她还在犹豫着跟自家宠物蛋商量要不要求救的时候，那边船上已经扔出一个绳套，套羊一样直接给她当头套下，唐甜只来得及抓起宠物蛋扔进背包再把包抱紧，就已经被往船那边拖了。

唐甜很配合没有挣扎。

一来没那个力气，再来也不知道下次看到船是什么时候了，也许错过这艘，继续漂下去就能给她漂到副本结束。

虽然风平浪静的大海还是很美的，但不管多美的景色，连续看了几小时，也早已经审美疲劳了。就算她有个宠物蛋陪着，但童向南实在不是什么适合聊天的对象，这么漂在海面上实在有点无聊。如果还要继续下去，那还玩个什么劲？

何况天有不测风云，万一再来一场风暴……她还不如死在海盗手里痛快呢。

船舷边挤了不少人，几个人在拉绳子，其他人都在旁边嬉笑吹口哨起哄。

唐甜很快就被拉到了船上。

海盗们看起来有点兴奋，哇啦哇啦说了不少，唐甜一句也没听懂。

语言不通的情况，在游戏里不少见，她也就很淡定地在那里打量他们。

海盗们身形各异，但看起来都不像东方人，头发的颜色都有好几种。有人光着上身，有人穿着颜色鲜艳的小褂子，有一个穿着宽松的亚麻衬衫，看起来也不太像现代人。当然这条三桅大帆船本身也不太像是现代船。

这个副本……是什么背景？

海盗们见唐甜没什么反应，又更大声地叫嚷起来，似乎还在彼此争吵。

然后有人高叫了一声什么，一群海盗才安静下来，两边分开，让出一条路来。

一个男人走到唐甜面前。

这人高大强壮，打扮得似乎也更高级，戴了一顶三角帽，金色的卷发在脑后束了个马尾，白色的衬衫外面套了件红色的皮马甲，还穿了一双高筒皮靴。

他向唐甜说了句什么。

唐甜眨了眨眼，根本听不懂。

他皱了一下眉，又换了一种语言。

唐甜还是听不懂。

他接下来又换了三四种，然后就开始指指自己的耳朵，比画了一下。显然他已经开始怀疑她是聋哑人士了。

“能听到，但听不懂。”唐甜说。

听她能说话，海盗们又叫嚷起来，高大的皮马甲男人抬手压了压，大家才复又安静下来。皮马甲向旁边的人说了句什么，那人点点头就跑回船舱，皮马甲则向唐甜指了指她的背包。

唐甜这时一双手都还被绳子套住，什么也做不了，何况她的处境也实在没什么能拒绝的余地。

皮马甲显然也没打算等到她同意，指完了自己就直接把包拎过去，仔细看了看就找到打开的方法。

包里的东西被他一样样拿出来摆在甲板上。宠物蛋、泡面、肉干、水、急救包……几乎每一样都让海盗们发出惊奇的声音，要不是皮马甲在场，指不定又得闹起来。

这时先前离开的人又回来了，原来是去拿了纸笔。

皮马甲在纸上画了巨大的海浪，旁边还有个漩儿……大概是想代表飓风。然后他拿起来给唐甜看，一面指指她，又在风浪中间画了个箭头。

问她是不是经过了暴风雨？唐甜猜测着，点了点头。

皮马甲又回头看了一眼她的背包和甲板上那些东西，目光再回到唐甜身上，就带上了一种发光的狂热。

“&%￥#。”他说了一个词。

海盗们顿时就欢呼起来，头两声还只是乱叫，跟着就整齐划一地跟着叫起那个词来。

一声又一声，吼声几乎震破甲板。

唐甜吓得反射性缩了缩，感觉就好像电视上看到的那种极端宗教分子一样，下一刻他们不会就要把她拿来献祭或者怎么样了吧？

皮马甲又抬抬手，海盗们再次安静下来。

皮马甲向唐甜伸过手，唐甜下意识又向后退了退，但他却只是把她身上的绳子解开了，甚至又把她的包和那一堆东西往她这边推了推。

唐甜不知道他什么意思，但还是飞快地把宠物蛋拿回来抱在怀里。

皮马甲看了那个蛋一眼，并没有多说什么，只示意她跟自己走。

唐甜犹豫了一下，但看看旁边那些一脸兴奋的海盗，还是迅速地收拾了自己的东西跟上去。

皮马甲带她到一个房间里，做了个应该是休息的手势，然后自己就出去了。

唐甜跟着到门口，见外面有人守着，看她要出去，便伸手拦住。

唐甜只得又退回去。

“所以，这些人暂时不会杀我，只是软禁。”唐甜皱起眉，跟自家宝贝儿说。

童向南从上船来也是一句话都没听懂，郁闷地问：“这不是游戏吗？为什么还会有语言不通这种事？不都该自动翻译吗？”

“偶尔也会有这样的，只能在副本里学了。”

玩个游戏……为了只有五天的副本，还要学门外语？童向南简直感受到了来自全世界的恶意。

“问题是，你觉得……我们能在海盗做什么之前，学会他们的语言吗？”

唐甜：……

要不要这么一针见血地点出她的困境？

“要不，我还是先下线吧。”唐甜说。

其实早先在海上漂的时候，她就有点想下线了。一方面是重复的景色实在有点无聊，再来是之前的暴风雨几乎耗光了她的精力和体力，她真累得不行。只是那个时候只浮着一块木板，怕下线之后，再上来就直接给她掉海里了。现在到了船上，应该没问题了。

至于她消失之后海盗们会怎么样……那就……下次再说吧。

她要去睡觉了。

“等……”童向南第二个等字还没说完，唐甜已经不见了。他还真是第一次见她下线下得这么干脆利落。

但他还被留在游戏里。

一个蛋，孤零零被丢在一艘敌友不明的海盗船上……童向南忍不住想，他会不会下一秒就被海盗们拿去煮了？

唐甜下线没几分钟，皮马甲就回来了，带了干净的衣服、水和食物。发现唐甜不见了之后他吓了一大跳，立刻就叫了外面的守卫进来，两人说了几句，守卫就出去了，跟着船上就响起了各种跑动和呼喊的声音，应该是在找唐甜。

而皮马甲则留在这个房间里，搜查一番，很自然就发现了那个破了个洞的大蛋。

他拿起来看了看，左右晃晃，又凑到破洞边往里看。

童向南也不知道这人会做什么，只能握紧了自己的绣花针，沉默地戒备着。

皮马甲说了句什么，他当然也听不懂。

过了一会，有两个海盗过来，向皮马甲汇报，显然都没找到唐甜的踪影。

皮马甲倒也没生气，安静了一会，就带着宠物蛋去了另一个房间。

一进门，就听到一阵鸟类振翅的声音，童向南的视野有限，也没看到那只鸟的全貌，感觉上应该是只很大的毛色鲜艳的鹦鹉，没等他再看第二眼，就彻底看不到了——皮马甲不知说了句什么，就把蛋放下了，跟着那只鸟就直接蹲在了蛋上。

破洞被挡得严严实实，蛋里一片黑暗。

童向南：……

所以……他这是……真的被孵了吗?

他用绣花针捅死这只鸟的话……会不会被拿去煮了?

童警官衡量了一下，默默地放下了武器，只忍不住在心中呐喊：唐甜你赶紧给我回来!

2

童向南的心情很不好。

以前唐甜虽然也开玩笑说孵蛋，但好歹也只是在自己怀里抱着，他真没想过自己真会被一只鸟坐在屁股下面，一!整!晚!

李耀他们都觉得童警官以前只是有点冷峻，今天简直都算得上阴沉了。

不过也可以理解，人家好端端休个假，莫名其妙被牵连进命案了，案子又一直没进展，以至他也不得不被拖在这里……想想也是挺郁闷的。

其实童向南自己要走，J市警方倒也不可能不放人，可他自己又没提出来，只是带着一身低气压坐在那里翻着案卷，整个办公室都似乎跟着变压抑了。

李耀正在想是不是找点活让他出去走走时，自己的手机就响起来。

“喂？咦？唐小姐？”

童向南几乎是在听到这几个字的同时就扭过头来，目光甚至让李耀有一种下一秒他就可能扑过来把自己的手机咬碎吞下去的错觉。

他下意识地转了个身，稍微背开他一点，才继续跟电话那边的人说话：“嗯，你说……什么！跟踪？！什么时候？你现在在哪？哦哦，好的，我知道那里。这样，你暂时先别出去，我会通知附近的同事过去，我也马上到。”

李耀挂了电话，又拨出去安排支援，这边再一抬眼，见童向南已经在门口等着了。

还不承认有问题？

李耀心中暗笑了一声，拿起了自己的车钥匙。

打电话给李耀的的确是唐甜。

她今天去面试，然后就发现好像有人跟着她。

从她家到面试的公司还挺远的，中间得转好几次车，她见过那个人几次，到面试完了出来，竟然又看到了那个人。

如果是平常，她说不定会当成巧合，但并不是她家附近，也不是她常去的地方，尤其是这个人中间还换了一次衣服，戴过一次帽子。这就不是偶尔碰上可以解释的了，她想想最近那些事……就直接给李耀打了电话。

唐甜现在在一家咖啡店里。

童向南和李耀已经到了，怕惊动那个跟踪者，并没有现身，只是跟她电话联系。

周围的警力也已经布置下去了，只要确认唐甜被跟踪，就实行抓捕。

换衣服戴帽子这种小变装在进行都市环境的跟踪时的确挺好用的，那人大概也没想到唐甜在人脸记忆上的强悍。刚刚她甚至给李耀传了张画像。看起来三十多岁的样子，小平头，长得挺普通，下巴略长。

童向南在附近扫了一圈，就找到了这个人。

他这时靠在咖啡店外面的公交站牌上，左手拎了个包，右手拿了手机在看，很普通的在等车的上班族的样子。但童向南注意到连过了几辆车，他连车牌都没看过一眼。

“是这个人吧？”李耀说。

童向南点点头，补充：“他看起来和你差不多高。”

李耀一怔，刷地扭头再次看向那个人，道：“你是说……那个‘假同事’？”

“这个时候，跟着唐甜，不排除这个可能啊。”童向南皱了一下眉，“他可能一直关注着周志诚家，所以才找上唐甜。”

李耀会怀疑唐甜，这个人也可能是基于同样的原因怀疑她和周志诚的事有所牵连。

这边准备妥当，又初步锁定了目标，李耀就给唐甜打电话，示意她可以走了。

唐甜站了起来。

她本以为通知警察之后，警察就会出面警告那个人，或者直接抓起来，但李耀说没有证据，万一对方狡辩只是巧合，他们就会很被动，不如请唐小姐帮个忙，暂时做一回诱饵，将对方引到僻静处，他们才好行动。

唐甜是良好市民，又是为了自己的安全，当然也不好不答应，只是……不要看唐甜细心地发现了那个人还画了像，其实她的胆子真不大。这时紧张得双手都沁出了冷汗，听李耀说要走，差点都要走成同手同脚。

这个状态显然不行。

李耀安抚了几句，但效果并不明显，听着她声音里的颤抖，挑了挑眉，直接就把电话给了童向南。

童向南怎么看不出他眉眼里全是调侃？但现在也不是计较的时候，他接过电话，想起前几次见面唐甜的反应，下意识就放轻了声音："不用怕，我会跟着你。"

即使刻意放轻，他的声音听起来还是很粗哑，像砂纸磨过岩石。

真算不上好听，但辨识度还是挺高的。

至少唐甜立刻就明白他是谁，跟着就觉得一颗心像是落到了实处，顿时安定下来。

童向南这个承诺可比李耀的安抚有用多了，毕竟唐甜是亲眼见过童向南的身手的。

唐甜应了一声，就听童向南又道："你先做两个深呼吸，放松一点。"

唐甜照做了。

"很好。"童向南说，"现在慢慢从咖啡馆出来。"

唐甜没有挂电话，用蓝牙耳机一路听着童向南的指挥，沿着警方给她规划出来的路线行动。

之前那个在"等车"的男人果然过了一会就跟了上去。

童向南则跟在那个男人后面，保持着可以同时看到他和唐甜的距离，并随时提醒唐甜要做什么。

唐甜一一依言而行，突然发现，他这样一步一步指示，自己只要认真执行就好，不必紧张，也不需要害怕，而且……

这种感觉……

似乎有点熟悉啊。

简直就好像在游戏里她家宝贝儿一个动作一个动作地指导她做基础训练似的。

唐甜不由得怔了怔。

忍不住回头看了一眼。

她没看到童向南，但看到那个跟踪她的男人了，目光甚至有一瞬间的交会。

唐甜的心顿时提起来，糟糕，她是不是不该回头看的？这人会不会发现他已经被发现了？

那人也的确敏锐，下一秒就蹲下身，假装系鞋带的样子，实则迅速地扫视了一圈，再起身时，就转了个方向，快步走向了人行横道。

人行横道的灯已经开始闪了，他在最后几秒钟飞快地冲过马路。

童向南发觉不对，才刚追了几步，就被重新开动的车流隔开，李耀赶紧通知对面的同事，但对方已经跑进了一个大商场，警察们跟过去时，他已经混进了人群，找不出来了。

同事的消息反馈回来，李耀就恨恨地空挥了一下拳头，那种四面都是门上下好几层的大商场，对方显然有一定伪装和反跟踪能力，一眼没盯死，想再找到基本不太可能了。

唐甜有点讪讪的，小声道："抱歉，我是不是搞砸了？"

"不怪你。"李耀叹了口气，唐甜毕竟不是专业的，会害怕惊慌也很正常。"今天还是要多谢唐小姐，至少我们现在知道他的长相了，回头我们会去调查这个人。只是……"他看看唐甜问，"今天这样的情况，是第一次发生吗？"

唐甜点点头。她这种小市民，有一次已经够可怕了好吗？

"对方很有可能是因为这次的案子才跟踪你，妥善起见，我们会安排人手二十四小时保护唐小姐。”

唐甜一脸蒙。

二十四小时保护这种事，听起来好严重，简直就好像拍电视一样。但想想自己今天的确被人跟踪了……她心底就涌起一阵后怕，下意识就点了点头。

李耀就回头看着童向南，道：“那么，就麻烦童警官去保护唐小姐吧。”

童向南意外地挑了一下眉，他吗？李耀不怀疑他了？还是又在想什么奇怪的事？

李耀很无辜地一摊手，道：“我们人手不足啊。回头我再叫天明去换班。”

童向南：……

他突然觉得李警官整个人的画风都有点不对。怎么破？

这么明显的拉郎配感觉是怎么回事？

他有表现得像个求偶期的饥渴单身狗吗？

李耀直接无视了他，问唐甜：“唐小姐觉得呢？”

唐甜继续蒙，这人还能由她选吗？那她当然同意啊，毕竟童向南的本事她见过，何况还长得帅。

如果真的必须有人二十四小时跟着她，当然还是要找个养眼的比较好。

“那就这样决定了。”李耀拍板。

童向南：……

好吧，目前他的确是最适合去保护唐甜的人。

眼下案子还在大量搜证，人手本来就不足。他毕竟是编外顾问，在这里帮不上太大的忙，少他一个也不妨碍J市警方做事。万一唐甜那边真的被人盯上，他的本事也足够保护唐甜。

只是因为这个才同意的。

童警官默默在心里加了一条注解。

3

李耀给童向南安排了一辆车，普普通通，毫不起眼。

童向南开着车，唐甜坐在后座。

一路都很安静。

唐甜并不擅长跟陌生人打交道，何况又是这样的职业，这样的关系，之前那位李警官还对她抱有怀疑，这位童警官……说是保护，但也不知道是不是监视的成分更多。童向南不说话，她就更不知道要说什么好，索性只低头玩手机。

童向南心底暗自松了口气。

如果唐甜能一直保持沉默就太好了。

因为她一出声，他就会想起游戏里的事。

游戏里……他现在……大概还在被一只不知什么鸟孵着吧？

还是不要想起来的好。

一直到进了小区，童向南才开口道："你记一下我的手机号码。"

唐甜连忙退出手机游戏，把他的号码存下来。

"设成紧急号码，最好能一键拨号。"童向南说。

唐甜照做。

童向南把车停在可以看到唐甜家窗户的地方，和她一起下了车。"我先送你上去，确定没事我再下来。"

唐甜只能再次点头。

这种无条件地接受命令并照做……让她再一次感到之前那种被恶（宠）魔（物）教练支配的熟悉感来。

可是，看着身边这高大冷峻的男人，又实在没办法跟游戏里那一颗蛋联系到一起。不说别的，单声音就差了十万八千里啊。

童警官长得这么好，声音却这么粗哑，真是一点都不配啊。

“怎么了？”

正想着就听到了那粗哑的声音，唐甜眨了眨眼，才意识到自己刚刚竟然死盯着人家的脸走了神。

她不由刷地红了脸，连忙摇摇头，抢先两步上了楼梯往前走。

童向南也没再多问，默默地跟了上去。

于是上楼的过程依然是一路沉默。

唐甜掏钥匙开门的时候，觉得自己作为主人，不说点什么好像过意不去，但她正要开口，童向南已经抬手打断，并将手指竖在唇前，做了个“噤声”的手势。

他的神色严肃，警惕地看向门内，微微侧了侧耳，又向她摆摆手，示意她后退。

唐甜微微一愣，但还是很快地闭紧嘴退到了他身后。

难不成她家里真有什么人？

她不由得跟着紧张起来。

但是很奇怪，只是紧张，却并没有之前发现被人跟踪时那种害怕，反而就好像每次进游戏一样，只觉得充满了刺激和挑战，就要开始一场真正的冒险。

是因为童向南就在身边的关系？

唐甜这么想着，下意识就抬眼看向童向南。

明明才不过见了几面，但这时他宽阔的肩背却有如坚定稳固的山峰，满满都是安全感。

这种感觉……太奇怪了。

唐甜意识到这一点的时候，双颊隐隐又有点发烫。

明明是自己家里被人侵入的时候，她在想什么啊。

童向南虽然注意到了她的表情变化，但这时也顾不上去分析了，他出其不意地推门冲进去，一把就将躲在门后的人揪起来，手臂反锁到背后，直接按到了墙上。

“啊啊啊啊。”那人发出了一连串的尖叫。

是个年轻女人。

熟悉的声音惊到了唐甜，她连忙跟着进了屋，一见这场面，就惊得睁大了眼：“霏霏？！”

“抢劫啦！杀人啦！救命啊！”被按在墙上的于霏霏拼命大叫道，“放开我，甜甜快跑！快报警！”

童向南一头黑线，这都什么跟什么？

“误会，误会了。”唐甜连忙解释，“童警官，这是我朋友。”

童向南这才松了手。

唐甜连忙过去扶住于霏霏道：“霏霏你还好吧？怎么会突然过来了？”

“痛死了。我不是看你最近这么多事，有空就想过来陪陪你喽。本来想给你个惊喜的……”于霏霏揉着自己的手臂，没好气抬头瞪了童向南一眼，结果就再次尖叫起来，“啊啊啊啊，这不是你之前画的那个帅哥？原来本人真的这么帅！”

童向南也听出来了，这的确就是游戏里经常跟唐甜一起玩的那个姑娘，之前还怀疑过他假公济私打击报复的那个。

想到这一点，他脸色就越发阴冷起来了。

本来觉得有点尴尬想要道歉的，听到她后半句，就不自觉咽了回去。

虽然画像的事是为了给警方提供线索，但当着童向南的面再提起来，唐甜也觉得有点尴尬，她试图转移话题，向于霏霏介绍：“这位是童警官，今天是来保护我的，刚才在门口听到里面有声音，所以才……”

于霏霏却已经顾不上计较这个了，听到“保护”这两个字就发出了第三次尖叫：“什么？你又怎么了？发生了什么事？怎么会要警察来家里保护？”

唐甜只得把被人跟踪的事说了。

于霏霏听得一惊一乍，后怕地拍拍胸口，道：“谢天谢地，还好人没事。”又一脸担心道：“怎么就摊上这么一档子事了？回头咱们去哪里烧个香拜拜吧。这的确是要有人保护……”她说到这里，又转头上下打量着童向南，目光就带上了几分考量。

不知为什么，童向南就觉得这姑娘的目光，简直就跟丈母娘看女婿似的，让他十分不自在，甚至下意识想避开，索性就向唐甜道：“我先检查一下你家里。”也不等唐甜回答，直接就奔最远的阳台去了。

于霏霏看着他的背影，咂咂嘴，凑到唐甜耳边，悄悄道：“虽然有点冷，但真人比画像更好看耶。身材也好，刚刚抓我时……动作又快，力气也大……真是极品。甜甜你不老实啊。之前还跟我口口声声说没什么，这都带回家来了？”

“你不要胡说。说了我们没什么，也不是我想带他回来的。只是碰巧派了他来保护我而已。”唐甜只恨不得捂住她的嘴。平常在网上看帅哥花痴一下也就算了，可真人就在眼前，说不定还要相处好长一段时间呢，这种话，万一让人听见……她还能不能活了。

“说正经的啊。”于霏霏说，“一次是偶遇，两次是巧合，你们接二连三地凑在一起，如果不是真的有缘分，那就是有人故意安排啦。你觉得是哪种？”

唐甜抿了唇没说话。

于霏霏又道："如果是缘分，这样的帅哥，成不成也得试一试啊。如果是有意安排嘛……"她瞟向正在检查窗户的童向南，嘿嘿笑了声，道："人家长得这么帅，还肯在你身上花心思，你不心头小鹿乱撞一下怎么对得起人家的用心？"

"你想多啦。"唐甜叹了口气，"今天我听其他的警察说，童警官是A城来的，因为被卷进这个案子，假期都泡汤了，他只是想早点破案早点回去吧。"

"A城啊，是有点远哦。"于霏霏想的显然跟唐甜不是一回事，"不过你现在反正没工作又没拖累，就一起去呗。"

你想得比到A城的距离还远呢大姐。唐甜索性就直接闭了嘴。

童向南检查完门窗，又确定唐甜家没有什么监控设备，便开口告辞。"我会一直在楼下的车里守着，你要有什么事，就给我打电话。"

"那怎么行？"唐甜还没开口，于霏霏已经先叫起来。

童向南看向她。

于霏霏笑了笑道："本来吧，我是觉得甜甜最近有点倒霉，想过来陪她住一阵子的。但真没想到会有人跟踪这么可怕，如果真有人找上门来，那我在这里也没用，还是童警官留下来才比较安全。"

童向南点点头："我就在楼下。"

"上楼也得这么久呢！万一坏人从另一边爬上来怎么办？万一坏人早就预谋好先埋伏在这栋楼的其他房间怎么办？万一从别的单元上天楼再下来怎么办？你上楼这几分钟，指不定就已经发生什么可怕的事情了。"

童向南有意申辩他上楼用不了几分钟，但……他们目前也不知道犯罪分子到底是什么样的人，还真是不能完全排除这些可能。就算他的速度再快，也真不敢保证万无一失。

于霏霏一副被自己的假设吓到的样子，打了个哆嗦，继续说："所以啊，不如童警官就住甜甜家里吧。二十四小时贴身保护才放心啊。"

"霏霏！"唐甜羞恼地叫了一声。

于霏霏安抚地拍了拍她的手，道："紧急情况嘛。安全第一。何况你家有空房间嘛，又不用睡一张……"

唐甜直接拧了她一把，才让她"嘶"的一声，把最后一个字咽了下去。

于霏霏一脸委屈地看着她，道："这都是为了你好嘛。"

她暧昧地眨眨眼，语带双关。

唐甜知道她是好意，但这种情况，实在有点尴尬。

于霏霏见她真有一些抵触情绪，也就不再继续多说，又换了个提议："要不你收拾东西，去我家住一阵，等案子结束再回来？"

这个案子……如果只是杜老三的死还好，唐甜确定跟自己毫无关系，但还有一个失踪的。偏偏她又去找过周志诚，还被人盯上了。谁知道今天她要是没报警，那个人接下来会做什么？

这不是小偷小摸的小问题，是一死一失踪两条人命。

唐甜觉得，自己倒霉碰上了也没办法，于霏霏一家人都是老老实实的小市民，犯不着再连累他们。

两相权衡，还是让童向南留下算了。

于是唐甜便问童向南："住下来的话，会给童警官添麻烦吗？"

正经讲，这种保护任务，当然是同吃同住最方便，只是要看被保护人的意愿。毕竟唐甜这样的单身年轻女性，肯定会有诸多不便。一般这样的情况，也是应该安排女性警察才对，只是……童向南想想之前李耀那个眼神……

算了，反正他还在休假，就当他在朋友家住几天好了。

“不会。”他说，“只要唐小姐不觉得麻烦。”

“那就麻烦童警官了。”

于霏霏觉得自己真是神助攻，免不了还要再加一把火：“哎，你们这童警官唐小姐麻烦来麻烦去的，听着也太客气生疏啦，都是年轻人嘛，不如随便一点？”

两人都无言地看着她。

于霏霏：……

她有点不死心地继续：“要不先一起出去吃个晚饭？”

唐甜看向童向南。

她本来是想问童向南去不去的，但童向南却误会她被今天的事吓到了不敢出门，道：“唐小姐也不必太紧张，照常生活就行。”顿了一下，又补充：“当我不存在就好。”

如果能像之前在车上时那么安静就最好了。

他真是一点都不愿意想起来自己还有个身份是个宠物蛋。

唐甜：……

这么大一个人，还是这种极品帅哥，怎么可能当不存在？

连于霏霏一时都不想说话了。

她现在有点相信唐甜，这种随时会把天聊死的人，的确不太容易有什么。

4

“所以，从水缸里跳出来的杀手到底是谁？”电话那端的江映楼问。

童向南没好气地回答：“不知道。”

“你杀的你都不知道吗？”

“《第五维度》的玩家又不会把名字顶在头上，也没什么战斗记录可看，我怎么可能知道？”童向南有点不耐烦，“你到底打电话来做什么的？”

“当然是问剧透的啊。”江映楼十分坦然地说，“小甜甜今天又没更新，人家等得可心急了。”

如果是当面，童向南简直都想一拳捶在他脸上。

还小甜甜!

他哼了一声，就要挂电话。

“等等，等等。”那边江映楼连忙道，“小甜甜在《第五维度》的真实ID是什么？”

童向南问都不用问，就知道这人肯定注册了游戏账号准备去游戏里继续看戏，他是猪才会告诉他。

索性直接就把电话挂掉了。

他从阳台回来，唐甜正拿了一叠床单被套准备去铺床，看到他，就顺手招呼了一声：“童警官，您睡这个房间。”

推门进去，第一眼就看到整面墙的书柜。

唐甜一面铺床，一面道：“我这个人，平常其实挺宅的，最近又正好在失业期，除了面试，基本不太出门。您会不会觉得无聊？”

“不会。”童向南只淡淡回了两个字，他是为了执行任务，哪来的无不无聊?

唐甜转头看了他一眼，见他站在书柜前，便道：“都是我爸留下来的，他这人也没点别的爱好，就是喜欢看书，五花八门，什么都看一点。童警官要是也有兴趣，随便看。”

童向南只是轻轻应了声。

听得出来，唐甜和父亲的感情真是不错，毕竟从小相依为命。

又或者，也是受了父亲的影响，才会喜欢孟行舸那样满身书卷气的人吧。

童向南没有回话，唐甜也就没再说什么。

这毕竟不是游戏，她并没什么兴趣在现实里唱独角戏。

一直到她把床铺整理好，童向南才说："谢谢。"

"不必客气，毕竟你在这里也是为了我的安全。"

"是我应该做的。"

然后对话就又断了。

唐甜：……

算了，这种聊不起天来的人，还是只悄悄看看就好了。

毕竟不说话，只是看，还是很养眼的。

就在唐甜打算照童向南说的"当他不存在"去做自己的事情时，接到了孟行舸的电话。

他不知怎么知道了唐甜今天被跟踪的事，十分担心。

"已经没事了。那个人跑了，童警官会在我这里保护我的，你不用担心。"唐甜安抚道。

然而显然起了反效果。

孟行舸简直要炸毛："童警官在你那里是怎么回事？"

"就是在抓到那个人之前，他会一直跟在我身边。"

"所以，现在，他住在你家？只有他一个人？"孟行舸这句话简直就好像从牙缝里挤出来的。

唐甜几乎从没有听过他用这种语气说话，不由小声地问了句："怎么了？"

孟行舸却显然误会了这句"怎么了"的含义，大声道："怎么了？你跟一个总共才见过两次，其中还有一次是碰上他在打架的男人孤男寡女共处一室，你还问怎么了？就算他是警察，谁敢保证警察就不会有什么奇怪念头？你就敢真的答应让他住进你家？我马上过来，我到之前，你回房间把门锁好。”

孟行舸那边简直是在咆哮，唐甜下意识地把手机从耳边拿远了一点，但声音还是很大，不要说她，只怕旁边的童向南都听得一清二楚。

唐甜略尴尬地看了童向南一眼。

童向南面无表情。

嗯，他在J市就是个被怀疑的命。

一开始被唐甜怀疑，然后被警方怀疑，又被于霏霏怀疑，现在轮到孟行舸了。

不过……仔细说起来，也怪不得孟行舸。

唐甜毕竟是他喜欢的女人，就算没有理由，也不可能坐视别的男人跟她共处一室，何况童向南对他们来说，真是不折不扣的陌生人。

唐甜自己也反思了一下，老实说，她也不知道自己对童向南的信任感是从哪来的。

或者是因为他指挥她时那种莫名的熟悉感？

所以一时也不好反驳孟行舸，半晌才抿了抿唇，轻轻道：“……不止两次了。”

上次童向南和李耀来她家，加上今天，她总共见过童向南四次了。

孟行舸那边直接挂掉了电话。

唐甜看着手机，呆了两秒钟，才转向童向南说：“那个……不好意思啊，他就是……有点爱担心。”

童向南有点不高兴，不是因为孟行舸怀疑他，而是……孟行舸说的话，要她来道什么歉？

唐甜看着童向南一张黑脸，有点心虚，声音就更小了：“他大概……真的会来。你……不会介意吧？”

童向南摇摇头。

顿了一下，又补充：“他说得对，女孩子应该更谨慎一点。”

唐甜：……

所以要赶他出去才对吗？

大男人主义真可怕。

唐甜本要争辩，但想想自己第一次见到童向南，就是半夜独行碰上小混混打架，跟着又是被奇怪的人跟踪……童向南身在其中，都是挺危险的事，劝她谨慎一点，好像也没错。

所以唐甜又把到了嘴边的话给咽了回去。

房间里便又安静下来。

一直到孟行舸赶来。

孟行舸给唐甜打电话时，气还没喘匀，发现来开门的是童向南，却几乎在一瞬间恢复了寻常的气定神闲，大方地说：“童警官您好，多谢您保护我家唐唐到这个时候。”

童向南只静静让开门口，并看向唐甜。

他家唐唐，呵呵。

唐甜也无奈得很，索性在孟行舸面前转了一圈，道：“你看到了，我真的一点事都没有。放心了？”

孟行舸点点头，却还是跟童向南道：“接下来就不麻烦您了，交给我好了。”

童向南上下打量了他一眼，然后道：“如果今天那个人再来，你不是对手。”

他没什么表情，语气也很平淡，就像只是在陈述一个再普通不过的事实。

而孟行舸却莫名觉得受到一种王之鄙视。

而且还无法反驳。

这毕竟不是游戏，他只是一个普通男人，还是偏瘦弱型的，如果真碰上凶恶的歹徒……大概真打不过。

他忍不住郁闷地想，能打了不起啊？

但目前这个状况……的确是了不起的。

所以孟行舸只能退而求其次："那我也留下来。"

唐甜：……

"你就别添乱了行不？"

"这怎么是添乱呢？必须要确保你真的安全，我才可能安心，不然我就算回去，也是睡不着的。"

唐甜重重叹了口气："孟学长，你这样可就真没意思了。你心里清楚的，有警察二十四小时保护，还能怎么样？我不会有事的。"

孟行舸想，就是因为二十四小时保护，还是这个警察，才可能出事啊。

"但是我可能会有事啊。"他看向童向南，"童警官你说，如果那个歹徒，是为了周志诚的事跟踪唐唐，那我是不是也一样有危险？"

童向南和唐甜不由得都愣了一下。

甚至不约而同地想，还能有这种操作？

孟行舸却丝毫没有觉得羞耻，继续道："所以我留下来，童警官同时可以保护我们两个，是不是合情合理而且更有效率？"

理论上来讲，的确是这样没错。童向南也只好点了点头。

于是孟行舸就很自然地在沙发上坐下了，道："我睡沙发。"

唐甜家是两室一厅，两个房间门都是开向客厅的。她把童向南留下，肯定是让他睡书房了。那么他就待在客厅，便可以完全杜绝两人私下单独接触。

童向南当然没什么意见。

而唐甜看着沙发上的孟行舸，满头都是黑线。

她怎么不知道孟行舸竟然还有这么无赖的一面？

5

一夜无事。

早上起来，童向南的心情比前一天更差。

孟行舸看在眼里，悄悄跟唐甜说："你看，我说得没错吧？他要没什么奇怪的心思，为什么只因为我在这里待一晚上，脸色就那么难看？"

唐甜没好气地道："我脸色也很难看你发现了吗？谁被人那么死皮赖脸打破平常的生活节奏也高兴不起来啊。"

如果只有童向南还好，至少他安静。结果孟行舸一来，搞得像个修罗场一样，她一晚上都没睡好。

唐甜叹了口气道："人家就是警察来执行个任务，现在又不知道跟踪我的人到底是谁，会不会再来，人家要不眨眼地保护我就不容易了，你还来凑热闹，这么个大男人求人保护，也亏你说得出口。"

孟行舸其实也没有真想让童向南保护他，只是找个留下来的借口而已。被唐甜这么直接地戳破，他面子也略有点挂不住，反驳道："谁真想要保护了，还不是不放心你。警方办事效率怎么这么差，这要是一直抓不到人，难道就一直让他跟你住在一起？"

他跟唐甜是男女朋友时都没有这种待遇好吗？

对这个问题，唐甜也挺为难的。

让童向南一直住下去，当然也不是办法，可是叫他走……又不太敢。万一昨天那人真的再来呢？

童向南昨天晚上说得也没错，连孟行舸都不是对手，更何况是她。

唐甜叹了口气，道："警方会有自己的判断和安排吧。"

孟行舸不太满意这个答案，但一时间也没有别的办法。

他也叹了口气，小声道："那我也搬过来吧。"

唐甜才想反对，孟行舸瞥了童向南一眼，补充："他住多久，我就住多久。"

唐甜：……

这算个什么事啊？

说到底，也是她自己倒霉，怎么就卷进这么件案子里了呢？

唐甜从没有像这一刻这样，祈盼着警察叔叔们能大展神威，早点把坏人抓到。

不然她这日子真是没法过了。

童向南心情不好其实并不是因为孟行舸要搬过来。

只要他们在一起不分开行动，保护一个还是两个其实并没有差别。

他是因为……唐甜不知是白天时真的被吓到，还是家里突然住进两个男人打破了生活规律，昨天并没有上游戏。所以，他依然被那只不知什么鸟坐在屁股底下！整个晚上！

心情怎么可能好得起来？！

如果不是怕暴露身份，他简直都想直接抓着唐甜让她回游戏去把自己捞出来了。

至于孟行舸，他真没当回事。

即使是在游戏里见过，又是唐甜的前男友，跟他自己，却是一点也搭不上边，也干涉不到他的生活，不过就是偶然路过一个城市碰上一个案子里的路人甲而已。

反而是来接班的郑天明更在意一些。

知道童向南昨天是直接在唐甜家里过的夜，又知道孟行舸跟着赶来在沙发上睡了一晚上，他嘴张了半天都没合上。

毕竟他们整组人都在猜，童警官和唐小姐到底能不能有点事儿。

结果这发展……怎么有点看不懂了呢？

不能怪他们八卦啊，主要是童向南这种一直只在内部通报上见到的传奇人物，突然出现在他们身边，还发生这种种巧合……大家多少也得有点好奇心吧。

童向南没理会他那一脸呆相，只问他案子进展。

唐甜一个单身女子，他在这里住久了总归不方便。

“唐小姐给的画像，我们拿去找周志诚的邻居确认过了，就是之前他说来找过周志诚的‘同事’。”郑天明道，“但是这个人应该没前科，至少我们系统里没有，具体身份还在核实。另外，之前不是派了人去确认杜宏死之前几天的行踪吗，有两段监控里也拍到过他。”

“他不单去找过周志诚，还去找过杜宏？”

郑天明点点头，道：“这样一来，事情就总算串起来了。画像我们已经发下去了，车站机场高速都注意着，他肯定跑不掉，抓到他只是时间问题。”

他挺乐观的，好像破案的曙光就在眼前。唐甜给他端了杯水过来，他还顺口道谢：“说起来还真是多亏了唐小姐。你那手画功简直绝了。”

“能帮上忙就好，案子早点破了我也早点安心。”

她这么一说，郑天明就有点讪讪的。

他对唐甜的疑心没有李耀那么重，想想这么个年轻小姑娘，碰上这种事，一直挺合作的还给他们提供线索，结果搞得被人跟踪，要派人二十四小时保护，他作为一个警察，真是够羞愧的。

童向南问：“周志诚有新的消息吗？”

郑天明本来就有点愧疚，再一听这个，连声音都低了下去，小声回答：“还没有。我们连附近的不明尸源都去确认过了，没有吻合的。”

童向南的手指轻轻敲击着沙发扶手，道：“这有点奇怪啊。”

郑天明刷地坐正了身子，问：“童警官您发现了什么？”

“如果周志诚的失踪和杜宏的事是同一个人做的，为什么杜宏就直接扔在那里了？他有本事让周志诚消失得这么干净，再多一个应该也不难吧？”

郑天明翻了翻自己的小本子：“接到报警电话是1：03，警察赶到现场，是1：20。当时杜宏已经死了，烂尾楼里并没有其他人在。”他自己一拍手，接着分析：“就是说，报警的人可能看到了行凶现场，然后警察惊动了凶手，才让他没来得及处理杜宏的尸体。”郑天明站了起来：“我们的人跟凶手就是前后脚？我得回去再问问最先到现场的同事。”

他走出两步，突然又想起他是来跟童向南换班的，不由得为难地看了他一眼。

童向南摆摆手，道：“你忙你的去，我这边没有问题。”

昨天晚上并没有出事，他也不是睡在车里，甚至因为梦里也只能继续睡，休息得不错，精神好得很。

郑天明便匆匆走了。

唐甜看了看他都没顾得上喝的那杯水，感叹道：“你们警察也是不容易。”

只在现场走一圈，闭上眼想一想，啪地就能指出凶手，那是拍电视呢。

现实中还不都是不停假设、求证、反推，不停勘查、走访、审讯，整日整夜看监控？

都是些辛苦活。

童向南低低应了一声，顿了一下，又补充：“哪一行都不容易。”

可不是吗？唐甜想，她在这同情警察们，自己的工作还没着落呢。

她还是去画画吧，工作要是实在不好找，现在在画的这个漫画能卖钱也好啊。

第九章

我的宠物斗恶龙

见到唐甜，黑龙简直连眼睛都要冒火，张嘴就是一团火焰喷出来。

唐甜惊叫着，就地一滚，堪堪避开。但自己也被几条树根绊住，下一次攻击绝对不可能再躲得过。

“用我砸它，引开它的注意力，你趁机下水。”童向南大叫。

1

唐甜再上游戏时，当然还在海盗船的那个舱房里。

适应完环境之后，就发现，她的宠物蛋不见了！

“啊，我的蛋！”她惊叫着跳起来，跟着就在房间里一顿翻找。

没找到。

她急急忙忙地打开系统面板，确定宠物蛋还活着，这才松了口气。还好还好，万一要是被人拿去煮了，她得哭死。

宠物系统有一个召唤技能，但她现在跟宠物蛋的亲密度太低，还不能使用。只能自己按系统指的一个粗略方向去找。

唐甜才出了舱房，就碰上一个海盗。

那个顶着爆炸头的大叔惊得把手里抱着的一个木桶都掉了，扯着嗓子就叫起来。

他叫的什么，唐甜自然是听不懂的，但她还在船上，船还在海上，自己是无论如何也跑不掉的，就索性停下了，等着看他要怎么样，反正照之前的发展，至少不会杀她。

爆炸头见唐甜停下不动，倒也没有什么粗鲁的动作，知道她听不懂他们的话，只比画了一下，让她跟自己走。

唐甜就跟着去了。

爆炸头带她到了船长的房间。

船长就是之前那个穿皮马甲的男人，早听到一路上大家大呼小叫地传讯了，唐甜才到门口，他就迎了出来。

唐甜倒没注意他是什么表情，一眼就从大开的房门看到里面她的宠物蛋了。

虽然正被一只大鹦鹉孵在身下，但是毫无疑问，那就是她家宝贝儿。

唐甜欢呼了一声就冲了过去。

鹦鹉被她吓了一跳，但显然十分有灵性，主人没开口，根本不肯挪窝，唐甜伸手过去时，反而还伸嘴来啄。

唐甜嘶的一声把手缩回来，这才转头看向门口的船长。

船长说了句什么，她听不懂，只能指指宠物蛋，再指指自己，意思是这东西是我的。

船长无奈地一拍自己的额头，向鹦鹉发出命令。

鹦鹉不情不愿地挪开了一点，把宠物蛋露出来。它孵了这么久，也有感情了呢。

唐甜二话不说把蛋抢到手里检查了一下，叫了两声“宝贝儿”。

蛋里没有回应。

她在卧室玩游戏，童向南在客厅坐着，孟行舸一直盯着他呢，怎么也不可能大白天的就“玩忽职守”开始睡觉，所以短时间内，她估计是得不到自家宠物的回应了。

唐甜也算习惯了自家宝贝时睡时醒，他应不应声也没关系，只要把蛋抱在怀里，就有一种安心。

船长拿出纸笔，开始连说带画地跟唐甜交流。

也亏得他画得不错，唐甜也天赋过人，两人比比画画的小半天，总算是搞明白了目前是个什么状况。

这个船长要去一个地方摘一个什么果子，但那里有个怪兽，照他的画看起来，似乎是条西方魔幻小说里经常会出现的喷火巨龙。他失败了几次。然后有个巫师还是预言家什么的告诉他，那个果子只有命定之人才能摘。他在某颗星星升起时出发，向某个方向航行多少距离，就会遇到那个从异世穿越风暴而来的命定之人。

唐甜感觉就好像听了一个《一千零一夜》风格的神话故事。

但船长看着唐甜，目光灼灼，显然对她就是这个“命定之人”深信不疑。

唐甜想了想，看在船长一直对她还算礼遇，就点了点头。

虽说是凑巧，但自己好像的确挺吻合那个预言的。而且她反正都上了贼船了，不同意又能怎么样？跳海吗？反正她只是玩个游戏，死了也不过就是提前退出副本而已，就……跟去看个热闹呗。

船在海上航行，唐甜没什么事做，只能苦哈哈地用画图加比画跟海盗学外语，其实有点无聊。

但……下线的话，会更无聊。

毕竟她家里现坐着两尊大神呢。

于霏霏个小色女打趣唐甜说艳福不浅，但叫她来，她却是一万个不肯。

傻子才来。

单论视觉效果，其实真的不错。

童向南有着模特般完美的身材比例，身高腿长，肌肉匀称，更不必提那轮廓分明的五官，单那冷冽的凤眼一轮，就几乎要叫人站不稳。

孟行舸又是另一种风格的俊美，线条柔和，气质干净，微微一笑就有如春暖花开。

但童向南大概是真不喜欢说话，他跟同事只说案子，跟唐甜也聊不起来，跟孟行舸……呵呵，孟行舸一开始还想跟他套个话，两次三番都不超过三句话就能把天聊死，也就不再自讨没趣了。

童向南基本就是像他自己说的“当他不存在”，安静在待在他自己认为合适的位置，沉默而机警地注意着四周的动静，好似一头隐蔽起来伺机而动的猎豹。

而孟行舸虽然拿了本书在看，却明显也不怎么用心，不时会注意一下唐甜又注意一下童向南，尤其注意不让他们单独相处。

气氛无比古怪。

唐甜正因为受不了，才索性躲进房间玩游戏的。

现在要她下线出去？

还是继续学外语吧。

在游戏里用了一晚上功，唐甜到睡着时还觉得自己脑袋里不停会冒出那些奇怪的海盗语，第二天早上起来，精神就有点不济，迷迷糊糊地往卫生间走。

“唐小姐。”

一直到听到童向南粗哑的声音，她才突然发现卫生间有人。

童向南正站在洗漱台前。

如果刚刚没出声，只怕她就要一头撞到他身上。

唐甜忙不迭道了歉，但目光只扫了他一眼，便有点舍不得退出去。

童向南这时只穿了条牛仔裤，光着上身，修长健美的身材显露无遗，肌理分明，线条流畅，充满了野性的力量感。

他的头发还是湿的，水珠从乌黑的发梢滴落，又顺着小麦色的皮肤滑过厚实的胸膛，紧致的腹肌，顺着人鱼线消失在牛仔裤的边缘。

唐甜一时间只觉得小小的卫生间里，全都是男性荷尔蒙的味道，脑海中就好像轰地爆开了一个烟花，将她本来就不怎么清醒的理智炸了个干干净净。只站在那里，近乎贪婪地，将他从头到脚再从脚到头，看了一眼又一眼。

“唐小姐？”

童向南又叫了一声，唐甜才算勉强回过神，一张脸唰地就红得好像要滴血。

啊啊啊啊啊……她到底在干什么？

没脸见人了啊。

“啊……那个……”唐甜又窘迫又慌乱，目光游移着，试图找点借口来解释，“是因为……呃……伤痕……”

童向南身上的确有不少旧伤。刀伤枪伤，深深浅浅。他虽然黑点，肤质还不错，并没有太过狰狞的疤痕，也不太影响他身体的美感，只那么多伤，还是有点触目惊心的，要说她是因为吓到了才盯着不放，大概也勉强可以说得过去。

童向南淡淡扫了她一眼。

如果他连好奇害怕还是欣赏垂涎的目光都分辨不出来，这么多年的警察也就算是白当了。

只是……他也不知道为什么，似乎并不讨厌。

大概是因为游戏里光着也被她看过的原因吧，他忍不住有点自暴自弃地想。

想到游戏，童向南的脸色就阴沉下来。

他本以为唐甜上线就能解救他“被孵”的命运，谁知道那个海盗船长不知跟她比比画画说了些什么，她竟然主动把宠物蛋交出去，又放到了那只大鹦鹉的屁股下面。

于是他不但又被孵了一晚上，还得被迫听着她在旁边生硬别扭地学了一晚上外语。

他这才忍不住大清早起来冲个凉冷静一下。

唐甜看他黑了脸，也知道自己那理由实在糊弄不过去，只能讪讪地道了歉，就要出去。

童向南却道：“没关系，我用好了，我先出去。”

“啊，哦。好。”唐甜连忙应着声，侧了侧身子，给他让出门口。

擦身而过时，他身上的气息就更加明显了。之前那诱人的水珠已经干了，但那些漂亮的肌肉随着他的动作屈伸移动，更显得活力十足，简直性感得要命。

唐甜只觉得自己整个人都要烧起来，甚至鬼使神差地伸出了手，差一点要摸上去才又堪堪被另一只手按住。

也不敢再看他，转身扑到洗脸台开了水龙头泼了自己一脸冷水。

孟行舸就站在卫生间外面，没好气地盯着出来的童向南，从牙缝里挤出几个字：“卑鄙无耻。”

童向南有点不明所以。

孟行舸见他装傻就更气了，这人明明是个警察，怎么能这么不要脸？但“色诱”这种词，也实在不好在这里说出来，他到底也只是哼了一声，没再说话。

让这个不要脸的家伙继续在这里住下去真是太危险了，还是得早点把那个跟踪唐甜的歹徒找出来才好。

孟行舸不由得开始想，他能做点什么。

2

“什么？你竟然看了童警官的裸体？”

于霏霏的情绪简直要化作爆炸对话框，从游戏聊天频道跳出来。

她不想到唐甜家去亲历修罗场，又怕打电话会被那两个男人听到，但又好奇得很，就只能在游戏里问唐甜了，没想到一问就问出了这么劲爆的消息。

“半裸！”唐甜连忙强调，“只是上半身而已。”

“画下来没有？”想想那种情况肯定不好拍照，但唐甜自带人肉相机和手动输出功能啊，于霏霏当然要利用闺蜜的技能争取福利。

“没敢，等他走了再说。”唐甜说。童向南几乎寸步不离地守着她呢，她脸皮再厚也不敢当着他本人画他的裸体。

“说得也是，童警官看起来好像很阴沉的样子，是有点吓人。”

童向南：……

他本人就在这里看着好吗？

他不知道别的宠物能不能这样，反正他是完全共享“主人”的聊天界面的，从头到尾，一个标点符号都没漏。

早上唐甜看到时他真没觉得怎么样，但这时实在有点无名火起。

这种事也可以随便跟别人讲的吗？

到底把他当成什么……

但转念一想……他到底又算什么？

游戏里的宠物吗？

这一点又不能跟她说。

撇开这个，他不过是个唐甜才只见过几次，话都没说过几句，只是因为任务而不得不暂时住在一起的警察；一个随时都可能离开，再无瓜葛的陌生人而已。

唐甜这个时候跟朋友提起，大概不过就是“路上看到朵漂亮的花”或者“喜欢的偶像又出了写真”之类的心态吧。

童向南满身的火气，又压成了无尽的憋屈。

他还不如孟行舸，好歹还有个正在求复合的前男友这样的“正当身份”。

他正这么想着，又看于霏霏说：“那兰舟不气死了？”

“关他什么事？”

“你说关他什么事？他那种白斩鸡似的文弱宅男，比身材怎么可能比得过童警官？”

唐甜还真没往这方面比过。“又不是一个类型，有什么可比的。”

于霏霏说：“你不要小看男人吃醋时的幼稚，什么蠢事都做得出来。”

唐甜想想也是，孟行舸非得跟着住到她家来睡沙发，就够蠢的了。

童向南也算是明白为什么早上孟行舸会骂他无耻了，不由得扯动了一下嘴角。他如果真要追唐甜，用得着脱吗?

等等……他……好像……还真的没追过女孩子。

到底要怎么才算追?

童警官不由得在蛋壳里沉思起来。

负责瞭望的海盗大叫了一声，跟着大家就都欢呼起来。

不要说最近几天一直在突击学习的唐甜，就连时睡时醒的童向南也听懂了几个词。

他们看到这次航行的目的地了。

唐甜也总算是松了口气。

她还真以为这次副本就要在海上漂到结束呢，看起来游戏总算没有坑到底。

唐甜抱起宠物蛋跑上甲板，远处果然看到了一个岛。

海盗船长熟练地指挥大家靠岸。留下一部分人看船，其他人分乘几条小艇，登上了沙滩。

确实地踏上了地面之后，唐甜不由得长长舒了口气，她觉得她短时间内再也不想坐船了。

“从现在开始，每个人都打起精神来。”海盗船长命令，又特意叮嘱唐甜，“请你跟紧我，岛上的丛林里，处处都是危险。千万不要掉队，也不要乱碰任何东西。”

唐甜点点头，船长虽然说得严肃，但她心里其实只有隐隐的期待和兴奋。

毕竟对本土NPC来说，事关生死，但对她而言只是一个游戏。

荒岛探险耶！

这才是游戏应该有的内容嘛。

离开海岸没多久，眼前已经是一片热带丛林的景象。

茂密的树叶遮住了大部分的阳光，高大的树木上又挂满爬藤，看起来有如恐怖片场景一般阴森森的。

海盗们手持刀剑开路，船长再次提醒唐甜跟紧他，注意脚下，这里到处都是各种虫子，还有毒蛇出没。

正说话间，就见一条挂在树上伪装成枯藤的蛇被海盗们惊动，近乎弹射地飞速直扑向一个海盗。

幸亏这海盗也是眼疾手快，抬手就是一刀，将蛇砍成了两半。

唐甜还是被吓了一跳，只觉得心脏都要跳出来了。那条蛇的位置离她也很近了，而她根本没有发现，怪不得船长要再三提醒她，这里真是太危险了。

地面是常年累积的腐叶烂泥，非常难走，一不小心就会滑一跤。往前的路还要砍断藤蔓树枝现开，队伍前进得很慢，在这种原始丛林里，抬头也看不到天空，很难辨识方位。船长不时拿出一个好像指南针的东西看一看，指挥前面的人调整方向。

唐甜现在很怀疑船长说“去过几次”是不是假的，也许只是为了哄她答应而故意降低了难度。

但都走到了这里，去追究这个也没有意义了，真闹翻了她一个人也走不出去。

只能希望他能有他说的那么给力吧。

又走了一段路，到了一条小溪边，船长明显地松了口气，招呼大家休息一下，吃点东西。

食物都是从船上带下来的，面包、肉干、水。唐甜也分了一份，正吃着，宠物蛋那甜糯的声音就响起来："小心，有东西过来了。"

唐甜对自家宠物的危险预警向来是信服的，刷地就站起来，四下警戒着，一面通知了船长。

船长有点莫名其妙，但很快就变了脸色。

大家都听到了。

嗡嗡的声音，飞快地由远而近。

眼力好的海盗已经大叫起来。

那个词唐甜没听懂，但她也已经看到了。

一群不知道什么蜂，黑褐色的，个头堪比麻雀，足有数千只，黑压压遮天蔽日，飞行时的声音简直就是轰炸机，震得人耳膜发痛。

海盗们最初也被吓呆了，但很快就反应过来，惊叫着四散奔逃。也有就近下水的。但溪水太浅，根本藏不了人，反而直接被巨蜂围住了，跟着就只听到一阵撕心裂肺的惨叫。

海盗船长一开始还记得拉着唐甜一起跑，但巨蜂追上来，他免不了挥动武器驱赶，一松手，就再也没有拉到一起的机会，各自躲避着巨蜂，越跑越远。

唐甜在看到巨蜂的第一时间就从包里抽出备用的外套包住了自己的头脸，但照这巨蜂的大小，估计也是没什么用，只求个心理安慰罢了。

好在海盗们分散了蜂群，唐甜这边又有个对危险感知特别灵敏的宠物，她顺着童向南的指示，七绕八拐地跑了一阵，身边的巨蜂就越来越少了。

她又挥舞着匕首砍死了几只，才总算脱离了危险，但这时她自己也快到极限了，靠着一棵大树重重喘息，只觉得自己喉咙里全是铁锈味，胸口就好像有一把火在烧，只怕多一秒都撑不下去了。

事实上，她能跑到这里，都算是童向南之前的特训有了成效。

确定没有巨蜂再追来，唐甜才松了口气，开始处理自己的伤。

她还是被蜇了好几下，这时被蜇的地方已经红肿一片，又痛又痒。这其实都还好，她刷几个治愈术就能搞定，最麻烦的是巨蜂的毒刺还扎在她的肉里，她得先拔出来才行。这得自己动手，治愈术拔不了。

唐甜脱了外衣，龇牙咧嘴地把手臂和腿上的几根拔了，但背上有两根，却怎么也够不到。

“我来帮你吧。”童向南说，“你注意把蛋壳的缺口对着大致的位置就好。”

“好。”

唐甜一面应着声，一面就撩起了自己的运动背心。

从童向南的角度，正好可以看到背心下面露出来的纤细腰肢白嫩肌肤……他下意识就转了个身，叫道：“你这是做什么？把衣服穿好。”

“但……不脱……背上的刺怎么好拔？”唐甜不解地眨了眨眼，“你能隔着衣服弄出来？”

他……不能。

童向南闭了嘴。

唐甜也意识到，自家宠物大概……就是害羞了。她不由得觉得好笑，又在想，游戏里连宠物都设置得这么有性格，也真是算是下了细功夫了。

“又没有外人，你是我家宝贝儿嘛，让你看看又有什么关系？”

唐甜这么说着，调整了一下蛋壳的方向，反手托着靠近自己的背。

他这是……被调戏了吧？

童向南表情复杂，但还是先伸手帮她把巨蜂的毒刺拔了。

然后看着那片虽然局部还带着红肿，却丝毫不影响美丽的雪腻肌肤，皱起了眉，早说过女孩子要更谨慎一些啊。这也幸亏是他，碰上别人可怎么办？

但唐甜大概也没把他当别人，无非就是游戏里的宠物而已。

这种念头让童向南越发郁闷起来，闷闷地想，算了，看了就看了吧，反正只是游戏，又不是真的。

就算是真的……也……就当扯平吧。

3

唐甜给自己刷了两个治愈术，吃了点东西，休息一会，状态也就恢复得差不多了。

但更大的问题是她跟那些海盗完全失散了，她现在也不知该怎么走。

“大海漂流接荒野求生，这次副本也真是够刺激的。”唐甜说着，一面打开自己的背包，看还有些什么能用。

一瓶水，两包压缩饼干，一个急救包，一个手电，一个打火机，一把匕首，一个指南针……指南针这时正在不停乱转，看起来是不能用了。

“如果能回到之前的小溪就好办了。”童向南说，顺着溪流好歹能从这原始丛林出去。这里未知的危险实在太多，真不是什么适合游玩的地方。

唐甜点点头，之前那个海盗船长，看到溪流时松了口气的表情，也代表他本来应该也是想沿着溪流走的。但……“你记得怎么回去吗？”她问。

她刚刚可是包着头脸一顿乱跑，还能记路才怪。

童向南也沉默了一下，他还在蛋壳里呢，只有那么一个小缺口可以看到外面，就更不用说什么认路了，之前也完全是出于对危险的潜意识判断在指挥唐甜跑，现在想原路返回……那是做梦。

“那这样，你先找一棵大树，爬上去看看。”童向南说。

爬到高处，开阔视野，确定方位，也算是荒野求生的基本常识了。

附近就有不少大树，唐甜找了一棵就往上爬。大树枝干间缠绕着粗大的藤蔓，倒是不难爬，只是树干和藤蔓上都长了不少苔藓，又湿又滑，需要格外小心。

唐甜爬到树梢，拨开前面的树叶，顿时就不由得感叹出声：“好漂亮！”

入目是一片树海，跟在下面的阴暗湿热不同，蓝天白云下，广袤无垠的绿色森林，徐徐清风拂面，不时还能看到一掠而过的鸟影，令人心旷神怡，就连刚刚一路攀爬的辛苦都一扫而空。

就连童向南也不得不承认，这的确是人间难得一见的美景。

“看那里。”唐甜说着，把宠物蛋转了个方向。

童向南看到一棵参天大树，即便是他们站在树梢，那棵大树也有如鹤立鸡群般高高突出了这片树海，周围云雾缭绕，有如仙境。

“那一定就是海盗们说的地方，我们去看看？”唐甜问。

童向南并不反对。

游戏么，这种有明显提示的地方，肯定会有特殊剧情的，说不定就能找到珍稀宝物。既然碰上了，当然不能错过。

唐甜认准了方向，就开始往下滑。

下树比上树还要困难。

但唐甜这时心情好，又有了目标，正是干劲十足的时候。她抓着树上垂下的藤蔓，使劲揪了揪，确定足够牢固之后，甚至起了玩心。

“我想做一件……可能有点傻，也可能会很危险的事情。”她把宠物蛋小心地放回背包里，“我也知道大概是作死……但机会难得，错过这一次，以后再碰上这种原始丛林副本，也不知要什么时候了。所以，我决定要试一试。”

童向南有点不明所以，疑惑地问：“你要干吗？”

唐甜抓牢手里的树藤，沿着脚下的粗壮树枝助跑了几步，一跃而下！

童向南：……

你果然是在作死！

就这种“战五渣”的身体素质，还想玩人猿泰山？

唐甜自己却开心得很，果真学着人猿泰山“喔啊啊啊”地叫起来，惊起一群飞鸟。

重力加速度的作用下，她在树林间荡得飞快，耳边全是呼呼风声，嘴里不停发出怪叫，既兴奋又刺激。

然而，乐极生悲。

树藤荡到最高处，就开始回落，而她根本没有能力去抓到另一根，直接就被甩了出去。

兴奋的怪叫骤然就变成了凄厉的惨叫。

童向南有点哭笑不得，只能提醒：“把身体弓起来，尽量护住头。”

唐甜尽量把自己团成一个球，幸而这树林里枝叶茂密，有效地减缓阻拦了她的速度，最终从几米高的巨大叶子上滚落地面，并没有当场摔死，但受伤却是免不了的。

唐甜躺在地上，半晌没能动弹，只有胸口还在剧烈起伏。

“喂，你没事吧？”童向南问。

“嗯。”唐甜这才应了一声，抬抬手指给自己放了一个治愈术，然后竟然大笑起来，充满了冒险后的享受和快慰，“真是太爽了！”

童向南：……

你就作吧。

这也就是在游戏里，要是现实，早已经死得血肉模糊了。

不过转念一想，她大概也就是在游戏里，才能想做这种现实里根本不可能做到的事吧。

毕竟……他想着唐甜原本的样子，那么娇小柔弱，胆子小得不像话，没想到骨子里倒也有这样的冒险因子呢。

从树梢上看的时候，那棵参天大树似乎并不远，但实际走起来，却完全不是那么回事。尤其是雨林气候，闷热潮湿，让人十分不舒服。因为对这里的植物昆虫也不了解，唐甜只能继续把自己包得严严实实，没走多久，就已经闷出一身大汗，那瓶水也已经喝掉了一大半。

好在她家宠物蛋表现出了丰富的野外生存经验，指点她在丛林里行动，避开危险，寻找食物，甚至又让她走到了溪流边。只是跟之前是不是同一条就不知道了。

唐甜欢呼了一声，就先跑去洗了个脸。

“等下。”童向南叫道，“这种不明环境，也不是所有的水都能喝的。”

唐甜停下来。

“水流较快水质清澈的活水是最好的，但这样的地方，也要注意一下周围，有没有动物的尸体，水里有没有活着的生物……”童向南又说了几句，见唐甜还是停在那不动，不由得紧张起来，他在蛋壳里面，视野还是有限。“怎么了？”他问。

唐甜摇摇头，道：“没什么，只是有点奇怪。”

“奇怪什么？”

“你怎么会知道这么多呢？”

废话，当他那几年特种兵是白当的吗？

但他还没来得及解释，唐甜已经把宠物蛋托到了眼前，凑在蛋壳的缺口往里看了看，道：“明明只是一个都没完全孵化的蛋……”

童向南：……

好吧，他就不该多嘴。

“运动教练，野外生存，能预判危险，还会害羞……系统给的宠物而已，智能能高到这个程度吗？”唐甜像是在跟他说话，又像只是在自言自语，“我有时候甚至会觉得，宝贝儿你真的好像就是一个真实的人呢。”

他就是！

但这个时候，却是万万不能说的。

要怎么说？

唐甜拿着这个蛋，简直各种羞耻PLAY都玩过了，现在跟她说里面真的就是一个活生生的大男人？

她能当场把他扔出十米远吧。

但是……

他那一向灵验的第六感，这时又隐隐提醒他，如果一直瞒下去，说不定会有更严重的后果。

能有什么后果？童向南想，他左右只不过是个过路的陌生人，等案子结了，他就该走了。然后游戏归游戏，生活归生活，再无交集。

不知为什么，这想法冒出来的时候，童向南就觉得胸口有点闷。

只是在这个蛋里憋得太久了吧。他想。

唐甜并没有纠结这个问题多久，童向南不再说话，她也就放弃了追究。

她其实也没多想。

毕竟《第五维度》这个游戏的卖点之一就是“真实”嘛。

她每次遇上的本土NPC还不也是从言行举止到性格思维全方位都完全跟真人没有区别？

人型宠物也能做到这一点，似乎也没什么好稀奇的。

她最多也就是觉得作为一个还没有孵出来的蛋，自家宝贝儿的技能好像比自己点得还多，让她有点意外而已。

这其实也没什么不好。

再厉害的宠物，还不是她的宠物？

所以唐甜只是又开开心心地在宠物蛋上亲了一口，然后洗了个脸，又喝了水，灌满水瓶，继续沿着小溪往前走。

4

“哇！”

唐甜仰起头，睁大了眼，情不自禁地感慨。

之前在树梢上远眺的时候，就能感觉到这棵树的高大雄伟，但却依然远远比不上到了眼前的震撼。

唐甜面前是一片浩渺湖水，那棵巨树就长在湖心岛上——不，应该说，它就是湖心岛。树干的直径都宽达数十米，更不用说虬结蔓延的根系，繁茂的枝叶更是几乎笼罩了整片空间，遮天蔽日。但却一点都不暗，大树的周围萦绕着无数光点，有如璀璨星辰，将整个湖面映照得熠熠生辉，美如梦幻。

这一刻，唐甜只觉得自己的词汇是那样贫乏，心头万千思绪各种感想，最终说出口的，只有这一声“哇”。

“就是这里了。”海盗船长说。

他是半路上跟唐甜会合的，也不知道是特意去找了她，还是因为大家目标一样才碰上了。他那边损失还挺大的，之前那么多海盗，现在还跟在他身边的，只剩十来个了。

“我们要去大树那边吗？”唐甜看着面前深不见底的大湖，“怎么过去？”

“这就要小姐你帮忙啦。”

“要怎么做？”

船长示意她伸出手。

唐甜照做。

船长抽出刀来，抓着她的手就划了一刀，唐甜痛得反射性一缩，手腕却被船长抓牢，根本动不了。

他把她的手伸向湖面，任由鲜红的血液滴入湖水里，同时还开始念一段古怪的咒语。

不多时，就见平静的湖面开始波浪翻涌，好像有什么东西正要从湖水深处出来。

船长一脸激动，连眼睛都在发光。

唐甜的心却微微一沉。

她想她大概上当了。

船长带她过来，只怕根本不是像他说的那么轻描淡写。

更大的可能，是要把她当作祭品。

但现在她被船长抓牢，后面又有其他的海盗围着，想跑大概是不可能的。

怎么办？

她正焦急的时候，湖里的东西已经露出了真容。

那是一条巨大的怪蛇，大半的身体还在水下，不知有多长，单只那青灰色的脑袋就有一米来宽，暗红色的蛇信自两排错乱的弯钩獠牙间不停伸缩，一双森冷的黄色眼睛看着湖边众人。

船长向着怪蛇微微弯了一下腰，又说了一通唐甜根本听不懂的话。

怪蛇的眼睛就移动了一下，正对着唐甜。

爬行类特有的冰冷眼神让唐甜忍不住打了个寒战。

怪蛇却似乎很满意地点了点头，将身子横过来，靠近了湖边。

船长抓着唐甜，骑到了怪蛇身上，其他的海盗也依次往怪蛇身上爬。

但怪蛇只带了五个人，第六个爬上它身体的人，就被不知从哪里伸出来的蛇尾直接抽飞了。

然后它便向湖中的大树游去。

身后是拿着刀的海盗船长，身下是冰冷坚硬的蛇鳞，唐甜几乎连动都不敢动。

她原本以为，怪蛇就是船长说的那个守护怪兽，但既然没有吃她，反而做了他们的交通工具，想来并不是。

但这怪蛇已经够可怕了，比它还要再高一级，得是什么样的怪物？

难不成真的是龙？

这么一想，她在恐惧之中，又有了几分期待。

唐甜很想得开的，毕竟只是游戏嘛，有机会能逃当然最好，如果实在逃不掉，死就死了，以前也不是没死过，反而是她玩这游戏这么久，还真是从来没见过“龙”这种东西呢。

即便是她之前学到治愈术的那个奇幻类副本，“龙”也是传说中的生物，从来没有人见过。

今天真的能见到一条活的吗？

离得越近，越能感受到那棵大树的巨大，即便是这条能轻松载起这么多人的怪蛇，也显得无比渺小。

怪蛇对这棵大树似乎也十分敬畏，将几人送到最近的树根处，便一刻也不多留，潜入湖水，消失不见。

船长依然一手抓着唐甜，一手拿着刀，推着她往前走。

“我自己会走。”唐甜挣扎了一下，狠狠瞪了他一眼，“你这个卑鄙无耻的骗子！”

她这门外语其实也只学到普通程度，只能一个词一个词往外蹦，并不足以支持她骂人，所以她是用母语骂的。

船长听不懂，但也无所谓，反正都走到这里了，他随意地耸了耸肩，依然带着那种“友好”的笑容，道：“很抱歉，唐小姐，但我不得不这样做。我必须得到那枚果实。”

唐甜闭了嘴，没再废话。

海盗们押着她，走到树干前，又将她身上的东西，主要是武器，全都没收了。

唐甜试图抱紧她的宠物蛋，却被海盗狠狠打了几下，把蛋抢走。

唐甜又痛又急，大叫起来，船长却根本不理，让另一个海盗牢牢地抓紧了她，自己则站到树前，一面念着咒语，一面又在唐甜手腕上划了一刀，这次的伤口更深，唐甜顿时血流如注。

他用唐甜的血，在树上画了一个魔法阵似的图案。

随着他念的声音，图案发出淡淡的荧光，面前本来纠缠在一起的根茎竟然慢慢分开，露出一个能容一个人进出的树洞来。

船长偏了偏头，抓着唐甜的海盗就用力将她往树洞里一推。

唐甜被推得根本站不稳，几乎是直接摔进去的，滚了几滚才总算爬起来。还没站稳，就听到外面有个海盗惨叫了一声，又有一个圆形的东西从正在闭合的树洞口飞进来，直接砸到了她身上。唐甜被撞得又坐回了地上，痛呼了一声。

“你没事吧？”童向南软萌的声音传来。

唐甜这才知道是她家宠物蛋跟进来了。但树洞里一片黑暗，她根本看不见任何东西。

“宝贝儿？”她试探地叫了声，“你在哪？”

“这里。”童向南回应。

唐甜伸手摸过去，果然有个圆圆的东西，她正要抱起来，却觉得大小有点不对，仔细一摸，才发现根本不是什么蛋，而是一个骷髅头。

“啊——”唐甜吓得尖叫起来，手里的东西也扔了出去。

“怎么了？”童向南急切地问。

唐甜惊魂不定地喘息着，根本顾不上回答。

“唐甜？你到底怎么了？”这么黑，童向南也看不见，情急之下，不由得再次大声追问。

唐甜这时却缓过劲来了，眨了眨眼问：“你叫我什么？”

童向南：……

糟糕。

他简直想抽自己一个耳光，怎么就直接叫出了她的名字？

他一个游戏里的宠物，怎么能知道她真正的名字？

唐甜显然也非常在意这一点，正在追问：“你怎么会知道我叫什么？”

“兰舟醉解叫你‘唐唐’，雨雪霏霏叫你‘甜甜’，所以，我猜你的名字里应该有这两个字。”童向南也觉得自己这个解释有点牵强，但这已经是他唯一能找到的理由了，总不可能直接说他就是正住在她家里的那个警察。

唐甜想了想，竟然也接受了。她家宝贝儿能听到她说话，当然也能听到兰舟和霏霏跟她说的话，于是表扬道："猜得没错，宝贝儿你真棒！"

童向南：……呵呵。

唐甜给自己用了个治愈术，又借着治愈术那淡淡的微光找到了宠物蛋。

它的确就在刚刚她摸到的那个骷髅头旁边。

而除了被她扔出去的那个，地上还散落着不少其他的骨头，粗略数数，至少也应该有十来个人的数量。

"这到底是什么地方？"唐甜不由咋舌，"这些人……到底怎么回事？"

没有人能回答她。

童向南只比她更莫名其妙。

她现在精神力不足，治愈术也不可能真的用来照明，周围很快就又黑了下去。

唐甜叹了口气："现在怎么办？"

"必须要离开这里。"童向南说。不论是海盗们推唐甜进来的仪式，还是这里的人骨，都证明这里不是什么好地方，不能久留。

"但是要怎么离开？"

这一片黑暗，进来的树洞又关上了。

"这里的空气是流动的，应该不是完全封闭的空间。"童向南从蛋壳里伸出一只手，试了试风向，"往你的右手边走。"

唐甜应了声，抱着宠物蛋，顺着他指的方向摸黑前行。

5

唐甜的胆子也许不是很大，也没有那种泰山崩于前而色不改的冷静，现实里看到人打架就脸色发白，被人跟踪更是吓得连路都不会走，游戏里骤然到了奇怪的环境看到奇怪的东西也会尖叫，但不论是游戏还是现实，她似乎都有一种在认清环境和处境之后，就能迅速适应下来的特质，就是怕归怕，惊归惊，完了还是能该干吗干吗。

童向南觉得这就很不错了。

唐甜磕磕绊绊走走停停，也不知过了多久，周围出现了一些好像苔藓一样的东西，幽幽地发着淡绿色的荧光。不算很亮，但总算让她能看清自己所处的环境。

她毫无疑问还是在那棵大树里面，不论是“墙”还是“地板”都是坚硬的木质，但这时在走的地方，却像是特意开辟出来的通道，只是不知已经有多久没人用过了，才长满那种苔藓。

通道蜿蜒向上。

“不知会通向哪里。”唐甜举着宠物蛋晃了一圈，让童向南也能看到环境。

“继续向前走。”童向南说。

他有种奇怪的预感，这通道的前方，危险与机遇并存。他不知道哪一个更大。但是，不管怎么说，他们也不可能回头，只能走下去了。

前面出现跟荧光不一样的柔和光线时，唐甜不由得为之一振，连已经酸胀不已的双腿，都似乎轻了几分。

但那并不是出口，只是一个房间，或者说，一个空间稍大一点的树洞。

里面似乎是空的，发光的是洞顶中央的东西，唐甜一开始以为是个灯泡，后来又觉得是个果实，走近了细看，才发现是从树芯流出来的汁液，最外一层已经凝固成半透明的薄膜，里面却依然是清澈的液体，有淡淡的光芒在其中流动，越发显得晶莹剔透。

“好漂亮。”唐甜喃喃道，“看起来好好吃的样子。”

童向南：……

你知道这是个什么东西吗？就想吃？

但就连在蛋壳里面的他，也不得不承认，那东西的确有一种非同寻常的诱惑力。

那些淡黄色的汁液中，似乎蕴含着一种浓郁的自然能量和生命气息。学习了治愈术的唐甜感受更加清晰，只觉得每一个细胞都在跟那汁液里的能量共鸣。

她果断地伸手把那一包树汁摘了下来。

一离开树芯，那层薄膜就好像被断开了给养，迅速开始萎缩破裂，树汁从破口涌出。

唐甜来不及多想，直接就凑上去猛喝了几大口，剩下的直接用破了个缺口的宠物蛋接住了，甚至连萎缩成一团的薄膜也直接给塞进了蛋壳里。

“好东西，别浪费了。”

童向南：……

虽然理是这个理，但你这也太简单粗暴了吧。

他觉得这东西本来不应该是这么吃的，最大的可能是还没有真正“成熟”，就被唐甜摘下来了。

不过摘都摘了，他也只能跟着把她弄进蛋壳里的那些树汁都吃了。

味道还挺好。甘甜不腻。喝下去之后，只觉得浑身都暖洋洋的，充满了力量。

然而，还没等他们仔细品味，就听到一声震天动地的怒吼。

唐甜吓得一哆嗦，差点没一屁股坐地上，惊恐地问："什……什么东西？"

不管是什么，听起来都不太好惹。这个树洞只有一个入口，万一被堵上就死路一条。童向南也来不及多想，直接催促："赶紧跑。先离开这里再说。"

这种时候，他就开始无比怨念自己变得这么小，在蛋里出不来，只能靠唐甜，她那种速度，真是……不提也罢。

唐甜带着自家宠物的鄙视，吭哧吭哧沿着通道一通跑，好不容易看到个出口，赶紧钻出去，发现自己已经到了那棵大树上面，一根离地面少说也有几十米高的树枝上。

紧跟着又听到一声咆哮，唐甜一抬眼，就看到了一头龙！

一头巨大的黑龙，全身覆盖着坚硬的鳞片，头顶两只螺旋状的尖角，爪子尖锐有如利刃，这时正拍打着长达十几米的肉翼，绕着巨树盘旋，还不时发出怒吼，喷出炽热的火焰。

唐甜睁大了双眼。

果然是龙！

"快跑！"童向南再次提醒。现在可不是发呆和震撼的时候。

唐甜这才回过神，把宠物蛋往衣服里一塞，自己手脚并用，沿着树干往下爬。

好在树皮的裂纹对她而言，已经大到足够让她攀爬。唐甜又喝了那些树汁，现在体力比之前好了很多，爬得挺快，不多时就下到了树根处。

童向南在她衣服里，感觉她又停下来，不由得问："又怎么了？"

唐甜把宠物蛋拿出来，童向南看到了两具烧焦的尸体，从烧得残破不堪的衣服配饰来看，应该是跟唐甜一起过来的海盗。

估计他们用唐甜作为祭品想交换什么，谁也没想到唐甜会治愈术，失血那么多，自己竟然还能动，跑进树里把那包树汁给喝了。那头黑龙生气，这些海盗就被迁怒了。

他们不过在那里稍作停留，那头黑龙就飞了回来。

见到唐甜，黑龙简直连眼睛都要冒火，张嘴就是一团火焰喷出来。

唐甜惊叫着，就地一滚，堪堪避开。但自己也被几条树根绊住，下一次攻击绝对不可能再躲得过。

“用我砸它，引开它的注意力，你趁机下水。”童向南大叫。

唐甜有点犹豫。

眼看着黑龙张大的嘴里又冒出浓烟和火星，童向南自己跳了起来，一面从唐甜身边滚开，一面拿着之前唐甜塞到蛋壳里的那张包裹树汁的薄膜，伸长手臂挥舞，用尽全力地大喊：“看这里，大虫子，你要的东西在这里！”

黑龙的注意力果然被吸引过去，下一口龙焱，完全冲着宠物蛋喷过去。

“不！”

唐甜也不知哪来的力气，尖叫着冲过去，一把抓住已经完全被烧成黑色的宠物蛋，然后顺势滚进了湖里。

之前凭唐甜怎么砸怎么砍都没能损坏丝毫的宠物蛋，先是被黑龙的龙焱喷了个正着，紧跟着又被带进了冰凉的湖水，冷热一激，咔嚓几声，完全碎了。

唐甜一直心心念念想早点把她家宝贝儿孵出来，但真没想到第一次见面会是这样的情况。

童向南终于从蛋壳里出来了，却已经软绵绵毫无知觉，脸色苍白，双眼紧闭，小小的身体随着湖水漂动。

唐甜在水下不能出声，但眼泪却一颗接一颗地滚出来。

她不停往童向南身上放治愈术。

怎么就这么傻？

她死就死了，顶多就是副本评分差一点，有什么关系？

但如果她家宝贝儿死了……虽然宠物能够花钱复活，但宝贝儿这么特别，游戏宠物复活其实就是数据恢复，她真不知道复活之后，还会不会是他。

在她一无所有重新开始的时候，一直都是宝贝儿陪着她，如果他真的死了，她……简直不能想象没有他会怎么样。

就在她刷治愈术刷到自己都要虚脱的时候，童向南终于睁开了眼。

隔着湖水，唐甜和她家宝贝儿第一次有了目光的接触。

她的眼泪依然止不住。

但这一次，却是喜极而泣。

她家宝贝儿还活着。

太好了。

第十章

我的宠物扮男友

“所以，我也知道有点幼稚，有点唐突……”唐甜抬头看着童向南，“等下见面的时候，能不能请童警官假装是我男朋友？案子结束你就回去了，我也绝对不会乱说的，没有人会知道这事，应该不会影响童警官……”

1

“那么，从蛋里出来的感觉怎么样？”

江映楼在电话那端问。

童向南有点不知道要怎么描述。

刚刚出来的时候，他其实是完全昏迷的。要不是之前喝的那些树汁对他的体质也有增强作用，蛋壳又挡了一下，只怕也要像那些海盗一样，直接被龙焱烧成焦炭，根本就挨不到唐甜给他刷治愈术。

跟着也没时间感慨。

湖水里也并不安全，之前那条怪蛇可不是吃素的。

又是一场争分夺秒的生死逃亡。

好在他们运气不错，差点要被怪蛇追上时，副本时间结束了。

从副本里出来，童向南就直接被围观了。

那小小的人儿，总共不过十几厘米高，白白嫩嫩，长得又可爱，大大的眼睛小小的嘴，粉嘟嘟的小脸蛋像个小包子似的，实在萌得让人心都化了。

无数女玩家围着他尖叫拍照，甚至直接砸出重金要买，被拒绝之后，又有人砸钱只想摸他一下。

童向南脸色都变了。

好在唐甜没有见钱眼开，护着他杀出了重围。

他哪还有什么心情去“感觉”？

江映楼推了推眼镜，特别温文尔雅地道：“就这个，我大概能笑一年。”

童向南面无表情，道：“你作为心理医生的职业操守呢？”

江映楼眨了眨眼，道：“我记得好像很久以前，有个人说‘屁用没有’，就把我炒了。”

童向南记得这事。

就在江映楼建议他换个环境之后没多久，他的确说过不会再接受他的“治疗”了。

但江映楼给他打电话，他倒也没多想，还是像之前一样有什么说什么。

他这么一说，童向南就有些羞恼，咬了牙问：“那你现在在做什么？”

江映楼一本正经道：“只是普通的作为朋友的关心和作为读者的求剧透而已。”

童向南：……

朋友能不能也炒掉？

江映楼轻咳了一声，真的正经起来，道：“现在，这样的‘梦’，还会让你觉得不安和紧张吗？”

童向南的确已经很久没有之前那种不安到只觉得有个随时会爆的炸弹的感觉了。

他想了想，还是道：“但……有时候，总觉得在梦里会不太冷静，不如现实中那么能自如地控制情绪。”

“比如呢？”

比如他昨天甚至叫出了唐甜的名字。

明明早就决定不能暴露身份，那就不应该有那种疏忽的。

江映楼却又笑起来，并不像之前那种取笑，温和平静，他轻轻道：“那是因为……你喜欢她啊。”

童向南一怔，只觉得比他上次说灵魂出窍还要更荒谬，大声道：“不要拿这种事来开玩笑。我才认识她多久？”

“喜欢这种事，跟认识多久又有什么关系？有人认识了一辈子，也未必会互相喜欢。”

童向南沉默下来。

江映楼向他比了个加油的手势，道：“假期要延长吗？我可以帮你开假条。”

童向南挂掉了电话。

唐甜坐在沙发上画画。

童向南倚在窗前抽烟。

没有人说话，但画面看起来安逸而和谐，就好像他们早已习惯了这样相处。

孟行舸甚至突然觉得自己在这个场景里，显得有点多余。

他想大半是因为童向南的姿态。

他叼着烟的样子看起来有点心烦，但整个姿态却是放松的，比前两天随时随刻的紧绷要自然得多。

他正在适应这个环境。

这个环境是什么？这是唐甜的家！孟行舸愤愤地想，他凭什么适应？明明案子一结就得滚蛋的人。

孟行舸心头涌起一种前所未有的危机感。

他暗自叹了口气，凑过去看唐甜画画。

她在画分镜的草图，最近她那部《我的宠物是个蛋》挺受欢迎的，她也挺用心。这时已画到在何家的最后那场争执。

孟行舸是亲身参与的，自然很快就看了出来。

但是看着自己连续好几格都作为背景人物出现，还一直搂着葬夜瞳，他就忍不住辩解：“我并没有一直都搂着她。”

“欸？是吗？”唐甜眨了眨眼，“当时的剧情太狗血，我真没注意。”

“没有！”孟行舸看着她，再次确认，“我听到她惊叫之后，出去正看到她摔倒，就扶了一把。只是这样而已。”

“不好意思，是我疏忽了。”唐甜从善如流地把正在画的那一格擦掉了，又道，“其实你不用太担心，反正都是化名，应该不会有人知道是你吧。要是你真的介意，我会把这个人物删掉的。”

“我……我不是那个意思。”孟行舸只觉得自己心都碎了一地，“我才不在乎读者能不能看出我是谁，我只是不想你误会。”

唐甜动作顿了顿，从画板上抬起眼来看着他，笑了笑道：“哦。”然后就继续画画去了。

孟行舸：……

就这样？

就只一声“哦”？

孟行舸深吸了一口气，才轻轻道：“不论是游戏，还是现实，我都一点也不介意成为你笔下的素材人物。真的。你还记得你第一次来找我说话的时候吗？”

“嗯。”唐甜用鼻音应了声，隐隐带了几分笑意。

她那个时候啊，用的真是最白烂的借口呢。拿着个速写本跑去找他，问他能不能做漫画社的模特。

谁都看得出只是搭讪，周围的人都在起哄，他却偏偏答应了。

她以前，曾经以为他是对她另眼相看，后来却发现，他只是习惯性的，不想让女生尴尬而已。

“那个时候的孟学长，真是体贴啊！”唐甜说。

他难道不是一直都很体贴吗？孟行舸想想唐甜跟他分手的理由，又把这句话咽了回去，也笑了笑道：“主要还是因为你那个时候也很可爱啊，看着我的时候，双眼亮晶晶的，简直要发光。”

唐甜也笑起来，情窦初开时的喜欢，就是那么纯净热烈啊。

孟行舸靠她近一点，声音压得更低，轻柔婉转，甚至带了点委屈道："唐唐，你变心了。"

唐甜再一次停下笔，转头看着他，静了半晌，索性坦然点了头，回答："对啊。"

孟行舸：……

套路不是这样的好吗？

他又做了一个深呼吸，才压下自己的情绪，低低道："你别傻，他在J市不过是路过，随时会走。"

唐甜没再说话。

气氛就有点压抑起来。

童向南掐灭了手里的烟头，心情越发烦躁。

他的手机就在这时响起来。

童向南接了电话，转过头来向唐甜道："那天跟踪你的人，自首了。"

2

跟踪唐甜的男人叫丁源，三十二岁，S市人，是星界公司的安保人员。

星界公司就是开发《第五维度》的游戏公司。

他来这里是为了调查星界公司数据库被入侵的事。

童向南有点意外，问道："星界公司专门派了个人来调查盗号的事？"还玩跟踪什么的，这架势也太大了。

程恺道："不单是盗号。据说是那个黑客还顺道拐去了他们研发部门。"

这就怪不得游戏公司重视，《第五维度》的核心技术可算是商业机密了。

李耀对童向南道："你看，这就很符合我们的猜测，那个黑客，除了盗号，还喜欢做点别的小动作。"

童向南点点头，问："这个丁源查到黑客是谁了吗？"

李耀无奈地摊了摊手，摇头道："说是黑客的反追踪技术很高，他们从网上一时查不到。而且惊动这个黑客之后，他就躲起来再也没出现过。我问了一下具体的时间，跟杜宏的账号生意停止的时间差不多。应该跟本案是一个人没错了。"

知道是同一个人，但查不到是谁也是白搭。

"星界公司也没辙，只能另辟蹊径。先从被盗的游戏账号交易入手，追查到了杜宏。然后派了丁源来J市，他跟了杜宏两天，试图通过他找到背后的黑客，但一直没有发现。还有，杜宏死的时候，是他报的案。"

童向南不由得一凛："他见到凶手了？"

"应该是见到了。"李耀叹了口气，"可也没什么用。据他说有四个人，一个戴了口罩一个戴着墨镜，一个是司机始终没下车，还有一个长得普通毫无特点，他再见着能认出来，但没法描述。"

"有司机，那车呢？他看到车牌了吗？"

"看到了，一辆灰白色的面包车。但我们已经查证过，他说的那个车牌号码，是假的。"

这伙人还真是够小心的啊。

丁源自己来找警察自首，十分合作，把自己到J市之后的行踪交代得清清楚楚。

他主要的任务还是找那个黑客。

他觉得杜宏这种不学无术的小混混肯定不可能黑进星界公司的服务器，背后还得有人，就没有急于接触，暗地里跟了两天。

杜宏跟童向南打架那事他也远远看到了，所以跟踪唐甜那天，一察觉唐甜眼神不对，就注意观察了一下周围，然后就发现了后面不远处的童向南，自然立刻就跑了。

他当时还存着几分侥幸，却没想到唐甜能把他画得那么像，发现自己的画像被贴得到处都是时，才意识到后果的严重，衡量一番，还是来自首了。

他只是来出个差，并不想把自己搞成通缉犯。

那天杜宏打完架，的确是跟几个小混混都各自回家了。丁源跟着他一直到他家门口，突然就有两三个人冲出来，直接给他套了个麻袋拖上了一辆面包车。丁源也吓了一跳，赶紧也跟上去。一直跟到那幢烂尾楼。

那个工地面积挺大，又一片漆黑，丁源人生地不熟，还孤身一人，不知里面有什么布置，没敢进去。过了一会没见有人出来，他就报了警。

“那他为什么要跟踪唐甜？”

“因为唐甜出现的时机太巧了。两次都是。他不确定周志诚是不是他要找的黑客，但杜宏死了，周志诚就是他找到的唯一可能跟那个黑客有关系的线索了，可惜周志诚又失踪了。而周志诚不见之后，找他的人只有我们警方，丁源本人，外加唐甜和孟行舸。按他的说法，他不清楚唐甜他们跟周志诚的关系，不敢贸然接触，只能先观察一阵子看看。”

童向南看了李耀一眼，没有说话，但意思表达得很清楚。

丁源的思路跟他之前的怀疑真是太接近了。

李耀打了个哈哈，道：“可见的确是很可疑啊。”

童向南不想在这个问题上纠缠，又问：“他在周志诚家里发现什么了吗？”

李耀再次摇头，道："说是一进去就那个样子了，有人在他之前已经翻了个底朝天。"

童向南的眉头就皱了起来。

李耀把详细的记录递给童向南，自己走到案情白板前，把"假同事"换成了"丁源"，又重新过了一遍，同样皱起了眉，道："看起来，这位丁先生，除了搅浑了这摊水之外，对案子什么帮助都没有啊。"

"也不能这么说，如果不是他的话，只怕杜宏也会像周志诚一样消失得干干净净，彻彻底底。"

J市有山有水，处理一具尸体的办法真是要多少有多少。如果不是被警车惊动，那些人肯定也不会留下杜宏的尸体不管。

郑天明拿出了自己的记录本，插话道："但当天出警的同事说他们进去之后，并没有在里面看到别的人。会不会丁源在说谎？根本就没有什么戴口罩戴墨镜的人，凶手就是他本人。"

"那他为什么要报警？又为什么要自首？"

"也许他还有同伙呢？如果他真是星界公司的人，星界公司又这么重视这个黑客的话，也不会只派他一个人来调查吧？他现在反正已经暴露了，不如就出来自首顶锅，转移我们的注意力，方便他的同伙行动。"

这样一说，似乎也有道理，李耀沉吟了一下，道："这个等我们向星界公司核实他的身份之后就清楚了。"

童向南看完记录，手指在文件上敲了敲，分析："假设丁源说的都是真的，他跟踪这些人到了烂尾楼之后就在外面等着，他们一直没出来，但警察进去之后，却没见到人，他们应该是从烂尾楼别的出口走掉了吧？这么短的时间……凶手应该是非常熟悉环境的人。"

"所以问题又绕回来了。"李耀又在烂尾楼上画了个圈，"小王和包子带两组人，再重点排查一下熟悉这个建筑工地的人。附近的居民，包工头，民工……能找到的都查一查。”

两名同事应了声，他顿了一下，又道：“天明去调一下当天晚上烂尾楼附近路口的监控，看能不能找到他说的那辆车。”

郑天明生无可恋地应了声，他在这个案子里，大概就是跟监控杠上了。

李耀又转向童向南，道：“唐小姐那边，就继续拜托童警官了。万一还有人抱着跟我们一样的怀疑呢？”

后面这一句，就明显是调侃了。

但童向南竟然没有拒绝，抿了一下唇，就算应了。

李耀跟郑天明对视了一眼，交换了一个八卦又暧昧的眼神，也算是在这僵持的案子里苦中作乐了。

唐甜和孟行舸是跟着童向南一起来的。

唐甜要指认当天跟踪她的人，而孟行舸则只是不放心。

他们这时正在一间空的会客室里休息。

童向南进去的时候，唐甜的脸色似乎不太好，孟行舸正试图安抚她，但显然并没有什么用。

童向南把丁源的情况简单跟他们说了说：“……应该只是误会。”

孟行舸抢先道：“那他现在被拘留，我们就已经没有危险了。”

他的言外之意很清楚，既然没有危险了，那童向南自然就不必继续在唐甜家住下去了。

童向南当然能听出来，却有点无奈道：“警方现在正在核实他的身份，且不知道他有没有同伙……”

所以，暂时，他还不能撤。

唐甜自己却似乎一直有点在状态之外，听到童向南说可以回去了，才道："我一会要去见一个人，能不能麻烦童警官陪我一起去？"

孟行舸道："我也可以陪你去的。"

唐甜这时一点应付他的心情都没有，皱着眉头道："孟行舸，我们已经分手了！"

她几乎从没有这样连名带姓地叫过他。

孟行舸不由得怔了怔。

唐甜也意识到自己的语气太重，又叹了口气道："抱歉，我心情不太好。"

孟行舸勉强笑了笑，道："嗯。那我就先回去了。"

说完也没再看唐甜和童向南就走了出去。

没有回头。

一直到出了门，孟行舸才抬头看了看蓝天白云，长长吐了一口气。

早上一次，这又一次，他到底，还是有自己的尊严底线的。

3

童向南依然很沉默，只上车的时候问了一声去哪，之后就安安静静地开车。

唐甜那些纷乱焦躁的心情，似乎也在这种安静中慢慢平息下来。

她轻轻道："童警官，谢谢你。"

童向南也不知她指什么，只含糊应了声："不客气。"

唐甜又道："对不起，两次都拿你做挡箭牌。"

两次？童向南侧脸看了她一眼，一次是早上跟孟行舸说变心的事，还有一次……

“你要去见的是什么人？”他问。

唐甜做了个深呼吸，才道：“他叫洛怀靖，是我母亲再婚对象的儿子。”

童向南挑了挑眉。

唐甜继续道：“那天你和李警官来我家，问我出国的事，其实我没说实情，我妈啊……说是接我去玩，结果只是为了让我给她儿子捐骨髓。”

她努力想保持语气的平静，但说到最后，声音还是有点发颤。

童向南不由得又看了她一眼。

唐甜低着头，垂着眼，表情都掩在了刘海的阴影里。

“我当时……真以为她是这么多年之后突然想通了，想弥补这段母女之情，她催得急，我就不顾一切地去了。像个傻瓜一样。”

“但去都去了，到底也是同母弟弟，无非就是捐个骨髓，也不会死，捐就捐喽。配型成功，手术也很成功，然后……”唐甜自嘲地笑了一声，“我妈给了我一张支票。好不好笑？一张支票！”

童向南搁在方向盘上的手动了动，他突然很想去握她的手，甚至……想抱一抱她。

这种感觉很微妙，不单是同情，也不单是喜欢，就好像当初在她家里第一次看到那幅画着海底白花的画，就好像灵魂深处有什么被触动了，低低共鸣。

但……宠物的身份不能说，他这个“陌生人”要是有这种动作，只怕会吓到她。

所以还是强行忍住了，只在方向盘上敲了敲。

“十万还是百万不知道，我当时情绪太糟糕，都没顾得上数清支票上到底有多少个零，直接把支票撕掉就回来了。”

这些事，唐甜连于霏霏都没说过，但这时说起来，似乎却也并不艰难。

“我不知道洛怀靖为什么会来找我，但我不想让他看到我不如意的样子。”

她兴冲冲地跑去，灰溜溜地回来，没了工作，没了亲人，孤身一人，连游戏账号都被盗了，真是怎么看都挺狼狈的。

其他人怎么看她都无所谓。

唯独洛家的人……她至少想把这点尊严保持住。

“所以，我也知道有点幼稚，有点唐突……”唐甜抬头看着童向南，“等下见面的时候，能不能请童警官假装是我男朋友？案子结束你就回去了，我也绝对不会乱说的，没有人会知道这事，应该不会影响童警官……”

正好红灯，童向南一脚将车停下，抿紧了唇，没有回话，只冷冷扫了她一眼。

唐甜只觉得骨头都要冷出渣来，下意识就缩了缩。

果然生气了。

她也知道这种要求很失礼，但……她只想用最快的方式把洛怀靖打发掉，“我马上要组建自己的家庭，请不要再打扰我的生活”无疑是最直接也最没有后患的。

而除了童向南，一时间她也没有别的人可找了。

她本来就没什么男性朋友，而且想让洛怀靖闭嘴，这个人还得足够优秀。

总不能真的找孟行舸，她是打定主意不会复合的，这种事情就不该牵扯他，不然这样下去，就真的没完没了了。

“抱歉……”唐甜低低道歉，“是我强人所难了，我再想别的……”

童向南这时才开口说了句话。

前面的红绿灯已经变了，后面的车在按喇叭催。

唐甜一时没有听清，问："什么？"

童向南转过头，正视她的眼，正经而郑重地说："从这一刻起，我就是你男朋友了。"

洛怀靖约了唐甜吃午饭。

定在本市一个挺有名的餐厅。

童向南不熟路况，跟着导航走绕了点路，迟到了一小会，洛怀靖已经等在那里了。

洛怀靖是个混血儿，身材高大，高鼻深目，眼睛还是蓝色的。他穿了一身名牌西服，笔挺服帖，头发也梳得一丝不苟，看起来不过二十五六岁年纪，已经完全是一副成功人士的风范。

他很热情地迎上来招呼："小甜。"

唐甜却不着痕迹地退了一步，非常公式化地替他和童向南做了介绍。

两个男人礼貌地握了手，互相打量的眼神间则全是评估和考量。

唐甜根本没有和他寒暄周旋的心思，开门见山地问："洛先生来找我，不知有何贵干？"

洛怀靖一脸无奈道："小甜，虽然说是再婚家庭……但我总归是真的把你当妹妹的，何必这样生疏？"

唐甜只浅浅笑了笑，没接话。

洛怀靖只能叹了口气，道："我也知道上次……最后闹得不太愉快。阿姨其实也不是坏心，只是……不太擅长表达……"

唐甜抬起手来打断他："如果你是专程来为她解释的，就不必再说了。"

她自己的生身母亲，骗了她去捐骨髓，又用一张支票来打发她，反倒要别人来替她解释，算什么事呢？

“OK，OK！”洛怀请认输般抬起手来，招呼他们先坐，“我们不说这些，先吃饭？”

唐甜犹豫了一下，还是点了点头。

童向南替她拉开了椅子，各自入座。

洛怀请让唐甜点菜，道：“J市我是第一次来，这边接待的人跟我推荐说这是本地菜做得最好的饭店。小甜你看想吃什么？”

他态度很随意，又带点小殷勤，的确就好像是很久不见的兄妹。

唐甜也没有推辞，翻着菜单，偶尔问问童向南。

童向南并不多话，只轻轻点头。

洛怀请笑起来，道：“你们看起来感情很好嘛。童……哎，我就直接叫名字啦……向南是做什么的？”

“警察。”童向南回答。

“啊，会不会很危险？”

童向南也没想到他第一反应就是这个，他们才第一次见面，洛怀请语气中的关切之意，当然不是冲着他来的，无非都是因为唐甜。他的语气就稍微缓和了一点，回答：“还好。”

但即便他自认缓和，对旁人来说，这天还是很难聊得下去。

洛怀请表情有点讪讪。唐甜也真不想让他们多聊，毕竟童向南是临时被她拉来假装的。

“洛先生到底来做什么？”她再一次问。

洛怀请无奈地一摊手，道：“小甜你真不用这么戒备，我对你绝不会有什么恶意。事实上我也的确不是专程来找你的。我们在J市这边也有点生意，还捐建了一座大桥，最近要通车了，他们请我来剪彩的。但我都到了J市了，于情于理，来看看你总没有错吧？”

洛菲这种国际大公司，生意遍布世界各地，J市这边，唐甜倒没听说过有分公司，想来大概也不是什么大生意，却让洛怀靖这位“太子爷”屈尊降贵地亲自来了，要说他没别的事，唐甜真不信。

但就算洛怀靖直接摆明说是来看她的，她也没办法阻止不是？

不过洛怀靖的分寸拿捏得很好，没再试图跟她攀亲，也没有想给她什么补偿，普普通通问问J市的风土人情，随口聊聊家常，风平浪静地吃完一顿饭，也没有挽留或者约下一次，只说了句：“不论什么事情，只要用得上我，尽管给我打电话。”

唐甜预备好的很多说辞，通通没派上用场，到上了车，反而有点不得劲。

童向南看了她一眼道：“他是个聪明人。”

唐甜不太高兴，但还是不得不点头承认：“嗯。”

要是不够聪明，即使他是洛湛亭的儿子，也坐不稳他现在的位子。

“所以别多想了。”童向南难得劝人一句，“做你自己就好。”

唐甜有点乏力地靠在椅背上。没错，想多了也没用，洛怀靖这样的人，有钱有势还有脑子，如果想要算计她或者照顾她，她只怕连他到底会用什么方式都摸不到边，还是省省心吧。

她叹了口气，转向童向南道：“谢谢你，陪我演戏！”

童向南道：“我没有演戏。”

是的，他的表现跟平常根本没有什么不同。唐甜忍不住笑了笑道：“但洛怀靖没有多问，那就算过关。”

童向南微微挑了一下眉。

嗯，过关。

4

唐甜把上次副本的信息录入之后，系统评估的时间比以往更长了一些，然后给了她五万金币的报酬。

唐甜早知道如果是没人去过的地方或者没人知道的消息，系统给的报酬会更多，但五万金币还是让她吓了一跳。“这么贵？”

童向南道：“我觉得，大概是那棵树的关系。”

那棵大树真是太神奇了。

不要说依附大树生活的巨龙和怪蛇，只说那包树汁，就已经奥妙无穷。

他不过只喝了唐甜剩下的那一点，竟然也能硬生生扛过了龙焱。

唐甜自己受益更大，不然之后也不可能连续放出治愈术，又逃过怪蛇的追捕。

她现在各项数值都升了一大截，只按数据来看，已经可以算是脱离新人的范围了。

唐甜也正想到那包树汁，回味般咂了一下嘴，道：“我们去的时候，那个树汁的样子，应该还没成熟吧？不知道全熟了之后，得是什么样子。能再去一次就好了。”

可惜游戏副本是完全随机的，她也不知道还能不能再碰上。而且进入副本之后出现的地方也是随机的，她根本不知道那个岛的具体位置，再去一次，也就只是说说而已了。

唐甜的背包在上个副本里彻底报销了，但她也不算心痛，毕竟都是从系统商店买的日用品和新手装，她现在基本素质都升上去了，手里又有钱，正好换一套装备，甚至有合适的技能，也可以买下。

《第五维度》里的技能虽然都是出自副本，原则上都是各人的机缘，但偶尔也会有可以复制的秘籍，有些玩家也会拿出来卖。这就好像武侠世界里，九阴真经这种绝世武功也许大家都不会外传，但如果是什么太祖长拳之类的普通功夫，那就拿出来赚点钱也好。

唐甜到了交易市场，还没看到合意的东西，自己就先被围观了。

还是因为童向南。

游戏里带宠物不是什么奇怪的事，很多副本里都能搞到。还有人会驯兽术，抓了珍禽猛兽来卖的。但像童向南这样长相可爱灵气十足还有自主思维的小人儿，真是只此一家别无分号。

最后童向南不得不躲到了唐甜的口袋里。

看他这样，唐甜只觉得以前被他说一不二地操练时的郁闷一扫而空，掩了嘴，乐不可支。

童向南气得整张脸都黑了，索性缩在她口袋里不肯再出来。

他觉得这个游戏对他真是太不友好了。

之前是在蛋壳里出不来，好不容易出来了，还是只能躲起来不能露面。

“好嘛，我不笑了。不过，都是因为宝贝儿你太可爱了呀。这是好事嘛。”唐甜安抚了几句，童向南连动都没动。

唐甜又道：“你不出来看看这些摊子上的东西？也许有你能用的呢？”

他现在只想恢复自己的体型。

但……童向南已经照过镜子了，他现在小归小，跟他本人小的时候，还是挺像的。如果恢复成年男子的体型，唐甜会不会认出他来？

万一真的认出来……会怎么样？

他并不是个拖泥带水的人，既然决定了要做唐甜的男朋友，肯定不会再像之前一样，只把自己当作注定要离开的陌生人。

所以，现在这个游戏宠物的身份，反而成了他最大的难题。

要不要说明？

要怎么说明？

童警官前所未有地纠结起来。

对于自家傲娇的宠物又开始沉默扮高冷，唐甜已经习以为常，反正只要他醒着，该他说话的时候，他还是会说的。

果然，她在一堆技能里挑挑拣拣的时候，童向南就没忍住，一如既往毒舌道："以你的条件，看看基础类的技能就行了，那些什么残卷，什么进阶就别考虑了，买了你也学不了。"

唐甜乖乖应了一声，最终只在"两仪剑法"和"猛虎连击"两个技能之间犹豫。

两仪剑法听起来好像是跟太极剑那种养生剑术差不多，但架不住是剑法嘛，唐甜虽然一直是走辅助系的，但她心底也是有一个仗剑江湖的女侠梦啊。

猛虎连击是以猛虎下山之势向对手连击数拳，听起来似乎还比较实用。

好在两个技能书都是同一个玩家在卖，唐甜商量着问："我两个都买，你给我算便宜点？"

"三千金币。"那人说，"不能再少啦。我看你也是一路问过来的，我这里真的是整个市场里的最低价了。"

游戏里技能来之不易，价格的确一直都居高不下。

唐甜略有点肉疼，正想再讲讲价，就听有人道："三千一，我买了。"

唐甜：……

她转头看着不知什么时候到了自己身后的葬夜瞳，眨了眨眼，这是什么狗血剧情？

葬夜瞳横眉竖目，丝毫不掩饰自己的一腔怒火，"我是来找碴的"几个字，简直明明白白地写到了脸上。

唐甜叹了口气道："姑娘，你是不是傻？"

“你说什么！”葬夜瞳本来就不小的眼睛越发瞪大了，几乎要跳起来。

“这种初级技能，又不是独一份。你买走了他回头再复制一份卖给我就是了。你想他不再卖给别人，除非跟他签约买断……”

卖技能的商人笑眯眯接上去：“买断可就不是这个价格啦。这位姑娘，咱们仔细谈谈？”

谈个屁……这种能随便复制的低级技能，有什么买断的价值？就算葬夜瞳是个土豪，也没有脑残到这个地步。

她抿了抿唇，再次愤愤地瞪向唐甜，指控：“你故意的！”

“你讲点道理。”唐甜略无奈，“我好端端在买东西，又没招你没惹你，故意什么了？”

葬夜瞳哼了一声，没接她这茬，问：“兰舟呢？”

“不知道啊。”唐甜说着翻了翻自己的好友列表，“没上来吧？”

葬夜瞳道：“他已经好几天没上线了，电话也打不通，到底出了什么事？”

之前孟行舸在唐甜家睡沙发呢，的确不方便上线，今天从刑警队出来，他没再来唐甜家，应该是回去了。耽误这么久，工作生活上的事总要先处理，没第一时间上游戏也很正常。

唐甜就安抚葬夜瞳道：“你先不要着急，或许只是一时没有听到呢。”

葬夜瞳睁大眼睛瞪着她，道：“你就巴不得他听不到吧？我找不到他，可不是如了你的意？”

唐甜：……

她真是吃饱了撑的才想安抚她。

她白了葬夜瞳一眼，买了那两个技能，转身就走。

“你站住！”葬夜瞳在后面叫。

唐甜理都不想理。

“你不想知道上次那个武侠副本里，到底是谁要杀你吗？”葬夜瞳又叫。

唐甜皱了一下眉，还是停了下来，转头问：“谁？”

葬夜瞳却又不肯说：“我只愿意告诉兰舟。”

“行，你等他上来再说吧。”唐甜挥挥手，继续往前走。

她的确想知道是谁要跟她过不去，但其实也并不很迫切，至少没有迫切到非得留下来哄这位大小姐。

童教官说得好，人家为什么会杀你？还不是因为你弱？

她现在实力没有提上来，知道是谁也没用。人家花钱买人头，她躲都躲不了。所以，还是乖乖先去练技能的好。

5

几乎在唐甜突然下线的同时，童向南睁开了眼。

他听到了唐甜的手机铃声在响。

唐甜的电话很少，更不用说这么晚了。

果然童向南才刚出门，就看到唐甜也正从卧室出来，拿着手机急匆匆走向他这边。

见到童向南，唐甜就把手机从耳边拿开，开了免提，同时问：“你到底是什么人？”

手机那边传来一个明显经过变声处理男女莫辨的声音：“你不用管我是谁，只需要知道，孟行舸在我手上，如果你不按我说的做，就再也别想见到他了。”

童向南不由一凛，绑架？

他抓过纸笔，写了“录音”给唐甜看。

唐甜点了点头，一面继续道："你想怎么样？"

那边的人道："你现在马上带着东西，赶到迎宾路莲花路的十字路口。"

"等等，"唐甜叫道，"什么东西？你想要什么？"

"不要装糊涂！"那边的语气凶狠起来，"11点，迟到一分钟，我就切断孟行舸一根手指。记住，带上东西，一个人来。要是敢报警，他就死定了。"

说完也没给唐甜再问的机会，直接挂断了电话。

"怎么办？"唐甜抬眼看向童向南，焦急地问，"孟行舸会不会真的被绑架了？他们到底是想要什么？"

童向南还没说话，她手机又响了一声，这次是信息。

有人给她发了一张照片。

照片里一个男人被蒙着眼睛绑在一张椅子上，膝盖上还放了一张今天的J市晚报。

即便是蒙着眼睛，唐甜也能一眼认出来，那的确是孟行舸。

——他真的被绑架了！

不久之前，她还在游戏里安抚葬夜瞳，没想到孟行舸真的出了事。

唐甜双手一抖，差点要拿不住手机，只觉得心脏怦怦直跳，又是担心，又是害怕，睁大了眼睛看着童向南，惶然问："怎么办？"

"先别急。"童向南道，"他们既然想要你手里的'东西'，暂时不会把孟行舸怎么样的。"

"但是……我根本就不知道他们说的'东西'到底是什么啊！"

"那个盗号的黑客，除了盗取游戏账号之外，还会顺便窃取其他的机密，用来勒索。所以我想，他们说的'东西'大概也是指什么数据。"

唐甜仔细想了想，还是摇了摇头。

她想不出自己有类似的东西。

童向南给李耀打了电话。

李耀听完，忍不住直接爆了个粗口：“我靠，这是什么发展！”

“时间不多，还是先布置吧。”童向南说，“我让唐甜把电话录音和照片都发给你，让技术组赶紧分析，另外绑匪说的地址先安排人过去。”

李耀应了声，又问：“唐小姐……什么打算？”

这些绑匪跟普通求财的又不一样，他们手里很可能已经有两条人命了，唐甜如果按绑匪说的去做，显然是有很大风险的，说不定她去了也换不回孟行舸，而是两人都会遇险。

李耀当然是希望唐甜去，这样他们顺藤摸瓜抓到人的机会会更大。

但唐甜如果害怕，也无可厚非，他们就得另做打算。

唐甜这时已经冷静下来，深吸了一口气，道：“我去。”

李耀把可能的风险重复了一遍，问：“唐小姐你真的决定要去？”

唐甜点点头。“嗯，决定了。”

她总不能看着孟行舸出事。

孟行舸……

虽然说是她自己要分手，但他总归是她喜欢过的人。

何况他要不是为了帮她查盗号的事，也不至于会找到周志诚，进而被卷到这种危险里。

如果她不去，也许现在是安全了，但只怕会一辈子都不安心。

李耀也不想细问具体的原因，直接道：“那童警官带唐小姐来局里一趟？咱们把窃听定位什么的装一下？”

“来不及了。”童向南看看时间，“而且对方很可能监视着这里，你们带上装备，伪装成出租车过来接她吧，路上装。再派一组人盯着唐甜家。如果他们要的真是那个黑客偷走的数据，也许会趁我们离开之后，闯到她家搜查以免她留有备份。”

“行。”

李耀那边吩咐下去，又打回来跟童向南和唐甜商量布置，末了很纳闷地说道：“不过我还是有点想不通，他们一直那么小心谨慎，为什么突然这样跳了出来？”

“要么，是他们狂妄到认为警察抓不到他们。要么，就是有什么事刺激到他们，让他们不得不狗急跳墙。”童向南问，“你们那边有什么进展吗？”

“就是没有，我才奇怪啊。”李耀叹了口气，“难道是孟行舸自己做了什么？我已经让人去查他今天离开刑警队之后的行踪了，希望能有点线索。”

“洛怀靖。”童向南突然道，“查一查这个人。”

“谁？”突然听到一个完全陌生的名字，李耀一时有点没反应过来。

“洛怀靖，洛菲公司的CEO。”童向南重复，“唐甜今天见了他。查一查他什么时候到J市的，来做什么，跟什么人有过接触。”

李耀挂了电话去做事。

唐甜这边也准备出门，她抿了一下唇，还是轻轻问：“你真的认为洛怀靖跟这事有关系？”

“我不确定，只是……”

“怀疑是警察的基本技能。”唐甜装腔作势地念出一句也不知是小说还是电影里的台词。

童向南没有否认。

李耀说他从来不相信巧合，他其实也一样。

一个本来不太应该在这里出现的人出现了，然后歹徒们的行为模式就突然有了变化，他潜意识就觉得这中间应该会有某种联系。

唐甜又笑了笑道：“这神展开，简直就跟电影一样，接下来不会是什么豪门恩怨吧？哎呀，这么一想，我是不是还算是个重要角色？少说能活个十几集，不会那么快领便当吧？”

相处这么久，童向南大致也算是摸出她一点习惯，越是想掩饰什么，她就越会表现得好像个无厘头的中二少女。

他伸出手去，握住了她的手。

唐甜本来还在七拉八扯地预测接下来的剧情，手一被握住，就好像突然被按下了暂停的开关，整个人都僵了一下，张了张嘴，后面的话却已说不出来。

“别怕！”童向南道。

低沉沙哑的声音里有一种前所未有的温柔。

“我会跟着你。不管怎么样，都会一直跟上去的。”

他的手很大，手掌上有层薄茧，略有些粗糙，却让她能更明晰地感受到他的力量。

跟他平常的冷淡不一样，他的体温挺高，温度从相握紧贴的掌心传过来，唐甜那些纷乱的思绪，不安和恐惧，都似乎被安抚下来。但渐渐的，又觉得那温度太过炽热，好像整个人都要被烫伤一般。

唐甜刷地抽回了手。

童向南也没坚持，只看着她，沉声问道：“你相信我吗？”

唐甜点点头。

她对童向南的观感有点复杂。

他打架时的狠厉让她有点害怕，工作时的不苟言笑让人觉得疏离，到了她家之后，那种沉默守护又让她十分安心，更不用说外形上的赏心悦目了。

但从他在电话里指挥她行动开始，她就一直信任他，甚至有几分依赖。

唐甜也不知道听从他的指令时那种莫名其妙的熟悉感是怎么来的，就好像她已经那么做过无数次一样。

童向南道：“我希望你能够一直保持冷静，像在游戏里那样，沉住气，不论遇上什么情况，一切以自己的生命安全优先。我会一直跟着你，会把你和孟行舸都救出来的。”

唐甜不知道他是这几天看自己沉迷游戏才这么说的，还是真的知道她在游戏里的表现，但他的声音里，似乎有一种力量传递过来，她深吸了一口气，点点头。

“好。”童向南说，“走吧。”

第十一章

我的宠物是英雄

童向南中了枪，这时衣服已经被染红了一大片，但那似乎丝毫没影响到他的行动。瘦高个直接被撞倒在地，童向南抓着他持枪的手，用力砸向地面。

1

“糟糕，两个追踪器分开了。”

程恺看着显示器，皱了眉抬头看向李耀。

他们给唐甜带了两个追踪器，一个在她身上，一个伪装成了U盘，假装是唐甜要交出去的数据。

绑匪在那个十字路口接到人之后，开了一段路就带着她进了一家酒吧。

李耀不觉得他们这时还有心思喝酒，更不认为他们会把人关在这种闹市区的酒吧里，更大的可能性，是他们发现了追踪，要找地方制造混乱，甩开后面的人。

他当即就让郑天明带了一组人跟着混进去，自己则在指挥车这边盯着监控。

显示器上代表追踪器的两个红点，一个还在原地，另一个则已经开始离开酒吧了。

李耀安排另一组人追上去，又打给郑天明，问：“里面什么情况？”

郑天明的声音听起来焦急而慌乱：“这里光线太暗，人又多，简直群魔乱舞，我还没找到唐小姐。”

李耀咬了咬牙，捏紧了拳头，让技术组的同事带上仪器去酒吧里帮郑天明找追踪器的位置。

不多时郑天明就打了回来，又沮丧又懊恼道：“……只有衣服。”

绑匪还是很谨慎，唐甜全身的衣服，连内衣鞋子都被扔在了这里，人不知什么时候已经借酒吧混乱的环境离开了。

郑天明的声音都有点打战，“他们是不是发现了唐小姐身上的追踪器？”

那唐甜的处境就会非常危险。

“应该不是，不然就不会全套衣服都换掉了。大概只是出于谨慎。”李耀这么判断，转头就冲程恺吼，“快，马上调取附近所有的监控。”

“已经在看了。但……”程恺顿了顿，语气有点不乐观，“酒吧后面的巷子，没有监控能拍到……”

李耀一拳捶在了车壁上。

唐甜是信任警方，才二话没说就上了绑匪的车。

结果这还不到一个小时，他们就把人跟丢了。

“小王再带一组人去支援追U盘的人，那边再不能出岔子了。”李耀咬着牙安排，又叫，“童警官……呃，童向南呢？”

“之前跟着进了酒吧。”

但郑天明在酒吧里又绕了一圈，既没有发现跟绑匪相似的人，也没看到童向南。

“难道跟上去了？”

李耀怀着一丝侥幸，给童向南发了个信息。

童向南很快就回了电话：“抱歉，刚刚不太方便说话，没来得及通知你们。目标开一辆蓝色帕萨特，现在在富强路，由东往西行驶。车牌号是23456。”

“你还真跟上去了？真不愧是童警官！”李耀惊喜地叫了一声，一面招呼司机往富强路开。

夜已深沉，路上的车并不多，童向南不敢跟得太近，不时还得停一停绕一绕，好在他一直能感应到唐甜的方向，绕一段路还是能跟上。

是的，感应。

听起来很玄妙，哪怕只在半个月前，童向南自己也是不会信的。

但事实就摆在眼前。

他能跟上来，除了胆大心细之外，就是这点若有若无的感应。

这也是童向南跟唐甜保证一定会跟着她的底气。

他想，这大概不只是因为喜欢，应该还有游戏的关系。

毕竟他没有通过专门的接入器和客户端，是自己的意识直接进入的。而在游戏里，他是唐甜“灵魂绑定，不可掉落”的“宠物”。

之前好感度低的时候，他还不觉得，自从他确认自己的心意之后，游戏里的好感度也是直线上升，他就能隐隐感应到唐甜的状态和方位。

他也说不上这种玄妙的联系究竟是好还是不好，至少现在还是挺有用的。

至于科不科学的问题，早已经被抛到脑后了，他甚至想，这时要是能有游戏的聊天窗该有多好。

小姑娘被两名粗壮大汉挟持，也不知道该有多害怕，偏偏现在他还不能冲上去救人，只能远远跟着，要是有办法安抚她一下也好。

唐甜这时心情其实还算平静。

她穿着一套被迫换上的廉价运动服，不要说追踪器窃听器，连自己的手机和随身物品全都被扔了，而且眼睛都用黑布蒙起来。两个男人一左一右地挟着她，她的双手还被胶带缠紧，根本什么也做不了。

但很意外的，她并不是特别害怕。

她想大概是出发前童向南那些话的原因。

就好像在游戏里抱着宠物蛋在黑暗里行走时一样，虽然看不见，也知道前面会有危险，但却有一种“我们能够解决”的沉着，而且冥冥中似乎真的能够感觉到——童向南就在不远处跟着她，随时可以冲上来救她。

没事的，不要慌，保持冷静，跟着绑匪去见孟行舸，其他的事情，交给童向南就好了。她想。

2

“洛怀靖是昨天到J市的，住在枫城国际大酒店，除了今天中午跟唐甜见面，基本没有外出。只见过几个J市商界名流，哦，其中就有长坤建设的老板。”

包子特意点出了长坤建设的老板高俊伟。“他是下午3点去拜访洛怀靖的，待了大概有一个小时。”

发现杜宏的尸体的烂尾楼，跟长坤建设有关。跟杜宏合作过的黑客，盗过长坤建设一个员工的号。以他那种会顺便盗点别的东西的习惯，谁知道有没有盗过长坤的什么资料？

所以再看到长坤建设出现，李耀不由得就皱了一下眉，问：“洛怀靖跟长坤建设什么关系？”

“洛菲公司有个慈善基金，在我们J市捐了座桥，就是长坤建设承建。最近完工了，洛怀靖是受邀来剪彩的。”

这样一说，似乎也挺正常。

“那他跟唐甜又是什么关系？”

“继兄妹。唐甜的父母在她小时候就离婚了嘛，她母亲后来再婚，就是跟洛怀靖的父亲。”

李耀倒抽一口气，当初拿到唐甜的资料时，怎么都觉得这就是个一直在温饱线上挣扎的穷姑娘，还怀疑人家会为了十几万的赃款铤而走险……没想到还有这样的背景。

“当初唐甜的背景调查是谁做的？”李耀磨了磨牙，回头他非要把这人修理得他妈都认不出来，竟然漏了这样的重要信息。

“是唐小姐自己一直很低调吧，你看前几天还在面试，可见根本没想公开这件事。”程恺插嘴道。

包子张了张嘴，欲言又止。

“想说什么赶紧说。”李耀这时总管着好几个组的行动，心情本来就焦躁，看不得他这个样子。

包子道：“我只是在想，绑匪到底知不知道唐甜这重身份？他们的目标，会不会本来就是唐甜？因为童警官一直跟她在一起，没找到下手的机会，才转而绑了孟行舸做诱饵。”

李耀只觉得后背都开始冒冷汗了。

这事到现在已经牵涉这么多人了，可千万别再节外生枝了啊。

唐甜的眼罩被摘下来的时候，有一瞬间的不适应，微微眯了会眼，才开始打量周围的环境。

这是个很大的屋子，看起来像是厂房或是仓库，但已经十分破旧了，有一面靠墙堆了些箱子，灯光昏暗，她一时也看不出是什么。

“看什么看！”旁边有个男人吼了声，“U盘的密码呢？”

唐甜就转眼看向他。

那男人戴着口罩遮了半边脸，露出一双单眼皮的眼睛，凶神恶煞的。看得出来还很年轻，最多不超过三十岁，身量不高，但十分强壮，估计就算不是练家子，也应该是经常做体力活的。

“问你话呢，少给我装哑巴。”他骂骂咧咧的，还扬起手来作势要打人，被旁边另一个男人拦了一下。

另一个也戴着口罩，体型比单眼皮略显高瘦，声音也和气一些，道：“唐小姐，都到了这里，我劝你还是合作一点，不要自讨苦吃。”

唐甜扯动嘴角，勉强算露了个笑容，道：“我们说好的，没见到孟行舸之前，你们就算把U盘拿走，也看不到里面的东西。”

“那不就是吗？”瘦高个伸手指了指。

唐甜顺着他指的方向看过去，刚刚她被单眼皮叫得转回头，不然应该已经看到了。另一边有一些破旧桌椅，孟行舸就蜷着身子倒在桌子后面的地上。

“行舸！”唐甜一面惊叫，一面就往那边跑去，“你们对他做了什么？”

绑匪们也不阻止，反正唐甜的手还绑着，身上又没有武器，不怕她能跑上天。

原本凶巴巴的单眼皮反而笑了起来，骂道：“还真是郎情妾意的一对狗男女。”

唐甜也顾不上他，急匆匆去查看孟行舸。

孟行舸还活着，只是挨了打。腹部的衣服上有一个明显的脚印，他的双手被反绑在身后，只能以这种姿势蜷曲身体减轻痛楚。但他显然还不止挨这一下，整个左眼眶都乌了，嘴角也破了，一张俊脸青一块紫一块，几乎不能看。

他似乎听到唐甜的声音，强撑着睁开眼，却只能发出一声呻吟。

唐甜咬了咬牙，气愤道：“这跟我们说好的可不一样。”

“唐小姐不是也没有照约定独自前来吗？”瘦高个说，“你以为我们没发现那个小白脸警察跟着你？害我们多做那一番手脚才甩掉。”

唐甜心头一凛，却依然保持了脸上的平静，道：“你们既然知道他，就应该清楚，他是二十四小时保护我的，我能找借口溜出来就不容易了。他怀疑不对要跟着，我也不可能知道啊，毕竟他才是专业的。”

那单眼皮哼了一声，道：“你跟她废话那么多干什么？赶紧把要问的问出来了事。”

他摘下口罩喝水，完了就没再戴上去。

唐甜心头又是一冷。

这种天气，他戴口罩当然只是为了不让人认出来，现在都不在乎了，大概就表示，他们根本没打算放她和孟行舸走。

童向南到底跟上来没有？

童向南这时正在给李耀发信息：“……已确定唐甜和孟行舸位置，沙石场面积太大，未能全面搜索，目前发现歹徒八人，未发现枪支。”

“特警支援正在赶来，你继续隐蔽观察，等跟我们会合再行动。”李耀回复。

童向南没有再回，把手机收起来，自己悄悄滑进了沙堆的阴影里。

他已经看到了孟行舸的惨状，唐甜这样漂亮的小姑娘落在那些歹徒手里，后果会更严重。何况歹徒随时都可能发现U盘是假的，也就是他们随时可能会对唐甜他们动手。

特警不知道还要多久才能来。

好在对方的八个人，也并没有聚在一起，他衡量了一下，决定冒一冒险。

第一个目标，是在屋顶望风的人。

童向南潜伏至不易发现的拐角处，等着那人走过来，然后弹出一颗小石子，引他低头来看，然后便以迅雷不及掩耳之势腾身而上，勾住那人的脚踝，直接将人掀倒。

那人惊呼未出，嘴已经被童向南捂住，跟着后颈就重重挨了一下，昏迷过去。

童向南搜出他身上的武器和手机，又用他自己的衣服将他捆好，连嘴也堵上，塞到黑暗的角落里。

3

唐甜极力想拖延时间，几个歹徒却显然已经没有耐性。

单眼皮把指节捏得咯咯作响，恶狠狠道："叫你说密码，七拉八扯的想干什么？真当老子不敢打你啊？"

"哎，别这么粗鲁。"本来一直在这里看守孟行舸的男人拦了拦他，"对小姑娘嘛，要讲情趣。"他说着还扭头看着唐甜笑了笑。

这人是个长脸，半边脸到下巴有道疤，笑的时候，就好像连那道刀疤都跟着抖了抖，无比猥琐。

唐甜被恶心得忍不住退了退，问道："你想怎么样？"

"我想的事多了，"刀疤脸嘿嘿贱笑着，"如果你不肯说出密码，咱们就一件一件来试试看，就从脱衣服开始吧，怎么样？"

"卑鄙！无耻！"孟行舸强撑着骂道，"你们要是敢动她一根汗毛，我就……"

刀疤脸上来就给了他一脚，厉声道："你就怎么样？死到临头，还想英雄救美？"

"住手！"唐甜喝道，扑到孟行舸身上护住他，"你们从一开始就没想放我们回去，我为什么要把密码告诉你们？"

"小姑娘你太天真了。"刀疤脸咂咂嘴，"死跟死，也是不一样的。你乖乖听话，我们就给你个痛快。不然的话，能做的事可就多了，尤其是你这么漂亮的小姑娘。"

唐甜不由得打了个寒战，没再问到底什么事，只抿紧了唇，恨恨地盯着他。

“很好，我就喜欢你这样倔强的小姑娘。你最好嘴硬到底，这样我才能玩得尽兴……”刀疤脸眼中闪动着兴奋的异光，伸手来摸唐甜。

却不料孟行舸突然抬起头来，一口咬在他手上。

刀疤脸痛得惨叫起来，另一只手抡起来就给了孟行舸一拳。

孟行舸忍痛咬紧了牙关不松口。

刀疤脸抄起旁边的凳子就要往他头上砸。

唐甜又扑过去架住刀疤脸的手。

只不过一瞬间，三人已乱成一团，单眼皮骂了声，正要过来帮忙，就听到外面突然响起一阵汽车喇叭声。

所有人的动作都停了停。

“怎么回事？”

“老钱！”瘦高个走到窗边，高声叫留在车里的司机。

但并没有人回应。

“阿杰出去看看吧。”他回过头来吩咐单眼皮。

“能有什么事？门卫又没响警报，无非是他在车里打盹不小心按了喇叭呗。”单眼皮不情愿地嘟哝着，但还是出去了。

刀疤脸好不容易摆脱了孟行舸，整只右手鲜血淋漓，手指都几乎要被咬断。他又痛又气，可不知外面什么情况，虽然不停嘴地骂着脏话，但拎着凳子在手里一时也没有动，只要确定没事，他非得把那小子活活砸死不可。

单眼皮一去就再无声息。

敞开的大门外面，一片黑暗，就好像隐藏着什么吃人的野兽。

瘦高个又叫了几声，依然没有回应。

“有点不对劲。”他皱起眉。

刀疤脸也紧张起来，道：“会不会是警察？”

“不知道，小心为上。你看着他们，我去拿家伙，准备转移。”

瘦高个说着走向仓库后面。刀疤脸则应了声，又看向唐甜和孟行舸。这次他吸取了教训，先拿出胶带，直接把两人的嘴都贴上，然后才抓着他们站起来，恶狠狠地威胁：“都给我老实点！”

童向南就在这时悄无声息地潜了进来。

刀疤脸第二句狠话还没放出来，就被他一棍子从后面敲昏。

唐甜睁大了眼。

童向南就地取材，用刀疤脸才刚用过的胶带把他自己捆起来，然后才转向唐甜和孟行舸，一面帮唐甜解她手上的胶带，一面道：“没事了，支援很快就会到……”

唐甜嘴被胶带封着，只能发出唔唔的声音，童向南也听不出是高兴还是害怕，只觉得十分急切的样子，他就先抬手撕了她嘴上的胶带。

“后面，枪！”

唐甜急得不得了，只能拣最简单的词提示。

童向南没有回头，直接先将唐甜和孟行舸推开。

枪声几乎在同一时间响起来。

童向南抓着身边的凳子，反手向枪声的方向砸过去，人也跟着拧身冲出。

瘦个高没有开第二枪的机会。

他先是被飞过来的凳子直接命中，随即童向南就到了。

童向南中了枪，这时衣服已经被染红了一大片，但那似乎丝毫没影响到他的行动。瘦高个直接被撞倒在地，童向南抓着他持枪的手，用力砸向地面。

瘦高个吃痛松手，童向南一脚把枪踢开，跟着就是暴风骤雨般的攻击。

瘦高个毫无还手之力，只睁大眼盯着童向南身上还在不停冒血的枪伤，嚷道："这不可能……"

童向南没跟他废话，直接一记重击将他打晕，然后坐在他身上，吐了口血。

他伤得的确挺重的，不过是强撑而已。

子弹打中了他的胸口，虽然没有直接命中心脏，但肺部受了伤，肋骨也断了一根，加上他还马上剧烈运动……现在的情况实在有点不太乐观。

唐甜见这边战斗结束，连忙跑过来。

她手还被绑着，又跑得急，一时保持不了平衡，到童向南身边的时候，踉跄着，差点摔倒。

童向南伸手扶她，竟然没扶住，反被她带得一起倒在了地上。

失血过多，他现在有点乏力。

"你怎么样？有没有事？伤到哪了？"唐甜急切地问。童向南这时几乎半边身子都是红的，看起来太可怕了，她真吓到了。

她的眼泪唰地涌上来，哽咽道："你刚刚怎么不闪开？以你的速度，明明可以闪开的。"

是的，他其实可以闪开。但他们都很清楚，他正站在唐甜身前，他要是闪开，中枪的就会是唐甜了。他也可以带着唐甜一起躲避，但那是子弹，任何的迟疑和延误都可能有不一样的后果。何况他要是带着唐甜，就不能在第一时间还手，阻止对方开第二枪。

他这样，是当时的情况下，唯一可以保证唐甜不受伤的选择。

童向南没有解释，深吸了一口气，努力抬起手，把她手上的胶带撕了。

“现在真的没事了。”他说。

跟着就合上了眼。

手也无力地垂下去。

“不！”唐甜撕心裂肺地叫起来。

“你不能死！”

“怎么会这样？

“警察呢？救护车呢？怎么还不来？”

“你千万不要有事！”

“我不想你有事！”

“你给我醒来！”

唐甜一边哭，一边用手按住他的伤口，好像这样就能替他止血一样。

他说他会跟上来，他会救他们，但她可不想他用这样的代价来救！

他说希望她不论什么情况都要保持冷静。

可是他伤成这样，冷静有什么用！

他说让她像游戏里那样……

游戏里那样……

等等……

唐甜也觉得这想法很诡异，甚至很疯狂，但……现在他们在这偏远的沙石场里，警察和救护车不知道什么时候才能来，而童向南快死了。

哪怕子弹没有命中要害，但血止不住，他不知道还能不能撑到医院。

再疯狂……唐甜也只能试一试。

她双手按在童向南的伤口上，使用了治愈术。

没有系统界面，没有技能图标，她只是依照自己记忆的方式，集中自己所有的精神，用尽自己所有的力气，去试图治愈他。

一抹淡淡的莹光，从她指尖出现，又缓缓没入了童向南的身体。

唐甜自己都难以置信地睁大了眼。

——成功了！

——竟然真的成功了！

4

“你小子也算是命大！”

李耀看着病床上的童向南，感叹了一声：“这样的枪伤，还能打倒那个匪徒，挨到医院。”

他赶到沙石场时看到他那身血，差点以为他已经死了。

想到那时的情景，他现在还忍不住心颤，也顾不得童向南不是自己的下属了，好好地训了一顿：鲁莽，冲动，个人英雄主义！

童向南一点也没反驳。

如果不是唐甜，他真的已经死了。

没有发现歹徒有枪，这的确是他的疏忽。

他明知道还有一个歹徒没打倒，却自大地觉得不足为虑，先去解救唐甜，结果把自己的后背露给敌人，也完全是他自己的失误。

这一枪，简直可以说是他自找的。

但他却不后悔自己提前行动。

照当时的情况来看，如果他等支援来会合，不但孟行舸会死，唐甜只怕也……他完全不能容忍那种结果出现。

李耀训完了，气也消了一点，才继续跟他说案子。

“开枪的人叫孙超，对绑架孟行舸和唐甜倒是认得爽快，但其他的事，要么装傻，要么就闭嘴不提，根本就是吃准了我们现在也没有别的证据。在唐甜家抓到那两个也是，咬死自己只是普通小偷，碰巧选了唐甜家而已。”李耀叹了口气，“这次抓到最大的鱼，应该算是高俊雄，他是长坤建设的老板高俊伟的弟弟。那个U盘最终就是送到了他手上。但他跟绑架案没有直接关联，连收U盘都被说成购买贼赃，了不起罚点钱。我来之前，高俊雄已经被律师保释了。”

就是说他们虽然抓了一堆人，但案子却远远没到结束的时候。

“但现在至少可以锁定长坤建设了。”童向南说。

杜宏死的地方，是长坤建设承建的烂尾楼。长坤建设内部有电脑被黑过。长坤建设的老板见过洛怀靖之后，孟行舸被绑架。囚禁孟行舸和唐甜的沙石场也是长坤建设名下的。再加上U盘也是送到高俊雄那里。要说这案子跟这个公司没关系，鬼都不会信。

“我们也做过一些调查，高俊伟兄弟俩是做包工头发家的，中间很有一段灰历史，后来算是洗白成功吧。现在也算是我们J市的知名企业，有头有脸。这样的大人物，没有实证，根本动不了。现在这些联系还远远不够。”李耀想着高家请的那名律师满口专业术语，一句句直接把他顶到墙上，就满心烦躁。

“这么说，那名黑客偷走的，很有可能就是这兄弟俩的什么罪证？”

“没错，然后他们还不知深浅地拿出来勒索高俊伟。高家兄弟在道上混过，怎么会吃那一套？于是反击灭口。事情肯定是这样的不会错，但……”他纠结地摸出香烟，想想这是病房，又放了回去，再次叹息，“还是没有证据。我现在倒希望唐甜真的是那个黑客，U盘里真是那份罪证了。”

“她要有那份能耐，早就把自己的号黑回来了，又怎么可能卷进这案子里？”那样的话，也许他们在线下根本都没有认识的机会了，童向南这么想着，就根本不愿意去做这样的假设，改问道，“洛怀靖呢？高俊伟去见他时他们说了什么？突然狗急跳墙是不是跟他有关？”

“也不太好说。”李耀犹豫着，“我们问过洛怀靖，他说高俊伟去见他是为了确认大桥通车剪彩的事，还聊了一些造价啊结构什么之类的细节。他虽然对高俊伟这个老板的业务精通有点意外，但内容基本都还是正常的。不过，洛怀靖这个人，我有点看不透。真不愧是年纪轻轻就做了跨国公司总裁的人。”

“那座桥。”童向南还在输液，只微微动了一下手指，分析道，“以高俊伟的身份，他跟洛怀靖说那些，应该不是为了表现他精通业务，而是在试探洛怀靖对那座大桥知道些什么。”

他一提这个，李耀顺着这个思路往下推测：“唐甜跟洛怀靖的关系，在洛怀靖自己没说之前，几乎没人知道。所以他们见面，对高俊伟来说，就有点不太寻常了。他本来就怀疑唐甜跟黑客有关，这下更怀疑唐甜因为同伙出事，存心报复，要把罪证直接捅给出资建桥的洛怀靖。所以他就坐不住了，上门试探洛怀靖，又狗急跳墙地对孟、唐二人下手。那座桥肯定有问题，我这就让人去查。”

李耀越说越觉得就是这么回事，双眼都亮了，甚至没顾得上跟童向南告辞，就急着回去布置任务了。

唐甜在门口见到他，正抬了手想打招呼，他根本没看到，一阵风似的走了。

唐甜有点意外，问：“他怎么了？”

“急着去查案。”童向南道。案子僵持了这么久，只要是有一点线索他都不会放过的。

“哦。”唐甜把手里保温壶放到床头柜上道，“医生说你今天可以吃流食了，我炖了点汤。”

这次的事，她除了受了点惊吓，基本没什么事，多亏了童向南。

所以童向南住院，又没有亲友在这边，她很自觉就承担起照顾的责任。

童向南……唔，反正什么也没说地默许了。

唐甜熟练地把病床摇起来，架好小桌子，开始从保温壶里往外盛汤。

童向南并没有说话，只是一直看着她。

唐甜觉得这目光就好像那天晚上他送她出发之前那个握手，烫得令人心惊。她心中有点慌乱，忍不住要找点话来说，比如解释自己这些熟练的动作："我父亲是生病去世的，之前在医院住了挺长时间。"

"嗯。"童向南顿了顿，才低低问，"你是因为这个……才学的治愈术？"

唐甜手一抖，差点没把手里的汤泼出来。

童向南连忙伸手托着她的手稳住。

唐甜抬眼看向他，忍不住就有点心虚。

她以为他当时已经昏迷了，没想到他竟然知道。

这么离奇的事……他竟然还问得这么……真诚。

就好像他真的相信一样。

唐甜自己都不信。

毕竟她之后又试过很多次，根本没能再用出来。

她就直接隐瞒了这事，没跟任何人说，毕竟说出来可能也只会被当成神经病。

她自己都觉得自己当时大概只是因为情绪太激动，出现了幻觉。

可是童向南这样一问，她又觉得，似乎应该是真的。

医生都说童向南能撑到那个时候简直是奇迹了。

既然"比别人更强大的生命力和求生意志"这种奇迹可以出现，

那么“治愈术”这样的奇迹，应该，也是，可以，出现的吧？

唐甜正犹豫地这么想，就听到门口传来一声轻笑。

她转过头。

洛怀靖拿着个果篮站在门口，微微挑了一下眉道：“我是不是来得不是时候？”

唐甜这才意识到童向南还托着她的手，她刷地红了脸，掩饰地轻咳了一声，假装并不在意地继续盛好汤，放到小桌子上，一面问：“你来做什么？”

洛怀靖笑了笑道：“向南救了我妹妹，我当然得来看看他嘛。”

“不，其实是唐甜救了我。”童向南说。

“哪有……”唐甜心头没由来的又是一慌，连忙道，“要不是你及时赶到，我和孟行舸都要没命了。的确是你救了我们。”

洛怀靖自己找了地方把果篮放下，道：“哎，我还以为小甜只是跟我客气呢，你们平常也这样啊。”

唐甜一怔，差点忘记她之前跟洛怀靖说童向南是她男朋友的事了。男女朋友之间……哪会这样？

好在洛怀靖也没有多追究，只道：“不管谁救谁都行，总之你们两个都没事就太好了。”

唐甜应了一声，索性掩饰性地端了那碗汤用勺子喂给童向南喝。

童向南可没想过会有这样的待遇，略有点不自在，但眼角的余光扫了扫洛怀靖，还是什么都没说，乖乖张口接了。

喂过第一勺，唐甜的动作就自然得多了，甚至还凑到自己唇边轻轻吹了吹。

汤的味道不错。

但童向南的目光却不自主地落在她唇上。

她的唇形很好，是淡淡的樱粉色，看起来柔嫩可口。

他突然很想知道尝起来会是什么味道。

洛怀靖半真半假地捂了眼睛，调侃：“哎，这狗粮撒的……我也知道我这时还不走有点讨嫌，但我还有点正事要跟你们商量。”

童向南微微红了脸，收起了一腔心猿意马，“你说。”

洛怀靖在病床另一边坐下来，正经地问：“这次的事，跟长坤建设有关？”

警察找他问过话，他有所推测也很正常。

童向南也就不隐瞒，微微点头，但还是补充：“目前……没有证据。”

洛怀靖唇边撇过一丝冷笑：“我既不是警察，又不是法官，要什么证据？”

童向南眉头一挑，目光瞬间就凌厉了起来。

洛怀靖连忙抬抬手：“放心，我是守法公民，不会做让你为难的事。只不过……”他的话尾拖了拖，上一秒还在说自己是守法公民，下一秒就透出一种阴冷：“没有人能欺负了我妹妹，还可以全身而退平安无事。”

第十二章

我的宠物告白了

“别怕。”他一面靠近她的脸，轻吻了一下说，“有我在。我陪着你。”

1

“你还真是……能带来腥风血雨的男人呢。”电话那端的江映楼满脸怜惜，微微叹息。

童向南：……

“你还能更‘中二’一点吗？”

而且这种老梗，已经没有人知道了好吗？

江映楼就笑起来：“哈哈，这次真是闹大了。你上次出这种风头还只是内网，现在电视报纸网络全方位轰炸，我看你要不了多久就会被人扒出来，那可就真的全国出名啦。队长差点就想亲自去接你回来了。”

“我跟他解释过了。”童向南也有点无奈。

这都是洛怀靖的操作。

洛怀靖一面配合警方对那座大桥的建设做账目调查，一面在商业层面对长坤建设进行打压，又嫌这个不够快，索性直接在深网悬了赏找那个神秘的黑客，还联系了媒体。

他的思路也简单，他就想把这事炒热，炒到全国闻名路人皆知，万一深网都找不到那个黑客，就让他自己在普通传媒上看到。

一方面强调歹徒的凶残，而且隐晦地侧面暗示他们本来要绑的是那个黑客，却错伤无辜。一方面刻画受害者的凄惨，试图引发黑客的同情心。希望这名黑客看到之后，出于对自身处境的害怕也好，同情也好，站出来跟警方合作，至少把他盗取的资料交出来。

警方、唐甜和孟行舸，包括童向南，都接受了采访。虽然用了化名也打了码没露正脸，但熟悉的人自然能看得出来。

所以江映楼也特意打了个电话来。

童向南把事情大致说了一下。

“想这个黑客自己站出来？”江映楼皱了一下眉，“我看悬。”

“怎么说？”

“按你说的这些情况来看……”江映楼顿了顿，才道，“我觉得这个黑客心理上有问题的可能性很大。”

“具体一点说呢？”童向南问。

“我没见到人，只是推测啊。”江映楼说，“首先，他经常会在既定目标达成之后，顺手偷点别的，就说明他在自己的领域里非常自信，甚至具有一定的攻击性。但是，通常这类人都会有点表演型的表现，比如留下自己的专用记号，或者以别的什么方式来炫耀。但是他没有，默默无闻，从不露面。这就有点矛盾。”

“其次，他能黑进星界公司的数据库，并躲开星界的追踪，这就代表他的实力已经非常强悍了。但是却用来盗取网游账号卖钱……一个有能力有追求的黑客，怎么会做这么low的事？所以要么是他天生有这种恶趣味，要么，是他对技术之外的事情没有概念，或者毫不关心。”江映楼竖起两根手指，“但不论哪个，都代表这个人心理有问题。我估计他没有什么普遍同理心。就算看到新闻，他也未必会有什么特别的感受。”

童向南觉得江映楼说得有一定道理，但还是道：“不，我觉得，他还是会害怕的。不然不会星界公司一追查，他就收手了。”

“害怕的未必是他。”江映楼坚持自己的看法，“像他这样，有可能是社交恐惧症，也有可能是自闭症。这样的人会在某一方面有着天才的表现，但其他方面却乏善可陈，严重的可能连生活都不能自理，只会接触特定的他信任的人。所以，也很容易被人控制，让做就做，说停就停。”

童向南沉默下来。

他们一直都觉得杜宏和周志诚都没有盗号的能力，背后这个黑客才是主使。

如果江映楼说得没错，那情况可能就刚好相反。

也正好解释了他们一直以来的疑问，这样高明的黑客，为什么会去做盗号这么低级的事？

现在想来，其实未必真是他自己想做，而是周志诚和杜宏的眼光和见识限制了他的发挥。

但现在杜宏死亡，周志诚失踪，如果那个黑客真是个自闭症……那还有谁能知道他是谁？

而且，盗号的事一个月前就已经停止了，是不是那个时候他就已经出了什么问题？

如果他真的出了事，或者像江映楼说的，没有同理心对新闻没有反应……那洛怀靖这一番动作，也就真的白费了。

童向南沉吟着，江映楼却在观察他所处的环境，调侃："你这英雄救美救得都住院了，小甜甜怎么都没陪着你？童警官魅力值下降了啊。"

唐甜和于霏霏一起去看孟行舸了。

孟行舸和童向南是住在同一家医院，但伤情不同，并不在同一层病房。

他这次才真是无妄之灾。唐甜也是相当过意不去。于霏霏来探病，先看了童向南，又去看孟行舸，她就一起去了。

童向南也懒得跟江映楼解释，只道："小伤，明天就出院了。"

江映楼十分失望，道："还以为终于能看到小甜甜本人了呢。你回来时给我带个签名怎么样？"

童向南不高兴，沉着脸瞪他："又不是明星，签什么名！"

“哎，你不知道吗，现在她那个漫画可火了，不单小甜甜，你也有好多粉丝呢，都已经有专用昵称了，什么蛋总啦，苏蛋啦……”

童向南挂掉了电话。

但又忍不住去搜了那个漫画连载。

果然好多读者在那里留言说“宠物蛋好萌”。

“语气凶巴巴的，却只是个蛋，这个反差萌太可爱了。”

“苏苏苏。能卖萌，能救人，还能当教练……天下第一苏蛋。”

“我蛋总到底什么时候才能孵出来？简直迫不及待想看。”

……

诸如此类。

其实已经孵出来了。

但童向南想想他现在游戏里那个状态，觉得真被唐甜画出来，小小的三头身小萌娃，被她放在肩膀上，或者藏在衣兜里……只会更羞耻。

还不如一个蛋呢，好歹还有层蛋壳挡着也没人知道是谁。

他愤愤地又把漫画关了。

唐甜怎么还不回来！

2

孟行舸的病房里气氛并不算很好。

不单唐甜，连于霏霏都觉得满身尴尬。

因为葬夜瞳来了。

葬夜瞳本名叫叶瞳，看起来最多二十出头，本人跟游戏里的形象很接近，长卷发，大眼睛，皮肤白嫩，娇艳红唇，明艳妩媚，光彩照人。

唐甜和于霏霏到的时候，她正坐在孟行舸床前削一个苹果，一边跟孟行舸说话，那表情那动作那声音……简直要把整个病房都染成粉红色。

在知道唐甜和于霏霏的身份之后，她就表现得更甜腻了，并且还完全一副女主人的姿态来招待她们。

孟行舸倒是想解释，葬夜瞳特意来看他，一片好心，他也不可能直接赶人走啊。之后这个做派他虽然也不喜欢，可他也不是那种能当着女孩子面让人下不了台的人，何况还躺在病床上起不来，只能一脸纠结地看着唐甜，刚张了嘴想说话，就被一边的孟妈妈压下去了。

她给孟行舸压了压被子，一面慈爱地笑道："小叶也是有心，从网上看到了新闻，就千里迢迢赶来看望行舸，还不辞辛劳地做这做那，现在真是难得有这样的女孩子了。"

"孟伯母过奖了。我甘愿做的。"葬夜瞳带了点点羞涩道，"当时主要是太担心了嘛，你们不嫌我冒昧就好。"

"怎么会？难得你一片好意惦记我们行舸。"

"最重要的是他能快点好起来。"

一副互相满意相处融洽的样子。

唐甜觉得有点无奈，又有点好笑。

她跟孟行舸几年男女朋友，其实对孟家父母，也了解得很。

二老都是文化人，老爷子还算开明，孟妈妈却有些清高。她其实也未必真的这么快就接受葬夜瞳，但毫无疑问，她现在最讨厌的人，绝对就是唐甜了。

孟妈妈本来就看不上唐甜，觉得她根本哪一点都配不上自己儿子，结果她竟然还主动提出了分手，在孟妈妈眼里，这简直是一种污辱。加上这次的事，孟行舸会受伤，也全都是因唐甜而起。

即便是唐甜后来二话不说就肯去救人，也抹不掉这一点。

她能忍住没对唐甜口出恶言，已经算是有涵养，更不要说让她继续跟孟行舸在一起了。表现出跟葬夜瞳亲近，也是为了给唐甜添堵，最好是唐甜自己识相，永远都不要再出现在她面前，她真是连多看她一眼都不想。

唐甜自己也很清楚这一点，所以即使每天都来医院照顾童向南，却也并不往这边跑，只之前来道过一次歉。这时也只是轻轻笑了笑，道："是呢，有伯母和叶小姐悉心照料，想必学长很快就能好起来的。我今天陪霏霏来看学长，也是想顺便跟学长说一声，童向南明天就出院了。到时我就不会经常往医院跑了，请学长不要见怪。"

言外之意，也很明了。

孟妈妈挺满意的，点点头，也有心情多寒暄两句："童警官是枪伤吧？这么快就好啦？"

"嗯，医生说他体能一直锻炼得很好，恢复快。回去再养养就好了。"

"这次也是多亏了他，我们这围着行舸手忙脚乱的，也没好好谢谢人家。"

"伯母不必客气，学长本来就是受我连累……是我们过意不去才对……"

孟行舸躺在那里听母亲和唐甜说话，那天在刑警队，她还叫童向南"童警官"，现在……

他突然觉得有点心烦，又有点心冷，什么也不想再听，什么也不想再看，索性直接闭了眼。

唐甜几乎是立刻就借口让他好好休息告辞了。

孟妈妈当然也没有留。

于霏霏跟着唐甜一起出去了，到了走廊里就拉着她低低问："你真的跟童警官在一起啦？"

"只是拿来搪塞孟伯母啊，不然刚刚那样，怎么办？"唐甜叹了口气。

于霏霏也咂咂嘴："也是，你说莽夜瞳……也真够执着的啊。"

唐甜道："她是真担心，出事之前就找过我。认真讲，她和孟行舸真能成的话，我觉得也还不错。"

"哎，这股鸡汤味……"于霏霏嫌弃地扇了扇，又笑起来，挽了唐甜的手臂，"你还是跟我老实交代吧，是不是自己跟童警官好上了，嫌孟行舸碍事，才想他赶紧先找一个？"

"胡说……"唐甜下意识想反驳，但又突然想起这几天童向南看她的眼神，莫名其妙地就有点底气不足，慢慢红了脸。

童向南出院，唐甜自然而然地就把他接回了家。

童向南并没有拒绝，只轻轻道："麻烦你了。"

"不麻烦不麻烦，你是我的救命恩人嘛。"唐甜连忙道，"而且，因为洛怀靖，一直还要你假扮我男友，我该多谢你才对。"

洛怀靖因为这次绑架事件，也没急着走，时不时还拿这个做借口来见他们，所以唐甜也只能继续演戏。

童向南道："……没有假扮。"

"是，是，你本色出演嘛。"唐甜忍不住笑起来。除了案子，他基本连话也没说几句，大半时候，只算是一个配合她的道具而已。

童向南深吸了一口气，看着她，一字一顿，认真道："我是说，我真的想做你男朋友。"

唐甜顿时只觉得脑袋里轰的一下子，响了一个炸雷，整个人被电得僵在那里好半晌，竟然傻乎乎地问："为什么？"

童向南笑了笑。

他平常很少笑，这个笑容就显得有些生硬和别扭，但看得出来，他在努力让自己温柔一些。

“你很好。”他说。

他的声音一如既往的粗哑，用词也依然简洁明了。

但就是这样简单平实的一句话，却似乎凝聚着无尽的真挚和深情。

唐甜一时心跳如鼓，却有点搞不清自己到底是欢喜多一点，还是震惊更多一点。

她这是……被表白了吗？

可是，这算什么表白？

既不是“喜欢你”，也不是“我爱你”，就只是“你很好”？

她完全不知道要怎么反应。

童向南又道：“关于我的事，你想知道什么，都可以直接问。”

唐甜什么也没问，直接逃了。

3

“尿货。”于霏霏耻笑她，“逃什么逃？童警官长得又帅，身材又好，还主动告白了，直接扑倒啊。”

唐甜：……

她向来是个有色心没色胆的，扑倒帅哥这种话，网上说归说，但真人就在眼前，她……真不敢。

于霏霏又道：“再说了，你逃就逃远点，只是躲在卧室里玩游戏而已，一会要不要出去啊？都把人接回家里来了，还矫情个啥？何况合不合适的，交往一下再说啊，现在什么年代了，真不行就分手，又不是非得捆一辈子。”

道理是这个道理，她也不是没谈过恋爱没分过手。只是……

可能还是因为太突然。

上一秒还觉得他是随时可能离开遥不可及的人，下一秒他竟然说想做她男朋友。

她之前问“为什么”，听起来可能是有点傻，但她是真的想知道。

这世上的长得漂亮的女孩那么多，好女孩也那么多，为什么是她？

他们又不是十几岁，情窦初开，但凡有一点看对眼，就会喜欢，长得好会喜欢，学习好会喜欢，运动好会喜欢，甚至只是性格突出特立独行都会有人喜欢。

童向南为什么会喜欢她？

他只是休假旅游偶尔被卷进这个案子里，顺手帮忙保护她几天，他那样冷静沉默的人，会一见钟情吗？

唐甜有点不敢相信。

“你管他是怎么喜欢你的！”于霏霏道，“现在这个情况，你只要想你自己喜不喜欢他不就行了？”

喜欢他吗？

唐甜不确定。

欣赏是有的，感激是有的，一时心动也是有的，要说喜欢……又似乎总觉得还差点什么。

她这么犹豫着，等她家宝贝儿醒来，忍不住又念叨了一回。

是的，即便是已经从蛋壳里出来了，唐甜发现她家宝贝儿还在“休眠期”。

总有些时候，它会好像其他人的宠物一样，会跟随，会听从主人的指令，但不会说话，也不会有其他的动作。

在蛋里面的时候，反正只是个蛋，不动不说话也不奇怪，现在变成这个萌萌的小人儿，就非常明显。

虽然完全服从她，乖乖的让干吗就干吗也很可爱，但唐甜还是更喜欢那个会跟她互动——哪怕有点毒舌只会训她——的宝贝儿。

她之前就觉得宝贝儿知道的东西好像有点多，现在甚至会有种错觉，就好像她家宝贝儿那小小的身体里，也有一个玩家，上线就是傲娇又霸道的毒舌教练，下线就变回那个只会听指令行动的游戏宠物。

她今天也是上线好一会之后，宝贝蛋同学才“醒”来。

她把小小的童向南托在手心里，叹了口气，问：“宝贝儿你说我要不要答应他？”

童向南：……

他真没想过，他刚刚在线下对她告白，她没回答就跑了，竟然会跑到游戏里来问他意见。

问他？

那是他本人好吗？

童向南没好气地道：“我要是说不行，你就会拒绝吗？”

唐甜竟然还点了点头，回答：“毕竟宝贝儿你给我的建议一直都非常正确嘛。”

童向南莫名其妙地更气了，忍不住愤愤地问：“那如果换成我呢？”

唐甜眨眨眼：“什么？”

童向南几乎要跳起来，大声道：“换我做你男朋友。”

“哦，那当然没问题啊。”唐甜哈哈大笑，顺便还凑过来叭唧亲了他一口，“你是我的宝贝儿嘛，我最喜欢你了。”

童向南闭了嘴。

知道她并没有认真，大概只把这当成一个游戏，但还是忍不住有点吃自己的醋。

他这算是自己给自己挖了坑吗？

原来那种“不说明的话可能会更糟糕”的预感，首先要应在这里吗？

但是，到底要怎么跟她说？

他现在这个状态，只怕说出来，唐甜也会继续当个笑话吧。

童向南纠结着，是不是要让本尊来开口比较好？

这次副本，唐甜和于霏霏还是没能一开始就在一起，但她也不是孤身一人。周围还有另外四个玩家。三男一女，唐甜都不认识。

他们出现在一个树林里。

林子看起来似乎不大，不是什么原始森林，但几乎所有树木都长满树瘤怪枝横出，看起来阴森恐怖，低处的草丛也呈现出一种怪异的暗红色，种类更是根本无法辨认。

估计不是什么好地方。

唐甜还在打量环境，已听到一个男人道："既然大家被扔到这里，暂时也只好一起行动了。不如都做个自我介绍吧。我叫铁狼，擅长近战。"

他先开了口，其他人就都跟着说了。

一身迷彩装的男人自称鹰眼，擅长射击。另一个瘦瘦小小的少年叫红景天，走的是高敏盗贼的路子。女孩子是法师，叫温柔。

"我是糖醋排骨，会点医术。"唐甜说，情况不明，童向南索性在唐甜口袋里没冒头。

红景天哈哈笑起来，道："哦，这倒好，有近战有远程，有法有奶，完全是标准副本队配置嘛。"

几人临时组了个队，铁狼一脸"当仁不让"地担起队长的职责，开始分配任务，让红景天警戒四周，又让鹰眼上树去察看方位出路。

几个人性格都还算和善，这也都是合理的安排，没人反驳。

不多时鹰眼就在队伍上方说往南两公里左右有条路。

红景天也发现了野兽的踪迹。

这里不能久留，还是先到那条路上去再说。

几人的身体素质都强化过，两公里山路也不算什么，很快就到了鹰眼说的路边。

那是一条水泥公路，但明显已经废弃很久了。路面多处塌陷断裂，不知名的植物顽强地从裂痕里生长出来。

大家商量一下就决定先沿着路走。

一路上虽然不时看到奇怪的植物，但并没碰上什么危险。

经过这段时间的磨合，几人也算是彼此熟悉了，接下来的路程，气氛就轻松了许多。

尤其是红景天，虽然技能都点了侦探潜行之类，本人性格却十分活泼，一路上说笑耍宝，把两个女生逗得哈哈大笑。

童向南待在唐甜衣袋里没出来，但听着别人凑到唐甜身边献殷勤，还是有点不爽，隔着衣服戳了唐甜一下。

唐甜忍着笑，把手伸进口袋里，安抚地摸摸他。

童向南就更不高兴了，拨开她的手指，不让她碰。

唐甜又笑起来，低低道："小醋包。"

红景天没听清，追问："你说什么？"

唐甜抬起眼来看着他。

少年的眼睛充满了热情，青春期过剩的荷尔蒙简直都写在脸上。

怪不得宝贝儿要不高兴。

唐甜笑了笑，道："我说我有男朋友了。"

红景天愣了一下，突然就尴尬起来。

旁边温柔则毫不客气地嗤笑了一声。

红景天虽然是在讨好她们两个，但重心放在谁，大家都看得出来。

其实外表还在其次，主要是唐甜的技能有优势。

游戏里嘛，有治疗和没治疗差不多是两个概念，何况《第五维度》里医师出奇少。

好不容易碰上个，谁不想把关系拉近点？

红景天好半晌才期期艾艾道："那个，其实，我没有别的意思，只是路上无聊，就随便聊聊呗。"

唐甜点点头，又笑了笑道："嗯，我也没有别的意思。"

红景天也讪讪笑了笑，很快又说起别的来。

唐甜再次伸手摸了摸口袋里的小宝贝儿，示意："满意了？"

童向南这次没有挡开，而是抱着她的手指，亲了一口。

唐甜整个人僵了一下，以往都是她亲她家宝贝儿，这还是宝贝儿第一次主动亲她。

而且，跟她那些玩闹似的吧唧响吻不一样，小小的柔软的唇，轻轻的，在她指腹上一触即分。

但却好像带着十万伏特的电流。

唐甜看不到衣袋里的童向南的表情，但只想一想那小小的人儿抱着她手指的样子，就忍不住想尖叫。

实在太萌了。

简直犯规！

4

游戏里天色渐渐暗下来。

唐甜他们沿着路已经走了很久，偶尔能看到废弃倒塌的房屋和已经锈成废铁的车辆，但一直没见到人烟。

"这副本大概又是一个末世背景吧？"

“千万不要有丧尸啊，我讨厌丧尸。”温柔叫起来。

唐甜也讨厌丧尸，丧尸世界不但恶心，一般都还伴随资源匮乏，哪怕像《生化危险》那样找到什么病毒，也不敢贸然使用，最多只能回去卖给系统，捞不到什么好处。

“也许是外星人入侵。”

“怪物！变异！异能！”

大家正说着话，就真的有怪物出现了。

一头体型像牛，长得却有点像猪，鼻头像犀牛一样高高隆起一个硬块，背上还长了一排像剑龙一样的尖刺的四不像怪兽，从路边的树从里冲出来，径直撞向温柔。

温柔看起来也应该是有经验的老玩家了，并不慌乱，一面跑开，一面拿出了自己的法杖。

另一边铁狼已经拔刀冲了上去，向着怪兽的脖子一刀砍下。

枪声同时响起，鹰眼的枪法的确不错，一枪命中怪兽的眼睛。

怪兽“嗷”的一声惨叫，却也不逃，反而转头向鹰眼的方向冲去。

铁狼自然不能放它过去，连砍数刀，将怪兽牢牢拖在原地。

鹰眼又连开数枪。这时温柔的吟唱也已经完成，从她的法杖顶端冒出一个火球，直接砸到了怪兽头上。

怪兽哀嚎倒地，一命呜呼。

几人虽然是第一次配合，效果却相当不错，从怪兽冲出来到打死，也不过短短一两分钟。

红景天鼓掌道：“好厉害好厉害！我和糖醋排骨都没捞到出手的机会呢。”

唐甜道：“你可以在自己身上刺一刀，我替你治好，这样就都算出手了。”

大家都笑起来。

其实大家一起组队，唐甜也不是不想出力，但她除了治疗，目前只有上次买的那两个技能，剑法根本还没练熟，有铁狼顶在前面，也没到要她上去肉搏的程度。

铁狼一边笑着，一边熟练地把那怪兽的尸体给分解了。“这东西皮还挺厚，可惜烧坏了卖不掉了，牙有人要吗？”

这也算是老玩家的基本技能，游戏里怪物身上的东西，指不定在哪就能卖掉。再者怪物的结构什么的，写在副本记录里，上传给系统，也是可以换钱的。

那怪兽的獠牙足有二十厘米长，碰上有炼器或者铸造技能的玩家，完全可以做成匕首了。

鹰眼和温柔都不要，铁狼就先收起来了，道：“回头我估了价再分你们钱吧。”

这也算是副本里战利品分配的惯例。不放心的，还可以通过系统签订契约。

唐甜觉得铁狼这个队长还算不错，碰上怪物顶在前面，东西也没想要独吞。

队伍往前走不多远，路边的树丛里又冲出来两只之前那种四不像怪兽。

再次干掉它们之后，铁狼道：“我看这东西可能是晚上活动的，所以天一黑就都冒出来了，这两边都是林子，也不知还有多少，我们不能继续摸黑走了，还是得找个安全的地方待一晚上。”

大家都没有意见。

主要现在他们并没有什么明确的目标，不需要赶路，也犯不着冒险。

唐甜他们找到的落脚处是个废弃的农场。倒掉一半的大门上还能看到“有机农场”几个锈蚀不堪的铁字，院子里全是各种野草杂树，连墙缝里都长满了植物。

进去之后，他们才发现，这里已经变成了一个蛇窝。

但也没有别的选择，天已经黑了，外面的密林里影影绰绰，不时传来吼声，也不知还有多少怪物。

虽然说玩家随时可以下线，但在下线之前找个相对安全的环境也是常识，不然下次一上来，直接就被怪物给围了，冤不冤？

好在几人实力都还不错，合力把大大小小的蛇都杀了，温柔还直接放了把火，总算清出一个还算完整的房间。

铁狼打扫战场剥皮分尸，红景天则生了堆火，就地取材开始烤蛇肉。

唐甜也在一堆蛇尸中挑挑拣拣，准备拔几颗蛇牙给童向南用。还是之前铁狼的做法提醒她了。

童向南的绣花针早不知哪去了，这副本看起来也不安全，还是有个武器防身比较好。

刚刚那“野猪”的牙太大了，这么多蛇，总能挑出合适的。

这次战斗唐甜也出了力，要不是她，这个小队所有人都得中毒。所以她要两颗牙，当然没有人反对。

看她挑了那么小的两颗，铁狼还有点意外，道：“这么点大能干吗？”

“好看。”唐甜说。

铁狼：……

好吧，那一对蛇牙不过几厘米长，小巧玲珑晶莹剔透，的确是好看的。

女孩子的小心思他还是别猜了。

烤蛇肉吃完，红景天就说时间不早了，他明天还要上课，准备先下了，又问：“你们明天什么时候上来？”

这就是临时组队最大的麻烦了。

大家要工作学习，作息都不同，今天能一起组队打怪，明天还能不能凑齐就说不好了。有人没上来也不可能一直在原地等。

最后也只能互相加了好友，等上线时再问一声，然后红景天便下线了。

跟着是温柔也说要睡美容觉，跟大家告辞下了。

唐甜倒没急着下线，靠在墙角，替童向南处理那对蛇牙。主要是顺着蛇牙的弧度磨出锋刃来，又把牙根用棉线缠起来方便他抓握。另外蛇牙是中空的，还可以藏点毒。

她忙着做自己的事，也没说话。房间里就安静下来。

铁狼看看她，又转过头看看鹰眼，目光里似乎别有深意，问道：“你不下线吗？”

鹰眼擦着自己的枪，淡淡道：“我不急。”

铁狼沉吟一会，笑了笑，往火堆里加了一根柴。

唐甜就在这时收到了葬夜瞳的信息。

“要杀你的人叫陌冰。”

唐甜十分意外：“谁？我根本不认识这人吧？”

“你认识的。”明明只是文字，但葬夜瞳字里行间都透着一股幸灾乐祸，“这个ID，就是你原来那个号，改了名字。所以看你回来，还重新学会了治愈术，她就不高兴，悬赏杀你，这个副本也一样悬赏了，五万金币。”

五万！

她发现那棵神奇的大树，系统也不过奖励了她五万。

有钱人真是任性啊。

唐甜有点无奈，还真是让于霏霏说中了。她叹了口气，问：“你怎么知道的？”

葬夜瞳道：“她能砸钱杀人，我当然也能砸钱买消息啊。”

有钱人的办法真是简单粗暴……唐甜都没办法评价了，只能干巴巴道：“谢谢你啊！”

葬夜瞳道：“又不是为了你。我只是不想让兰舟误会我而已。”

何家那次，唐甜接连两次被刺杀，于霏霏直接就怀疑葬夜瞳。兰舟虽然没有表态，但葬夜瞳还是想向他证明自己的清白。

唐甜叹了口气：“不管怎么样，总归是有帮到我，所以还是要多谢你。”

葬夜瞳这次没有推辞，道：“兰舟让我来告诉你的。还有，他说了，他以后不会再见你了，你也不要再去纠缠他。从现在开始，一刀两断。”

唐甜估计这不是孟行舸的原话，他并不是那么干脆的人。但这样的确对大家都好。

她就回复了一句：“好。”

过了一会，又再说了一次：“谢谢。”

葬夜瞳没有再回。

5

唐甜才刚弄好了一颗蛇牙，就听到童向南突然叫道：“趴下！”

她对自家宝贝儿这种命令口气，几乎已经形成了一种条件反射，根本想都不想，身体自动就照做了，直接往地上一趴。

跟着就听到了枪响。

子弹从她头顶打进墙里。

她没顾得上抬头看，童向南的下一个指令便随即而来。“翻窗，跳出去。”

于是她趴倒之后，立刻就地一滚，到了窗边，直接就从破了一半的窗户钻了出去。

在跳下去的瞬间，她才用眼角的余光看到持枪向她射击的鹰眼和拿着刀堵住门口的铁狼。

又一颗子弹几乎擦着她的衣服射空。

同时听到里面鹰眼和铁狼的叫骂。

“这都能让她跑掉？这娘们是背后长了眼睛吗？”

“别废话了，快追！”

唐甜没问为什么。

葬夜瞳刚刚才提醒过她。

她的命，值五万金币。

整个副本的收益，也未必能有这么多。

之前他们没动手，说不定只是嫌人太多不好分。而在唐甜处理蛇牙这段时间，铁狼和鹰眼显然也商量好了怎么处理她。

要不是童向南，刚刚鹰眼一枪就能打爆她的头。

他们之前待的房间只在二楼，下面又长满各种植物，唐甜只有几处擦伤，并不影响活动。

“找地方隐蔽。”童向南道。

等唐甜藏好，他就从她口袋里钻了出来，掂了掂唐甜刚给他弄好的蛇牙刀，嘱咐道：“在这里等我！”

“欸？”

唐甜还没反应过来，就看到自家宝贝儿刷地钻进草丛，消失不见。

童向南第一次体会到了这个体型的优势。

深夜，月黑风高，杂草丛生的庭院。

对他这种只有十厘米身高的人来说，简直是天然的主场。

五万金币？

呵呵，也要看你们有没有命拿！

没过几分钟，唐甜就听到了枪响。

跟着又是一声。

再一声。

杂乱无章。

显然开枪的人根本没有找准目标。

跟着就是鹰眼的惨叫。

“怎么了？她在哪？”铁狼的声音从另一个方向传来，然后是跑步声。

他们大概是从房间出来之后就分开来找，正好给了童向南各个击破的机会。

铁狼还没跑到枪声响起的地方，就看到那里突然亮起一团白光，一闪而灭。

这个白光他们这种老玩家再熟悉不过。

那代表了玩家死亡，退出副本。

悬赏可是要拿杀死糖醋排骨的游戏录像去才能领到的。他之前跟鹰眼商量好了，一人一半。难道那小子想吃独食？

铁狼不由得加快了脚步。

他一急，反而出错，脚下不知被什么绊了一下，身体一下子失去平衡向前栽去。好在他战斗经验也算丰富，很快又重新稳住。

这才觉得有点不对。

刚刚还听到枪声，但他跑过来竟然没有看到人。

鹰眼杀了糖醋排骨为什么要躲起来？

难道他不但想独吞，还想连自己一起干掉？

至于说糖醋排骨反杀鹰眼的可能，铁狼根本想都没想。他之前已经试探得很清楚，糖醋排骨根本没什么攻击技能，只是会治疗而已。怎么可能杀得了鹰眼？

这么想着，铁狼便把注意力全放在防备不知潜伏在哪里的鹰眼向他开冷枪上，小腿上突然传来尖锐的刺痛，还没等他低头去看，就隐隐有点发麻。

“还有蛇？”

铁狼打开了手电，只见一个小小的身影一晃而过。

不是蛇！

他连忙转身去找，却只看到一丛杂草。

小小的童向南已经勾着他的衣服爬到了他背上。

铁狼反手去抓，又怎么抓得到？

童向南灵活矫健，唰唰几下就已经到了他脖子后面，手起刀落，蛇牙刀直刺进他的颈动脉，再横向一划。

鲜血顿时飙射出来。

铁狼伸手向他当头拍下，童向南闪开，一个后翻跃下，转眼间已经又消失在草丛里。

铁狼捂着自己的伤口，又惊又恐，问道：“你到底……是什么……”

伤口其实不大，但是位置太要命了，加上蛇牙刀上还有毒。

他一句话都没说完，就倒地化作了一团白光。

到死都不知道到底是什么杀了他。

童向南已经回到了唐甜身边。

唐甜看了看时间。

从他离开到回来，总共不到五分钟。

她看到了两次死亡的白光，可见铁狼和鹰眼都被干掉了。

唐甜忍不住捧起小小的童向南亲了一口，夸赞："宝贝儿，你真是太厉害了！之前在蛋里不能出来，真是太委屈你了。"

童向南微微红了脸，轻咳了一声道："现在不是说这个的时候，野外太危险了，还是得找个房间过夜。不要去先前那一间。"

这个农场虽然破败，但房间还是很多的。

唐甜又找了间相对完整的，进去之后把门窗封好，就开始处理起另一颗蛇牙。

"这个不急。"童向南道，"五万金币，是个不小的诱惑，红景天那两人不知道还会不会再上来，刚刚那两人也很可能会出卖你的位置。时间也不早了，你还是先下线吧。"

"哦。"

唐甜虽然应了一声，但却磨磨蹭蹭，丝毫没有要下线的样子。

童向南不由得叫了她一声："唐甜。"

唐甜抬眼看着他。

童向南柔声道："很晚了，下线休息。"

他在游戏里的声音跟本人不太一样，本来就又软又糯，他放柔了声线，更是让唐甜萌得心都要化了。

她将他捧在手心里，放到脸侧蹭了蹭，道："我下线也睡不着，多陪陪宝贝儿不好吗？"

睡不着……是因为他突然告白扰乱了她的心情吗？

童向南忍不住直接问出来："是因为跟你告白的人吗？"

“欸？”唐甜眨了眨眼，然后就连忙解释起来，“啊，并不是……跟他没有关系。宝贝儿你别误会，是有点别的事情……”

“什么事？”童向南追问。

“也没什么，都过去了。”唐甜却不愿意多提，“我只是有点……睡不好。”

童向南怔了怔。

然后就暗骂了自己一声。

他真是太粗心了。

绑架的事，唐甜肯定还是被吓到了。

他看她当时表现镇定，事后也很平静地来医院照料他，竟然就真的没有再管。

但……面对那样凶残的歹徒，看着孟行舸被打成那样，又看着他中枪，那么多血……

她可不是像他们这样见惯生死的警察。

她只是……

那么娇弱而敏感的，女孩子。

童向南叹了口气，抬起小小的手，抚上唐甜的脸。

“唐甜。”他轻唤了一声。

“嗯？”唐甜用鼻音应了。

“别怕。”他一面靠近她的脸，轻吻了一下说，“有我在。我陪着你。”

唐甜整个人又僵了一下。

这次并不是因为他的吻，而是因为他的话。

有一个瞬间，她就好像看到了那天晚上送她出门的童警官，握着她的手，说：“别怕。”

唐甜觉得自己可能真是太久没有好好睡觉，精神有点恍惚。

童向南退开了一点，直视她的眼睛，语气再次严厉起来，命令：“现在下线睡觉，马上！”

唐甜从游戏里退出来，就听到了敲门声。

她过去开门。

童向南站在门口。

“童警官？”唐甜有点意外。

“对不起！”童向南说。

唐甜有点莫名其妙地眨了眨眼：“欸？”

“我早应该注意到的。”童向南道，“你是不是从绑架案之后，一直都没休息好？”

“你怎么……”

唐甜更加不解，童向南却没让她说完，很快就接道：“别怕，有我在！”

唐甜怔住。

刚刚在游戏里的错觉，又突兀地浮现出来。

童向南进了她的房间，拉着她的手，把她带到床边，自己拉过椅子在床边坐下，一面道：“我就在这里守着。”

“童警官，你不用这样……”唐甜有点为难，“你自己的伤还……”

“我没事的。”童向南看着她，语气隐隐透出种压迫感，“睡觉，马上！”

什么跟什么啊？

唐甜觉得这场面简直可笑。

但是却又很奇怪地有点让人安心，就像游戏里她抱着宝贝儿一样。

她觉得……她会有这种想法，也是魔障了。

大概，也真是需要好好睡一觉了。

她乖乖去洗漱完上了床。

童向南就安静地坐在旁边。

唐甜本来以为在这种诡异的气氛里，她睡得着才怪，肯定要整夜失眠的。

这样也好，下次童向南大概就不会再做这种奇怪的事了。

她就抱着这样的念头，没到三秒钟，便沉沉睡了过去。

第十三章

我家宠物归我啦

“相信我，我们一起努力，会找到第三种爱情，叫作相濡以沫，白头偕老。”

唐甜静默了半晌，然后就抬起手抱住了他。

1

唐甜已经很久没有睡得这么好了，甚至醒来的时候有一瞬间的搞不清状况。

回忆了两分钟之后，她慢慢红了脸，然后转头看向床侧。

童向南还在那里。

靠在椅背上，闭着眼。

似乎也睡着了。

唐甜刷地缩回了被子里，过了几秒，又悄悄探出头来偷看他。

童向南还没醒。

她就稍微大胆了一点，目光灼灼地盯着他。

别的且都不论……童向南长得真好。

即便这样睡着不动，也美得让人移不开目光。

用美来形容一个男人，似乎有点奇怪，但唐甜一时间却觉得没有比这更合适的词了。

他静静坐在那里，有如一尊完美的雕塑，眼睛闭起来的让他没有平日里那份凌厉，多了几分柔和，阳光从窗帘的缝隙透进来，正照在他脸上，光华流转，美不胜收。

唐甜甚至忍不住伸出手，想要碰触他有如蝶翼的长长睫毛。

但手伸到半路，就僵住了。

童向南不知什么时候已经醒了，眼角微挑的凤眼正看向她，目光清澈而又温柔。

唐甜尴尬地轻咳了一声。

第二次了……

她想碰他，却被抓了现行。

她讪讪地试图收回手，一面努力想，这次要找什么借口。

“你脸上有东西”之类的，能不能说得过去？

童向南捉住了她的手。

“啊，那个，童警官……我……那什么，我不是故意要……”

唐甜正期期艾艾试图解释，童向南却拉了她的手，放在自己脸上。

唐甜差点没咬到自己的舌头，连话都说不利索了：“童……童……”

“故意的也没关系。”

童向南的声音低沉沙哑，这时听来，却婉转低回，充满磁性，又似有无尽诱惑，以至于唐甜本来想抽回手的，却鬼使神差地停下了。

手心就贴在他脸上。

唐甜能感觉到他脸上的温度。

很烫。

他偏暗的肤色让他的脸红不太明显，但温度却掩盖不了。

他……

唐甜抬眼看着他。

他的眼神专注又热切，声音又低了几分，唐甜甚至要很努力才能分辨出来。

他说：“女朋友福利。”

唐甜只觉得脑袋里好像哗地有壶开水沸腾起来，她不用摸都知道，自己的脸肯定比童向南更烫。

她刷地抽回手，只道：“我先去洗漱。”

连看都不敢再看童向南，匆匆躲进了卫生间。

又逃走了。

童向南摸摸自己的脸颊她刚刚碰过的地方，有点郁闷。

她明明不是想摸的吗？

又错了？

2

等童向南也洗漱完出来，唐甜已经做好了早餐，也做好了心理准备。

她把早餐摆好，就道：“童警官，我想，我们应该认真谈一谈。”

童向南点点头，拿出自己最正式的态度，坐得端端正正，目不斜视。

他这样严肃，唐甜自己反而先紧张起来，轻咳了一声，道：“那个，童警官你自己伤还没好，真不用那么守着我……我没事的……过段时间就好了。”

童向南不置可否，只问：“你昨天晚上睡得好吗？”

唐甜刷地红了脸，童向南一直在床边守着，她也不可能睁着眼说瞎话，只能老实地点了一下头。

童向南也点点头，道：“那就好。”

唐甜只想钻到桌子底下去。

好半晌才意识到，她真正想谈的不是这个。

只得又轻咳一声，把话题重新捡起来，道：“昨天童警官说的事……是认真的吗？”

童向南再次点头：“是。”

“为什么？我知道这样问很傻，但还是想知道。不要说我很好什么的，这世上比我好的姑娘多了去了。童警官看起来也不像是会一见钟情的人，为什么会选择我？毕竟我们才认识没多久，相处也不是很多……”唐甜一股脑儿把自己的想法都说出来，见童向南只是静静看着她，才缓下来，“所以，我还是想知道，童警官真实的想法到底是什么。”

童向南道：“只要是真实的，再离奇荒诞，你都能接受吗？”

离奇荒诞？

唐甜皱了一下眉，不是在问他突然想做她男朋友的事吗？还能扯上离奇荒诞？

但她想了想，还是点点头。

童向南反而要酝酿一下说辞，才缓缓道：“你那天，的确是用治愈术救了我，对吧？”

唐甜差点没跳起来。

那天在医院被洛怀靖打断之后，他们就再也没说过治愈术的事，隔了这么久，他怎么又提起来了。

“我……我也不知道。”唐甜说，“这种事……”

她突然顿下来，这种事，可不就是离奇荒诞吗？

偏偏童向南一本正经：“是游戏里的技能，对吧？”

唐甜沉默了一会，还是点了点头，回答：“其实，我也不知道到底是怎么回事，当时……可能就是情急之下突然爆发吧……后来我也试过，但再也没有成功过。我想说不定只是错觉，你根本只是自己挺过来了……”

“并不是。”童向南道，“我的体会最为真切了，治愈术的效果是真的。跟游戏里你用在我身上的治愈术一模一样。”

“游戏里用在你身上？”唐甜睁大了眼，“你也有在玩《第五维度》？”

“半年前，我在一次虚拟演习时出了点事故……”

童向南说了自己一睡着就会进入游戏里变成一颗蛋的故事。

唐甜没听完就真的跳了起来。

“你，你，你……”她站在那里，指着童向南，脸色红了又白，白了又青，手指都在发抖，但后面的话，却完全不知道要怎么说。

能怎么说？

她虽然一直隐隐觉得宠物蛋的智能似乎太高了一点，好像一个玩家，但真的是一个人，还是……面前这个人……

想想她对宠物蛋做的那些事……

唐甜简直觉得自己没法活了。

她又气又急，几乎都想掀桌子，把这一锅热粥全都砸到童向南头上。

“你什么时候知道游戏里那个人是我的？为什么一直没说？是不是觉得这样看着我要宝很有趣？是不是……”唐甜哽着喉咙说不下去，连眼圈都红了。

童向南早想过唐甜有一天发现真相时可能会难堪羞窘，但看她要哭，却也不知要怎么安抚，只能老老实实回答她的问题：“是在周志诚家门口碰上你和孟行舸之后，才渐渐把你们和游戏里的人物联系起来。并不是故意隐瞒，只是不知道要怎么开口。毕竟这种事……而且一般情况下，说了也没人信，就好像治愈术一样。”

唐甜抽噎了一下，稍微冷静了一点。

跟着就沉默下来。

是啊，这种事，要怎么说？

童向南也不是自己愿意的，游戏里种种，都是她搞出来的，他一个蛋，连拒绝的余地都没有。

她记得她很早就感觉到他的郁闷和愤怒，但……怪不得那么长时间里，她跟宝贝儿的好感度都那么低。

说到底是她自己作死。

他一个大男人，唔，还是个警察，怎么好开口跟她讲“我就是在游戏里被你这样那样又那样这样的那个蛋”？

哪怕没有那些羞耻破表的事，一个才见过两面的陌生男人，跑来跟她讲“嗨，我是你游戏里的宠物”，她估计只会报警抓变态吧。

这么一想，唐甜又只恨不得找个地洞钻进去，她……真的不能活了。

唐甜捂了脸不敢看人，好半晌才又问：“那为什么……现在要说？”

直接让她永远把宠物蛋当成游戏数据不行吗？

“因为想真正跟你在一起。”童向南说。

比起追媳妇儿，其他都是细枝末节了。

而且，他有点吃醋。

唐甜对游戏里的他比对他本人好多了。

唐甜再次沉默下来。

也没说答应或者不答应，很久之后，才轻轻道：“但是……案子结束之后……你就要回去了吧？”

童向南点点头，回答：“所以，你愿意跟我一起去A市吗？”

唐甜刷地抬起头来看着他，道：“什么？”

童向南显然早就想好了，道：“你愿意的话，我们就一起回去。A市的机会还是很多的，你想找工作也好，继续画画也好。如果你不愿意，那我就回去申请调职……”

“等等。”唐甜连忙打断他，“你是说调到J市来？”

童向南理所当然地点头道：“我想应该不会很难，实在不行就离职再过来找其他工作……”

“等等。”唐甜再一次打断他，“你认真的？”

童向南再次点头：“嗯。”

唐甜看着他，问："你是不是想得有点远啊？"

"不远。"童向南说，"你之前不是觉得我们认识的时间太短，没有好好相处过？不在同一个城市，怎么相处？你如果不愿意去A市，那就我过来好了。"

唐甜神色复杂。

这一番长谈，虽然算是解决了她一些疑虑，却让她心里更乱了。

游戏里那些"中二"行径的羞耻，抱着宝贝儿时的安心，对童向南的感激，从他手心里感受的温暖，不经意间的怦然心动，甚至还有几分对美色的花痴……各种情绪来来回回，纷纷扰扰。

唐甜又捂住了自己的脸，缩成一团，声音从指缝间闷闷地传出来："你再给我一点时间，让我好好想一想。"

童向南没再逼她，只轻轻应了声："好。"

3

唐甜没有上游戏。

她暂时不想见到她家宠物。

之前有多亲密，现在就有多尴尬。

她之前把宝贝儿捧在手心里，藏在口袋里，放在肩膀上，怎么着都觉得萌，一旦知道他是童向南……就只有窘了。

连带的，自然也不想看到童向南本尊。

只觉得多看他一眼，自己脸上的温度都能把自己点着了。

童向南很识趣，答应了给她时间，就连空间一并给了。

他去了刑警队。

李耀十分意外："你怎么就出院了？这么快就好了？也不多休息几天？"

童向南也不好跟他解释治愈术的事，只问："案子有什么进展吗？”

李耀顿时就叹了口气。

其实倒也不是完全没进展，他们找到了周志诚出去时戴的那块表。

从童向南建议时就开始留意，到昨天才总算有所发现。

李耀都不得不承认，真是靠运气。

运气好正好有警察看到这块表，店主又支支吾吾说不清来路。更幸运的是，手表虽然被擦得很干净，但周志诚拆开过这只表，表壳内部留下了他的指纹。

店里的监控和店主都指出了去卖表的人，就是那八名被抓获的绑匪其中之一，而在表面采集到的指纹也的确吻合。

案子到现在，才总算找到了能把一切串起来的实证。

李耀等人兴奋不已，就像打了鸡血似的，力求以这个为突破口，一举把案子拿下。

但跟着的审讯就给他们泼了盆凉水，绑匪咬牙不认，只说表是他在路上捡的，他没做到拾金不昧是他不对，但周志诚什么的，他根本不认识，见都没见过。

于是又卡住了。

“绝对是他们做的不会错。”李耀咬着牙道，“但现在也没有别的证据，目前天明他们还在调查这八个人19号的行踪。”

案子完全没有头绪的时候，固然让人郁闷，但明明锁定了嫌疑人，却因为没有证据不能动，更让人憋屈。

“洛怀靖说的那个呢？”

“各种媒体，声势倒是做足，但这些天以来，我们完全没有收到任何消息或者线索。”李耀扳着手指，“电话、信息、信件、email……什么都没有。”

难道真让江映楼说中了？童向南的心不由得也沉了沉。

郑天明就在这时跑了进来。

“头，你看这个。”

他把手机递给李耀。

屏幕上是一条新闻，《海外华侨善心捐桥，无良商家偷工减料》。

里面说J市长坤建设，在修建洛菲国际慈善捐建的大桥时，所用钢材全都不合格。

有名有姓，数据翔实。

李耀都吓了一跳，道：“建桥用的钢材不合格，那通车后还不得出事故？塌了怎么办？”

“本来前几天就要剪彩通车的，洛怀靖在查账，推迟了。这下可有大乐子了。”

“还不只这个。”郑天明手指在手机上划动，“这家，这家，还有一些自媒体大V，全都发了相关的消息，长坤建设不止这座大桥，这些年他们做的好些工程，都存在着不同程度的偷工减料，以次充好。”

网上已经闹得沸沸扬扬，群情激愤，网民们甚至要联名请愿彻查“豆腐渣工程”。

警察们也忍不住议论纷纷。

“这就是高俊伟苦心想找黑客拿回来的资料？”

“看起来那个黑客没把证据给我们，而是直接向媒体报料了啊。”

“这样……会不会打草惊蛇，反而让高俊伟提前把证据抹平啊？”

“他能抹平的，肯定早在周志诚出事那会就已经抹了。”

“可惜就算这事爆出来，也不能把他跟绑架案和杀人案关联到一起。”

童向南看着新闻，若有所思的样子。

“童警官在想什么？”李耀问。

“我在想，那些绑匪之所以这么嘴硬，除了绑架比杀人罪轻之外，可能相信主谋会保他们才是更重要的原因。如果让他们相信，长坤建设已经完了，高俊伟自身难保……会不会有人肯开口？”

“没错，现在被抓的八个人，未必个个死忠。”李耀一捶手心，“我这就再去提审。”

到了下午，洛怀靖亲自带着人对大桥进行现场检测，确认新闻报道属实，并声称要追究所有相关人员的责任的消息，又给李耀加了码。

八个绑匪之中终于有人承受不住这种压力，开了口。

的确跟警察们猜测的一样，周志诚的确是因为敲诈高俊伟，才惹祸上身。

绑匪的供述又补充了一些细节。

“那小子还挺小心的，用变声软件，躲在暗处……骗普通人算不错了，但都是我们老板玩剩下的，我们没费什么工夫就把他抓住了。没想到他还留了个后手，就是后来那个叫杜老三的。但怎么等也没等到。”绑匪说到这个，甚至有点想笑，“他就慌了，哭爹喊娘地求饶。”

李耀捋了一下时间线，就抬眼看了一下童向南。

这案子的巧合之处，还真是有点多。

那天杜老三抢包被童向南抓住扭送派出所，关了一天，第二天才放出来，自然赶不上去接应周志诚，怪不得杜宏非得要报复童向南不可。

童向南只微微挑了一下眉，他自己也觉得挺戏剧化的，当时也就是一顺手，没想到还能引出这么多事来。

那绑匪又道："姓周那小子，真不是我们杀的。我们就只是把他绑在那里，问他那些资料到底怎么来的，还有没有备份之类。都没怎么用力打他，他自己突然就很痛苦的样子，没一会就死了。估计之前就有什么病吧。"

童向南想起之前在周志诚家看到的药物，轻叹了口气道："哮喘。"

"咦？哮喘会死人吗？"李耀都有点意外。

童向南微微点了一下头："会。"

哮喘听起来好像不是什么大病，但发作起来救治不当，却非常危险。

绑匪见他点头，就好像抓住救命稻草，叫道："真是他自己死的。不关我们的事！"

"那他的尸体呢？"李耀继续问。

"我们拖到山上，埋了。"

"那杜宏呢？杜宏总是你们杀的吧？"

绑匪抿了一下唇，目光闪烁着，有点犹豫。

李耀一拍桌子，厉声道："都这样了，还想抵赖？赶紧老实交代，还可以争取一下宽大处理！"

绑匪就叹了口气道："也不是我干的，是刚子，他跟杜老三本来就有点不对付，一个不小心就露了口风被认出来了。杜老三那张臭嘴，又不干不净，他就没忍住……我想拦来着，我们也不想弄死杜老三，老板要找的人都没找到，他一死我们就更抓瞎了。结果就听到外面警车响，我们只能匆匆跑了，之后才知道杜宏已经死了。"

周志诚死得很突然，他们什么都没问出来。而杜宏是因为被放出来之后就打电话联系周志诚才暴露的，他死了之后，就更加没人知道偷资料的黑客到底是谁了。

高俊伟让人翻了周志诚和杜宏的家，也没找到什么备份，但心里始终不放心，一直都派人注意着这件事。

唐甜和孟行舸也就这样进入了他的视线。

他出于跟丁源一样的怀疑盯上了这两个人。

而童向南是突然来J市的，说是警察，但他们也摸不清底细，更不知道唐甜和洛怀靖的关系，当唐甜和洛怀靖见面，他们就开始心慌意乱，高俊伟试探过洛怀靖，确定他并不知情，唐甜还没有把资料给他，便当即决定对唐甜动手，以绝后患。

有了口供，再反过来搜证抓人，就容易多了。

警察们忙到大半夜，总算是尘埃落定，真相大白。

但李耀还是有点不甘心，道："到最后也没能知道那个黑客是谁。"

"他选择跟媒体报料，而不是跟警方合作，大概就是不想暴露身份。"童向南道，"但我想，周志诚和杜宏都死了，他大概也不会再做这些事了吧。"

"希望如此吧。"李耀合上案卷，伸了大大一个懒腰，"总算能好好睡一觉了。"

童向南：……

唐甜还在闹别扭，他这个时候，倒真是不想睡。

4

童向南回去的时候，客厅还亮着灯。

他进了门，才一迈腿，就看到自己脚边有个纸团。

一留意，还不止一个，满地都是。

童向南捡起脚边那个，打开来看了看。

是张画。

画的是他。

在路灯下抽烟的样子。

画得挺好看的。他一面想，一面把那张纸小心地抹平，准备好好收藏起来。

又捡了第二个纸团，打开来，还是画，画的还是他。

这次就是一张侧脸，不知在做什么，眼神有点凌厉。

童向南把它和第一张放在一起。

第三个纸团还是他的画像，这次是游戏里那个，小小的，坐在半边蛋壳上，双手托腮，一脸呆萌。

第四张是幅速写，画了一个奔跑中的男人，寥寥几笔，但依然能看得出来是他。

童向南把地上的纸团一个个捡起来，展平收好。

大大小小，现实游戏，各种姿态……全是他。

这一天他不在这里，唐甜画了满地他的画像。

童向南的心情忽然柔软，嘴角忍不住要向上扬。

唐甜半靠在沙发上，手里还抱着画板，但眼睛闭着，呼吸平稳，显然已经睡着了。

童向南轻手轻脚地走过去，把她手里的画板拿下来。

上面还有张画到一半的画，依然是他，还是光着上半身的……

记性倒好……童向南微微挑了一下眉。

童向南动作再轻，手里的东西被拿走，唐甜还是被惊动了，睁了眼，迷迷糊糊地看了看。

“是我。”童向南轻轻道，“去床上睡吧？”

唐甜也不知听没听明白，茫然地眨了眨眼，然后就又闭上了，依然窝在沙发里没动。

就好像什么睡迷糊的小动物。

既慵懒，又可爱。

童向南忍不住在沙发前蹲下来，伸出手指，小心翼翼地，碰了碰她的脸。

唐甜微微皱了一下眉。

童向南立刻就把手缩了回来。

然后自己又觉得可笑，掩饰地轻咳了一下，柔声道：“我抱你回卧室？”

唐甜没有反应。

他便当她默认，再次伸了手去，准备抱她。

唐甜就着他的手，自己翻了个身，贴到了他怀里。

童向南反而僵住了。

一时不知要怎么样才好。

唐甜轻唤了一声：“童警官。”

她的脸埋在他怀里，声音有点闷，又带了丝没睡醒的沙哑，听起来有如情人间缱绻的呢喃。

童向南只觉得自己身体不知什么地方开始有点痒。

又痒又热。

越发不敢动。

只低低应了一声。

唐甜好像笑了笑，道：“这样温柔的童警官……我大概是在做梦吧。”

她在他怀里蹭了蹭，又伸手搂住他的腰。

“既然是做梦，占点便宜也不会被计较的吧……”

童向南有点哭笑不得。

明明早上跟她说可以的，她自己逃了，这时又……

等等。

唐甜虽然在他身上作乱，却很小心地避开了他的伤口。

做什么梦，她明明是清醒的。

大概，有什么话，是觉得清醒时不太好说？

童向南这么想着，就听到唐甜低低道："以我的年纪，说这辈子，好像有点怪怪的。但是，我这辈子，只见过两种爱情。一种，好像陈酿美酒，越久越醇，连自己也会沉醉其中，不能自拔。一种，就好像绚丽烟花，在最美丽的绽放之后，就只剩下一地灰烬和连自己都不想再看的污迹。"

童向南想，她说的，大概是自己的父母。

唐甜的父亲去世早，童向南根本无从了解，他只在游戏里时，听过她和于霏霏说了一点。

唐父在他们离婚那么久之后，还跟女儿说妈妈是天上的小仙女，虽然说是哄小孩，也足可以看出用情之深。

而看唐甜的经历和她现在的生活环境，就知道她父亲当年的经济条件，应该不是很好。当年她母亲能打破门户的差距嫁给他，能跟他生了唐甜，也可以想象到底是怎么样炽烈绚丽的爱情。

然而最终的结果，却是唐父给唐甜留下了一本全是有关赵女士的剪报，而赵女士给了唐甜一张支票。

童向南不知要怎么安抚，只能抬手轻轻摸了摸她的头发。

唐甜在他手里蹭了蹭。

什么奇怪的动作！

简直好像小猫小狗一样。

到底谁才是宠物？

这念头冒出来的时候，简直吓了童向南一跳。

他在想什么！

好在这时唐甜又开了口，他才连忙把心思集中起来。

“之前，孟行舸问我，到底在怕什么？”唐甜说着，轻轻笑了笑，“其实，我啊，两种都怕。”

“既怕自己一头扎下去，却真心错付，孤苦终生。”

“又怕自己一时欢喜过后就翻脸无情，面目可憎。”

“不会的。”童向南摸着她的头发，轻声道，“我们不会变成那样的。”

“你怎么知道呢？我毕竟是我父母的女儿。”唐甜又自嘲地笑了笑，总算睁开眼来，看着他。

“那你相信我吗？”他问，真挚诚恳。

就像那天一样。

她信他，他就一直在，豁出命去护她周全。

唐甜的眼睛慢慢有点湿润。

童向南低下头，轻轻吻了吻她眼角溢出的泪珠。

然后往下。

吻上了她的唇。

“相信我，我们一起努力，会找到第三种爱情，叫作相濡以沫，白头偕老。”

唐甜静默了半晌，然后就抬起手抱住了他。

紧紧抱住。

5

J市机场。

童向南给江映楼打电话，告诉他自己的航班。

“欸？只有你一个人吗？”江映楼问。

童向南黑着脸，根本不想回答。

“那你跟小甜甜怎么办？远距离恋爱太没前途了。不过你还好，反正睡着了还能见到。但游戏里能干吗啊，到底也不是真的，又不能……”

童向南直接打断了他的啰嗦：“我想申请调职，你帮我先探探队长的口气？”

“嘿，你都知道让我先去探探，可见自己也知道不太好开口吧。队长要是不准，你还真打算辞职啊？”

童向南沉默下来。

江映楼也能觉察到他的心情，正经道：“你先不要急着做决定，我们再想想。”

“嗯，等我回来再说吧。”

童向南挂掉电话，转过身来，就看到唐甜站在那里，拖着个旅行箱，巧笑嫣然。

“嗨，童警官。”她抬起手来打了个招呼。

童向南怔了怔。

“我可不是特意来送你的啊。我呢，最近画了个漫画，还挺受欢迎的，有家公司看中了想要签，我这次是去A市签约的。”她向童向南俏皮地眨了一下眼，“开不开心？意不意外？”

童向南只直接上前一步，将她整个人抱起来，转起了圈。

唐甜惊叫着抱紧了他。

童向南这才停下来，头抵着她的额头，回答：“开心。我这辈子，再没有比现在更开心的时候了。”

《完》